U0609868

长安物语

高亚平 著

天津出版传媒集团

百花文艺出版社

图书在版编目（CIP）数据

长安物语 / 高亚平著. -- 天津：百花文艺出版社，
2017.1

（"记忆乡愁"散文丛书）
ISBN 978-7-5306-7144-3

Ⅰ.①长… Ⅱ.①高… Ⅲ.①散文集-中国-当代
Ⅳ.①I267

中国版本图书馆 CIP 数据核字(2016)第 303083 号

选题策划：杨进刚　徐丽梅　**装帧设计**：郭亚红
责任编辑：郭　瑛

出版人：李勃洋
出版发行：百花文艺出版社
地址：天津市和平区西康路 35 号　**邮编**：300051
电话传真：　+86-22-23332651（发行部）
　　　　　　　+86-22-23332656（总编室）
　　　　　　　+86-22-23332478（邮购部）

主页：http://www.baihuawenyi.com
印刷：天津金彩美术印刷有限公司
开本：787×1092 毫米　1/32
字数：194 千字
印张：10.25
版次：2017 年 1 月第 1 版
印次：2017 年 1 月第 1 次印刷
定价：39.00 元

目　录

事物

1

风物

景物

事物

城墙上空的风筝

　　每年三月初前后，当迎春花在环城公园里烂漫的时候，西安的上空，总会飘荡起许多五彩斑斓的风筝。这些风筝因天高风疾，飞得很高，不但高过了普通的民居，而且还高过了雄浑、厚重的城墙，如无数美丽的大鸟，飘飘摇摇的，把古城的天空装扮得很美。和北京人一样，西安人也很喜爱放风筝。但西安人放风筝，多在春秋两季，不像北京人，一年四季都放。这也许和西安的气候有关吧，春秋两季，西安的天空不但晴好，而且多风，这两样都极适宜放风筝。

　　西安人放风筝，多在护城河两边的环城公园里。这里不唯地势平旷，而且还有一些空地，以及一道宽阔的护城河，风筝起飞时，少受挂碍。一旦风筝飞起来了，上面可是无垠的天空，任其翱翔了。在护城河边放风筝的多为孩子，稍大点的孩子自己放，小点的由大人领着放，很少有大人放，他们没有那份闲心，也没有那份闲空。但这也不是绝对的，一年的早春，我在环城公园里散步时,就曾见一中年男子,在护城河边放风筝。风筝飞到一定高度之后,他将线轮固定在一丛迎春花旁,而自己则站在一旁悠然地抽烟,一会儿望望公园里的行人,一会儿瞅瞅枝头鸣叫的小鸟,只是时不时用眼睛的余光,不经意地瞟一眼自己的风筝。我不知道他那一刻在想什么,也许想到了自己的童年,也许想到了自己的孩子,也许什么也没有想。但我知道,他那一刻心灵是安静的、喜悦的,就像春风过后,护城河里泛起粼粼波纹的绿水。

也有嫌环城公园里太低,而把风筝拿到城墙上去放的。西安的古城墙高达四五丈,上宽亦有五丈左右,登临其上,可以一览西安城里城外的风貌。天气晴好时,不唯能望见南郊的大小雁塔,而且能隐隐地看见黛色的终南山。城墙上视野开阔,天高风疾,是放风筝的最理想所在,故为许多喜好放风筝的人所青睐。不尽人意的事是,如今的城墙已不似昔年未曾修葺时的城墙可以任意攀爬了。眼下的城墙经过上世纪八十年代的修缮,已成了重点文物,登临需要收门票的。而且门票价格不菲,需要四十元呢。这对于一般的放风筝人来说,实在是一件不划算的事。因此,城墙上尽管是一个理想的放风筝的场所,也只好望而却步了。但我是在城墙上放过一次风筝的。那是1996年春天时候的事。那时,我初到一个新单位工作,还没有分到住房,只好在小北门外的纸坊村赁居。这年春天一个周末的上午,我带了刚上小学三年级的女儿,以及房东的女儿(她们俩年纪相仿,在一个班读书),到北城墙上放风筝。我们在尚武门(小北门)下买了风筝,然后购过票,沿着砖砌的甬道,奔跑上城墙。城墙上面真大真平呀,简直可以并行四辆大卡车。青砖墁地,堞垛如林。俯身堞垛旁,但见高楼林立,树木参差,公路如带,街巷如渠,让人目不暇接。尽管我来西安多年,但我一直未曾上过城墙,那一刻,我还是被震撼了。之后,我们便开始放风筝了。在城墙上放风筝,果然好放。风筝甫一升空,便借了风势,一个劲地往上攀,不一会儿,风筝便飞到了高空。望着在天空飞翔的风筝,望着眼前欢笑的女儿,我一下子想到了我的故乡,想到了我在家乡原野上放风筝时的情景:春风浩荡,麦苗青青。原野上,孩子们奔跑、欢叫;天空中,风筝迎风飘飞……而这些已是多年前的旧事了。

2010年冬天,我到北京参加一个会议。一天上午,趁会议的间隙,我和三位新朋友结伴去了一趟颐和园。当我们沿昆明湖畔迤逦而行,来到十七孔桥上时,我意外地看到,有两位老先生,站在桥上放风筝。那天寒风凛冽,天气奇冷,湖面上结了一层厚厚的青冰。但两位老先生却兴致盎然,有滋有味地放着风筝。我们被两位老先生的兴致所感染,假装观赏湖上的风景,偷偷地观看了一阵子他们放风筝,之后,才又重拾残步,前往南湖岛。一路上我想,有这样贪玩的情致,这样的老人晚境一定不会寂寞吧?

风筝在我们家乡也被称为纸鹞,尽管故乡长安离西安很近,也就三十多公里的样子,但我在西安三十多年间,似乎没有听到人这么叫过。不过,每年的春二三月,当西安的城墙上空飘飞起风筝的时候，我都会想起故乡的春天，也会想起春天原野上的纸鹞，以及在那里世代生活耕耘的乡亲们。而一想到这些，我的内心便会温暖起来，湿润起来。

风从城墙边吹过

风从城墙边吹过是在什么时候，夏天？秋天？抑或冬春？记不清了，反正一年四季，不管白天黑夜，都有风从城墙边吹过。有时带来环城公园里鲜花的芬芳，有时则带来附近居民家的烟火气息。我从城墙边走过，或者急匆匆地去上班，或者悠闲地在环城公园里散步，感受着风的气息，也接受着风的抚慰。我的心是澄明的，精神是饱满的，就连情感也如环城公园里的花事，是丰富多彩的。

我来西安三十年，也算是和城墙有缘，曾先后在八仙庵、纸坊村、何家村居住过，这些地方，都距城墙很近，八仙庵靠近小东门，纸坊村在小北门附近，何家村则在含光路上，离含光门不远。这使我闲暇时，得以常到环城公园去游转，也得以感受城墙边的风。1990年，我从南郊一家企业调到市内一家杂志社，因单位住房紧张，我只得四处找朋友托关系赁房。一天，偶遇文友胡文学，得知我的情况，他慨然说道："我在八仙庵附近有一套住房，比较旧，你若不嫌弃，就先住着吧。"我回家和爱人一说，她很高兴，便一同约了文学兄去看房子。房是一套单元房，两室一厅，厨卫齐全，在三楼，没有想象的那么旧，便搬过来住了。我要给房租，胡兄坚决拒绝。

这套住房离小东门约一里路的样子，一两根烟的工夫就能到城墙下，我住过来后，星期天或下班后，便常和爱人带着女儿到环城公园里溜达。我们带女儿在公园里捉过蝴蝶、寻找过蝉蜕，还带她挖过野菜，教她认识了蒲公英、车前子、荠荠菜等；当然，也教她认识了一些鸟类，诸如麻雀、燕子等。女儿那时只有三岁，圆圆的脸，留着娃娃头，一双乌溜溜的眼睛如秋泉之水，一到环城公园里，就开始撒欢儿，我和爱人拉也拉不住。春天，环城公园里花事繁盛，迎春花、桃花、杏花、樱花、牡丹……次第开放，女儿在花丛中奔跑、嬉戏，像一位可爱的小天使，身后留下一串童稚的笑声。有时玩累了，我们就在紫藤架下石条上坐坐。此时，春风吹过，如一个顽皮的孩子，或撩起我的衣襟，或拂过我的面颊，或吹乱我的头发，呼吸着带有花香的空气，我的心是安静的。这种时候，我有时会把女儿拉到跟前，抚弄她的头发，和她玩一些小游戏；有时则会看一两页闲书，或者什么也不做，只静静地坐在那里，望天边云卷云舒，望城墙上黑色的堞垛，而思绪便逸奔到了远方。我想到了这座城的历史，想到了有关城墙的一些事，当然，也想到了秦岭脚下的故乡，以及在故乡生活着的亲人。是天空飞翔的风筝把我拉回现实的。我便又想，这城墙上空的风儿是有灵魂的呢，它怕我思绪跑远了，故借助风筝将我唤回。

我喜欢观看风穿过花叶间的样子。风的悠然，花叶的婆娑，都让我沉醉。在纸坊村居住期间，一俟夏日无事时，我便带本书，晃悠到小北门东边的环城公园里，找块清静的地方，在那里读书。我最爱去的地方是一棵碗口粗的合欢树下，这儿临近护城河，环境幽静，树木茂密，极适合休息、读书，我便整个上午都待在这里，有时甚至能待一天。当然，那要带水带干粮。看书累了，我会躺在那儿，双手抱在脑后，休憩一会儿。此时，有鸟儿在叫，有蝉儿在鸣，有枯萎的合欢花悄然飘落我的脸上。望着随风摇曳的合欢花叶，我的心惬意极了。合欢是一种好看的花，故乡也有的。但家乡人不叫它合欢花，而称它绒线花。我的母亲就是这样叫的。绒线花枯干后可以去火败毒，每年盛夏时节，母亲都要到学校里的绒线花树下，捡拾许多败落的绒线花，用绒线花、白糖给我们熬水喝。这种绒线花水晾凉后喝起来有一点淡淡的苦味，败火解渴，非常好喝，是消夏的妙品。可惜的是，数十年过去，随着城市化进程的加快，这种昔日在乡野常见的花儿，农村已少见它的踪影，倒是城市里反倒多了起来，譬如，西安粉巷一条街如今就全栽种的是合欢花树。幸耶？悲耶？谁能说清。

秋冬时节，西安的城墙下则是另一种风景。秋日里，漫步环城公园里，秋风瑟瑟，满地落叶如蛱蝶，黄的、红的，再配上黛色城墙，顿给人以诗意、苍凉之感。而落雪的季节里，冷凝的风刮过，雪花在城墙上下飞舞，林梢被打得沙沙作响，走在环城公园里。踏着积雪，望着静穆的城墙，顿然会让人想到远古，想到已逝的历史。一年雪后,我独自一人踏雪环城公园,偶然忆及和朋友在秦岭脚下雪野寻梅的情景,不禁思如潮涌,还吟就了一首小诗《落雪的日子》:

> 一到这个季节
> 梅花便绽放了
> 踏雪郊外
> 看荒寺静卧于温暖的梦里
> 听鸟雀婉转在玉树琼枝间
> 想一些久远的事
> 心灵便纯净得如同空气
> 落雪的日子
> 人特别容易感动
> 寻幽郊外
> 我们便做了古人

诗是写得直白了点,但却反映了我那时的心境。

如今,我几乎每天都要到环城公园里散步,有时十多分钟,有时一个多小时,最长的一次,我曾步行了四个小时,绕环城公园一周。不独为了休息、健身,也为了思考。我喜欢从城墙根下一年四季刮过的风,更喜欢这里幽美的风景和美的人事。我想,如果生命不息,今生我会一直沐浴着城墙下的风走下去的。当然,也得有阳光照耀、伴随。

小南门

我是哪一年开始出入小南门的，已经记不清楚。但最迟在1994年，我开始频繁出入其间，则是肯定无疑的。这一年的春天，我考入了西安日报社。而西安日报社的旧址就在南四府街9号。从报社沿四府街南行约一百米，就是小南门。若要出城办事，或者到环城公园散步，小南门便是必经之地了。四府街是一条古老、幽静的街道，两边种满了一搂粗的皂角树，春天，草木萌发，皂角树也抽出了新芽，起初是嫩嫩的鹅黄色的，很快，树叶便变大变绿，葱郁成一片了。街道变绿了，人家的窗户变绿了，就连走在下面的行人，也如走在绿色的长廊里，觉出无限的荫凉。不经意间，蝉开始叫了，夏天来临了，四府街上空的浓荫也更深了。皂角树结出了皂角，时光在流动，皂角在蝉声中逐渐变大。接着秋风起了，蝉声没有了，皂角变黑变老了，风起处，老熟的皂角在风中摇晃、轻唱。随后便有寒风吹过，有雪花飘下，皂角树褪下了最后一片叶子，徒留下皂角在枝丫间在冷风中瑟缩。皂角树在四府街完成了它一年的梦。但人不管皂角树在做梦，他们一年四季在四府街奔走、忙碌，在小南门黝黑、厚重的门洞里流动，这里面，当然也有我的身影。但那时，一如众人，我对小南门并不了解。

我真正对小南门发生兴趣是在两年以后。我大学时的一位同学在市政协工作，那时毕业不久，没有多少拖累，同学间来往尚多，闲暇时，我便常到他那里去瞎聊。一次，在他的宿舍，我见到了一大摞《西安文史资料》，当时不在意，只是随手翻了翻，但一翻就放不下了，书中记载的文史掌故及历史事件，深深地吸引了我。我便要把这套书借回家看。不想，同学说这套书是他们编辑的，见我喜欢，干脆送了我一套。回家闲翻，便从中得知了小南门的来历。原来小南门是抗战期间，住在城墙内的西安市民为了便于出城躲避日寇飞机的轰炸开辟的，历史并不久远。小南门原来也不叫此名，而是叫勿幕门，原因么，辛亥革命胜利后，井勿幕将军曾在四府街住过多年。人们为了纪念他，将四府街唤作将军街，而小南门也便相应地唤作了勿幕门。勿幕门叫起来有点拗口，因其在南门以西，老百姓干脆便叫作了小南门。

知道了小南门的来历，之后，每次再经过小南门时，我便加意对小南门注意起来。小南门原来是由古旧的城砖券起来的独门洞，不高，也就是两丈高的样子；宽度看上去有一丈多，行驶一辆小轿车绰绰有余，但要并行两辆，就不行了。小南门的城砖黝黑，有一种幽微的亮光，一看就是经历了数百年风雨的砖。这些砖有的是开挖小南门时遗留下的，有的则是别的地方的砖，但有一点是无疑的,它们都是西安城墙的老砖。小南门的历史尽管还不到百年,但有了这样的砖券起的门洞,小南门和城墙便很统一的协调起来,看起来一下子似乎就有了数百年的岁月,沧桑而沉重。闲暇时,我爱在小南门里穿来穿去,喜欢用手去触摸老旧的城砖。从这些城砖上,我感受到了那些逝去的历史,也觉出了时光的无情。

小南门内路西,紧贴城墙的地方,过去有一家葫芦头泡馍馆,店面门脸不大,也就是两间房的样子,但其所做的葫芦头泡馍味道却非常的地道,汤浓肉鲜,馍白筋道;其所熏制的椰椰肉系用柏树枝熏烤而成,吃起来油而不腻,馨香满口,是下酒的妙物,也很有名。那时,物价还不像现在这样腾贵,葫芦头和椰椰肉的价格也不高,我便隔三岔五地和朋友去这家饭馆吃饭、喝酒。大约是1988年夏天吧,诗人阵容从北京来西安组稿,他那时是《中国建材报》的文艺部主任,我当时在省上一家建材厂工作,业余时间好划拉两笔,我的许多稿件就是经过他的手编发的。其中一篇小小说《癌》还获得了该报举办的首届"五色石"征文一等奖。我陪他去了大雁塔,去了兵马俑,最后一天的中午,我专门陪他到小南门里的葫芦头泡馍馆吃了顿泡馍。尽管阵容先生是北京人,却吃得很尽兴,一点也没有吃不惯的意思。饭后,我们从小南门一侧登上城墙,一路向东,边聊边欣赏城墙内外的风光,一直走到和平门,方下了城墙,折向碑林。如今,阵容先生已谢世,每每从小南门经过,我都会念及他给予我的帮助,也会思念这位已逝的朋友。就是那家葫芦头泡馍馆,由于城市改造的原因,也搬到了报恩寺街。尽管报恩寺街离小南门不远,但还是让人有时光交替、物是人非之叹。

小南门的外面是环城公园和护城河,下班后或中午休息时,我常到环城公园里去散步。春夏,这里花事很繁盛,迎春花、桃花、杏花、李花、丁香花、玉兰、紫藤、石榴、紫薇次第开放,行走其间,呼吸着带有花香的空气,看着面前高耸的城墙,看着市民在里面悠闲地散步、锻炼,你会觉出,生活在这座城市真是美好。在黄叶飘飘的日子,在落雪的日子,漫步环城公园,也别有一番诗意与浪漫。我有时向东走到朱雀门、南门,有时向西走到含光门、西门,但无论如何,最终都会沿原路返回,走进小南门,回到我工作的单位。小南门已成了我生命中的一个符号,我想,今生不管走向哪里,我都不会忘记小南门的;我的梦中,都会闪现出它魅人的影子的。哦,小南门!

四府街

　　四府街是西安城内一条南北向的小街巷，它南起小南门，北到西大街，也就一公里的样子。但就是这牙长的一条小街巷，也是以五星街十字为界，分作了南四府街和北四府街。南四府街主要是机关单位，有省财政厅、西安日报社、交警三大队等；北四府街则主要是一些小店铺，印象里，似乎以铁器店为主，当然，也有别的店铺，诸如皮革店、洗衣店、饭馆、理发铺等。不过，这些都是过去年月的事了。现在，这条街上，像样的机关单位除了省财政厅外，则大多成了商业店铺，开饭馆的，开商店的，卖小百货的，卖衣服鞋帽的，林林总总，什么都有。

　　上世纪九十年代初，我调入西安日报社。因报社在南四府街上，我开始频繁地在四府街上出没。四府街一街两行种的全是皂角树。起初，我并不知道这些树是皂角树，我总以为它们和西安别的街巷上生长的树木一样，都是唐槐。不同的是，这条街上的唐槐生长得高大一些而已。是一位姓刘的同事告诉我这些树木全是皂角树的。我一注意，哦，不错，果然是皂角树。皂角树我虽然见得少，但是打小就认识的。我姥爷家的后院里曾长有一棵皂角树，水桶般粗，少说也有百多年的历史。小时候去姥爷家玩，我常见到它，碎碎的叶，黑黑的树身，碧绿的枝丫，还有让人生畏的刺，在风中摇曳的皂角，都让人心生喜悦。我喜欢在四府街漫步，尤其喜欢春夏时节在上面行走。试想，头顶上是一片浓荫，有时是鸟叫，有时是蝉鸣，尽管天空艳阳高照，人行走其间，却如走在绿色的长廊里，感觉不到一丝炎热，这样的惬意，又有几个人能体味得到呢。

我不光喜欢白天在四府街漫步，还喜欢夜晚在四府街穿行。春夏时节，月明之夜，或一个人踽踽独行，或骑车徐行，或随一二好友，散漫而行，此时，市声散去，街道如积水空明，微风轻吹，皂角树枝叶离乱，树影投到街上，如水中藻荇交横，当斯时也，谁能不心怀大畅。但也不仅都是快乐的事，我在四府街夜行时，也曾碰到过惊险的一幕。那是1995年夏天的事。一天晚上，我值完夜班回家（我家那时在小北门外的纸坊村住），骑自行车沿四府街北行，刚过五星街十字，便碰到一个小伙子，光着上身，骑着一辆自行车，左胳膊吊着绷带，右手把着车头，迎面向我冲来。我尽管已躲避到了路边，可当两车交会时，他还是向我的车上倒过来。结果，我们俩都摔倒了。小伙子从地上爬起来，借口我把他摔伤了，向我要钱。我说我没带钱，你若真摔伤了，我陪你去医院看病，这儿离我们单位不远，医药费我可以让同事送过来。一听此话，他说，医院不去，也不向你要一百了，你就给我二十块钱吧。听他如此说,我马上明白,我遇到专门诓人钱的"染子"了。我那时年轻,也不知从哪里来的胆气,直接就冲那小伙子说:"你编凯子也不看看人,竟编到我的头上来了!"因为小南门外就是张家村派出所,小伙子听着我的话硬,大概把我当成了民警,立刻骑上自行车,飞也似的逃走了。时隔十多年,至今回想起来,我还觉得好笑。

四府街和许多东西向的小街巷相通,它们从南向北,西面的依次有报恩寺街、冰窖巷、五星街、梁家牌楼;路东的则有太阳庙门、五味十字、盐店街。单听这些名字就知道,这些街巷都是一些有来历的地方。譬如,冰窖巷就是王府昔年藏冰的地方,盐店街为西安市过去卖盐的地方,而五味十字则是卖药材的地方。在这些街巷中,我最喜欢的是五味十字。五味十字上过去有一家手工菠菜面馆,油泼面做得特别地道,油足,葱花给得多,辣椒也是真辣椒,吃起来很过瘾。常常一到中午,我们就三五成群地奔向那里,为的就是一饱馋吻。吃罢了饭,我喜欢一个人到藻露堂转悠。藻露堂坐落在五味十字的西北角,是一座有二百多年历史的中药铺,其房屋为典型的清代建筑,雕梁画栋,青堂瓦舍,看上去既恢宏又不失俭朴。我在里面有时买点胖大海,有时则买点决明子、丹参、枸杞子什么的,有时则啥也不买,只是在里面转转,和店员聊会儿天,然后离开。但离开后,我也不会马上回单位,而是向东走到粉巷,一直走进古旧书店。古旧书店上世纪三十年代就已经存在了,是鲁迅先生题写的牌匾。鲁迅上世纪三十年代应邀来西安讲学时,曾先后题写过三块牌匾,一为替西北大学题写的校名，一为替西安易俗社题写的：古调重弹，第三个就是为西安古旧书店题写的店名了。这家书店是以经营古籍类图书为主的，兼营一些碑帖类的书籍，书籍层次高，一直为西安的学界和读书人所重。我喜好读历代笔记，便常在里面搜求购买笔记，十多年积累下来，也近乎有了四五十种，什么《雪涛小说》《里乘》《幽冥录》《游居柿录》等都有。可惜的是，在文化越来越式微的今天，就连这家有着悠久历史的书店，也在前不久，经过一番重新装修后，据说也不得不把正店出租给私人，而自己只能屈居于地下室。想一想，实在让人无奈、叹息。

又是秋天了，皂角树上的叶子开始变黄、飘落，行走在四府街上，秋阳照着，轻风吹着，让人感到无限的舒心、惬意。抬头望天，天空特别的蓝，云彩特别的白，蓝天白云下，有无数的风筝在天空自由地飞翔。我的心也如秋日的晴空，一下子变得明净起来。

粉巷

在西安生活的三十年时间里，让我不能忘怀的地方很多，粉巷就是其中的一个。有人说它昔年曾是西安面粉的集散地，还有人说它过去是这座古城的青楼所在地，谁说得清？这是一条东西向的小巷，东连南大街，西接五味十字，也就一公里的样子。但就是这条不长的小巷，却聚集着西安一些很重要的机关、单位，西安市委就在这里，此外还有西安市卫生局、市第一人民医院等。但我记住这里不是因为它们，而是因为古旧书店、德福巷和街道两旁的绒线花树。

我打小喜欢读书，尤其喜欢读古典类的著述，这样就和古旧书店结下了不解之缘。古旧书店在市委的对面，市委居北，古旧书店居南。过去南院门西边还没有盖楼时，如果你在市委上班，又恰好在南楼办公，于办公之余，喝口茶，活动一下筋骨，不经意地往南一瞥，透过南院门广场前的绿树，就可看见西安古旧书店静静地蹲踞在那里，优雅而朴素。古旧书店门脸不大，有三四间铺面那么大，中开一门，门头高悬一匾，上书由鲁迅先生题写的店名：西安古旧书店。字是雕刻上去的，黑地绿字，不扎眼，和房屋上的青色小瓦搭配起来很协调，显得典雅而庄重。我是什么时候开始出入古旧书店的，已经记不清楚了。但至少在1986年前后，我已来过这里则是无疑的。因为，在我藏书里有一册《曹全碑》字帖，上面标注的购买时间和地点就是此时此地。我那时大学刚毕业不久，分到一家企业的宣传部工作，看到一位同事毛笔字写得很好，一时心热，来了兴头，也练起了书法。不过，那次练毛笔字也和我已往的许多行为一样，也是虎头蛇尾，一阵风，唯一的纪念就是留下了这册《曹全碑》，至于笔墨纸砚，则早已丢得无影无踪。

　　尽管不练书法了，可逛古旧书店的行为却没有终止，甚至随着岁月的流逝，年岁的增加，反而更加的狂热了。我在企业工作时，一周最多到古旧书店也就一次，因当时工资低，故而买的书也不多，所买的书大多是经过了千挑万选的。1990年，我调入市内工作，前往古旧书店的机会一下子变得多了起来。尤其是1994年进入西安日报社工作后，因单位在四府街，距古旧书店也就五百米的样子，抬抬脚就到，到古旧书店去的次数就更加频繁，一周能达到三四次之多。中午吃过饭，或独自一人，或和两三个好友，踏着树荫，顶着一路的市声，溜达到古旧书店里，如一尾鱼，游弋在书架边，无声无息地随意翻动着一本本书籍，那种快乐如春雨过后在田间行走，其欣悦、惬意之情可以想见。当然，书也买了不少，二十多年下来，我家里已聚集了三四书架书,这些书,最少有一半就来自古旧书店。我所喜欢的汪曾祺先生的《蒲桥集》《晚饭花集》《受戒》《旅食集》《晚翠文谈》,以及《史记》《汉书》《三国志》《聊斋志异》《东坡志林》等,都是陆续从古旧书店购买的。因为去得勤,便也有空手的时候。在书架前转悠了半天,结果一无所获。不过,这种情况不多。

逛过了古旧书店,我有时会沿粉巷东行,去德福巷,找一家茶楼坐坐。德福巷是一条斜斜的小巷,它北接粉巷,然后一路向东南方向斜去,一直通往湘子庙街。其巷名的意思为"仰德而获福",仰何人之福?八仙之一韩湘子也。德福巷的南口有湘子庙,传说是唐代韩湘子修道成仙的所在。这条小巷比粉巷还小还窄,不到三百米,但却别具风情。整个小巷街道纯用青石铺就,街两边也种的是绒线花树,透过稀疏的树枝,可以看到,街两边全是茶楼、咖啡屋、酒吧。这条小巷虽处于闹市,却无车马的喧闹,显得极为宁静,且有一种悠闲的浓浓的文化氛围。夏日午后,一个人走进茶楼,选一临街的座位坐下,泡一壶茶,然后挥去服务生,静静地品饮,想想心事,想想自己心仪的人;或者,拿一册有趣味的书,边啜边读。此时,有微风透过绒线花的花叶,轻轻吹来,有蝉儿在叫,不觉心怀大畅,觉出人世的无限美好。而薄暮时分,华灯初上,夜风徐来,灯光在花叶间摇曳,和二三好友,慵懒地坐在茶楼,边品茗边聊天,谈谈读书写作,谈谈人生,则别具一种风味。如果是在秋日,又适逢下雨,独自在德福巷里散漫地走,听雨声滴答,看雨滴在青石板上跳跃如珠,或独坐茶楼,心绪则会一下子变得萧索、散淡起来,不由让人生出

"抱瓮灌秋蔬,心闲游天云"的心思。在德福巷所有茶楼中,我最爱去的是福宝阁,这家茶楼就坐落在德福巷的北口,因文化人来得多,文化味道浓而出名。我就曾在此参加过诗人第广龙兄的诗歌朗诵会。那是前年七月一个周日的上午,那时,粉巷和德福巷街边的绒线花正开得如火如荼,远远望去,若彤云丹霞。那日的朗诵会也开得很成功,本地的很多诗人都来了,大家在一块儿喝茶、弹古琴,朗诵诗歌,极为开心。

粉巷里还有几家卖吃食的,如春发生的葫芦头、牵人麻辣粉等,都是一些很有特色的小吃,好吃而不贵,这也是吸引我常来这里的一个原因,但绝对不是主要原因。我至今仍爱在粉巷闲转,无论春夏秋冬,也无论刮风下雨。我喜欢这条小巷的历史,喜欢它的热闹,但我更喜欢它的宁静与诗意。

纸坊村的黄昏

纸坊村是一个城中村，在小北门外，离城也就百多米的样子，过去也应是一个小自然村，有菜地，有庄稼地，也许还有过耕牛、水车什么的；夏秋，有蝈蝈在草丛中叫，有纺织娘在豆架下鸣，有蟋蟀在白菜地里歌唱……至少，在中华人民共和国成立之初的一段时日里，应该是这样吧。但我到纸坊村租住时，已全然没有了这些东西。村里人和城里人的生活几乎一模一样，不一样的地方是，城里人拿工资，称为居民，村里人靠房租或做些副业过活，称为村民。不过，二十多年过去，就连这些身份称谓上的不同，也已消失了，现在，村里人也被称为居民，成了真正意义上的城里人。

我在纸坊村生活过两年，那是上世纪九十年代初的事。那时，我刚从西安南郊的一家企业调到西七路的一家杂志社工作。新单位无房，妻子单位也无房，我给原单位腾出房后，只好找地方居住。因妻子在纸坊村附近的一家单位上班，为照顾妻子和年幼的女儿，我经熟人介绍，就租住到了纸坊村。纸坊村那时确乎是一个城中村，它的南面紧挨着陇海线，东面是工农路，北面为自强西路，西边到底紧邻着什么，我也不甚了解，总之是一片鳞次栉比的房屋。村中有许多纵横交错的逼仄的街巷，村民多住的是两三层的楼房，也有家境不好住平房的，但似乎不大多。此外，还有一个公共厕所，在工农路东。除此，在我的印象中，好像就没有什么了。至于村庄有多大，村中有多少户居民，我至今也说不清楚。我租住的人家姓张，其家弟兄三个，我住的是老大家的房屋。这家人不临街，要到其家去，需通过一道狭长的通道，这条通道几乎有三十米长，道宽仅能容两人侧身而过。莫说蹬三轮车，就是骑一辆自行车，若车技不好，通行起来也会磕磕绊绊的。不过，不用担心，自行车绝不会倒下，因两边都是人家数丈高的山墙。这是一个大院，老三尚未婚娶，和他的父母亲住在院北，老二住在院南，老大住在院西。虽同居一院，但老大却给他家的房前竖起一道墙，安了一道门，自成一院，成了院中院，这个小院除盖了一个两三平方米的小厕所（仅可小便）外，剩余的地方仅可旋马。我每次回家，先得穿过狭长的通道，再经过老二家门前，才能进入老大家的小院。

老大家是一栋坐西面东的小二楼，他和妻子儿子住在楼下一间房里。他有正式工作，但妻子却没有工作，好像是在一家企业的食堂里做临时工。靠近楼梯的上下两间房租给了四川广元一个名叫刘先胜的人。这是一个生意人，人精瘦，但却精明能干，他带了妻女、小舅子、表弟来西安讨生活，专做鳝鱼生意。他在老家雇人收购了鳝鱼,然后通过火车运送到西安,经过宰杀后再分送到西安的一些大小餐馆。他们租住的一楼房间就是工作室,房间里盘了两个很大的水泥池,放上水,养了很多鳝鱼。刘先胜就带着妻子、表弟,整天坐在这间房屋里,宰杀鳝鱼。送货的任务,则由小舅子担任。而二楼那间房,则是他们的卧室。我家住在楼上的另一间带阳台的房间里,和刘家是紧邻。虽说一栋楼里住进了三户人家,但我们之间相处得却很融洽,这除了三家的大人都很开通、善良外,一个重要的原因是三家都有一个年龄相仿的孩子。房东家有一个四岁的男孩,名叫昭昭。这孩子有一双很忽灵的眼睛,浑身上下有一股机灵劲儿,淘气好动,脚下若安装了轴承,似乎永远坐不住。刘先胜家里有一个五岁的女儿名叫秋萍。秋萍眉目如画,机灵乖巧,人见人爱。我的女儿名叫莹莹,那年刚好三岁。因共居一院,因此,他们便很快熟识,并玩在了一起。晚饭前,他们几个常常大院小院地来回疯跑,又是捉迷藏,又是玩游戏,玩得很开心。如谁家的饭先熟,孩子们就会鸟雀样地聚集到那户人家,叽叽喳喳地吃个饱,而自家的饭菜却常常被剩下。大人们呢?则会于饭后聚拢到一起,聊聊天。尤其是夏天的傍晚,这种聊天活动,几乎天天进行。所聊的内容无非生活、工作、家庭方面的话题。一个夏日的黄昏,我们几家大人正在小院中聊天,突然发现院子里游走着许多条蛇,大家吃了一惊。我正在错愕间,只见刘先胜一个箭步,冲进工作间,几分钟后,又旋即冲了出来,大捉院中游动的蛇。也就十多分钟的样子,院中的蛇已被他捕捉净尽,悉数装进一个蛇皮口袋里。我这才知道,刘先胜不仅做鳝鱼生意,还兼做贩蛇的生意。方才是一个装蛇的口袋没有扎紧,蛇逃了出来。事后,他向房东和我们道了几次歉,说惊吓了我们,还特意给两家人送了一些杀好的鳝鱼。

除了聊天,在夏日的黄昏里,我还爱到纸坊村十字去吃夜市。纸坊村十字算是这一地区最繁华的地方了,这里一到夜间,十字周围的人行道上就摆满了各种卖吃食的,卖烤羊肉串的,卖蒸碗的,卖鸡蛋醪糟的,卖炒面的,卖凉菜啤酒的……多了去。吃喝的,多为附近的居民,当然,还有从别的地方赶来的。酒足饭饱之后,和三两个好友,踏着夜色,到环城公园里散散步,微风吹着,夜风中夹杂着绒线花的香气,那份滋润与自在,让人着迷。我在这里招待过许多外地的朋友,比如白河县的覃彬,他一次到西安来学习,我们夜间就一同在纸坊村的夜市上吃过饭。覃彬现在已是白河县委宣传部副部长了,二十多年来,我们之间一直保持着联系,关系很好。每年春天新茶下来时,他都要亲自或托人给我捎来一些新茶。每次喝着他送来的茶叶,我就会想到我们之间的友谊。这友谊如汉江之水,绵长而清纯。

让我记住纸坊村黄昏的,还有十字东北角的一个小报刊亭。在这里居住期间,每每于华灯初上,暮色四合时,只要有暇,我都会踱出家门,到报刊亭边光顾一番。我在这里买过好多杂志,有《小说月报》《中篇小说选刊》《散文》《随笔》《读者》等,如今,这些杂志还静静地躺在我的书橱里,见证着已往的岁月。而我则早已由青葱年少,步入了中年,且鬓间有了华发滋生。想一想,不由唏嘘。

　　自从离开纸坊村后,二十多年间,我再没有去过纸坊村里。偶尔从村边路过,也只是匆匆的一瞥。感觉里,这儿似乎没有多大变化。但变化肯定是有的,至少我的邻居刘先胜就离开了西安,到四川发展去了。他还做鳝鱼生意吗?他的女儿怕已出落成亭亭玉立的大姑娘了吧?说不定已嫁人有了自己的孩子了。在虎年的岁末里,夜间,我独坐书斋,胡思乱想着那些过去的人事。当然,想得最多的还是——纸坊村的黄昏!

方家村

　　我在方家村居住过一年，回想起来，那是1993年的事了。上世纪九十年代初，因为工作频繁变动，我的家也如浮萍，忽而飘向城南，忽而飘向城东，忽而又飘向城北。而屈指算一算，我在城北漂泊、居住的时间最长，近乎四五年，所居住的地方先后有纸坊村、王家村、方家村。我搬入方家村应在这一年的冬天，因为，刚搬入马姓人家的二楼后，我家就遭受到了来自楼下一股浓烟的袭击，熏得我女儿哇哇大哭。妻子赶紧赶到北窗口，将窗户关上，这才挡住了那股肆无忌惮胡钻乱窜的浓烟。也因为这件事，我从二楼租住的另一户人家口中得知，房东马师傅家还有一个五十多岁的哑巴叔叔，且还和他们分开过着。那股浓烟，就是这位哑巴老人在院中生炉子做饭时，释放出来的。

　　新房东姓马，比我大一些，也就三十四五岁吧，眼大，清瘦，见人爱笑，人很好。其妻好像是陕南人，本分、善良，人也不错。他们有一个女儿叫马洁，比我女儿大三岁。尽管年岁上相差一些,但两个孩子还是很快玩在了一起。马家院落很大,除南面盖了三间两层楼房,东西各盖了两间平房外,院子里还剩余出很大的地方。马师傅一家住在南楼的一层,东面的平房是他家的厨房,西边两间平房里,则住着他的哑巴叔叔。能看得出,这所院落,过去应该是两户人家的宅基地。哑巴给他屋前的院子里,种了十多盆菊花,好像还有一盆石猫儿。冬天,这些菊花已经枯萎,但花叶还没有落,北风吹过,花叶便发出细碎的响声,让人感受到冬风的凛冽。尽管天很冷,但孩子们不怕,晚饭前后,马洁和我女儿便常常在菊花旁边兴致勃勃地跳皮筋,个个小脸热得红扑扑的。每每这时,哑巴就会端一杯茶,倚在他家的门框上,有滋有味地边喝边看。这是一个与世无争,很和善的老人,尽管他和自己的侄儿分开过,但他们的关系似乎不坏。我看见,马洁常去他的房间里玩,还时常在他那里吃饭。马师傅家做了什么好吃的,也时常给他端一碗。老人身子骨硬朗,有一手修鞋的好手艺,自食其力,不依靠任何人。每天天亮,他吃过饭后,便从容推出他的修鞋车,到村头路边,去摆摊设点。还不等天黑透,就早早回家做晚饭。他日子简单,但并不让人觉得恓惶。

那时,北郊还没有被广泛开发,村子西边还可以见到一块块麦地、菜地。春天,我和妻子就常带了女儿去野地里踏青,挖野菜。麦田里的野菜真多,有荠荠菜、麦瓶儿、勺勺菜、胖冠……凡是我少年时代,在故乡樊川地头能见到的野菜,这儿基本上都有。我和妻子一一教女儿辨认着野菜。但女儿总是分神,被麦田里翩翩飞舞的蝴蝶所吸引。最后,她干脆丢下我们,一个人在麦田里疯跑，追逐黄的白的花的蝴蝶，咯咯笑个不停。春风吹着，麦苗碧绿，蝴蝶在飞，女儿穿着小花裙，也像一只蝴蝶，在田野奔跑、乱飞，快乐极了。疯闹够了，我们在麦田里歇息，边喝着带来的水，我边教女儿背诵胡适的诗："两只黄蝴蝶，双双飞上天。不知为什么，一个忽飞还……"阳光很好，有燕子在头顶呢喃；天高云淡，有五彩的风筝在碧空下飘飞。呼吸着春天的气息，我们惬意极了。十多年后的今天，每每想起那时的时光，我还神往不已。

值得一记的事儿还有，村头路东老李家的水盆羊肉。这是一家老店，原来在北稍门附近，后来因为道路拓宽，才搬迁到方家村村头。这家水盆羊肉馆以饼大肉多汤鲜而知名。吃的人很多，好多人都是老主顾。一日三餐，到了饭口，店内时常爆满；到了冬天，生意尤其好。我在方家村居住期间，早餐里十顿饭有七八顿，都是在这里吃的。有时，妻子把早饭都做好了，我发眼馋，还会找各种借口，到老李家水盆羊肉馆里，吃顿水盆羊肉。就是后来搬离了方家村，我还骑了自行车，时不时地赶回来，饱咥上那么一顿。作家张敏兄就是地地道道的方家村人，多年后，我和他相识相熟，常到他家里聊天、打牌，一次饭后，我谈及老李家的水盆羊肉，他也是流着口水说："没说的，嫽扎了！可惜搬走了。"张敏兄是文坛豪杰，各路英雄皆能结交，他家真正是"座中客常满，樽中酒不空"。我在他家里先后见过陕西的好多作家，计有杨争光、高建群、徐剑铭、周矢、庞一川等。就连著名作家贾平凹，上世纪八十年代，经他引进，也曾在方家村住过数年。他那一段时日所写文章末尾所落的静虚村,就指的是方家村。只不过贾平凹先生在此居住时,老李家水盆羊肉馆还没有搬过来,这只能怪他这个美食家口福浅了。

　　方家村现在已变了模样,当年的城中村已荡然无存,继之而起的是高楼大厦。两年前的一个黄昏,我和一帮朋友去找张敏,方得知他已搬离了那个盖得如鬼子炮楼样的家,住进了新楼。走近他们的小区,我们突然愣了一下,只见在大门前,赫然耸立着一块儿大石,上书"舍下省"三字。同行的周矢君告诉我,这又是张敏兄在弄怪。见面一问,果然。据张敏考证,唐玄宗时,方家村曾是一馆舍,名曰舍下省,专门招待天下文人,供文人们食宿,以备天子接见。怪道此处文脉兴旺!听说张敏兄现在已金盆洗手,光写文章不打牌了。因为手太臭,打牌老输,被夫人禁止了。写此文时,我专门致电张敏兄,向他询问此事真假,他笑着说:"你咋想起问这事? 是真的!"我一听,不觉莞尔。赌神也是公平的,不会事事青睐张君,你生就了一只能写出妙文的手,但你不一定能把把摸上炸弹。哈哈,恭贺张敏兄,你也有认输的时候呀!

西安的早春

当渐次增多的风筝,在城墙上空高飞时,西安的早春便来临了。和北京人一样,西安人也有放风筝的习惯。是不是凡做过都城的地方,这里的人都喜好放风筝呢?这个问题,我没有考证过。反正,西安人是喜欢放风筝的。早春,冬的淫威还没有完全退去,黛黑色的城墙兀立在冷凝的风中;顺眼一瞭,护城河里还结着薄冰;人们的冬装还穿在身上;环城公园里,草还没有发出嫩芽,树木的芽苞还没有绽放……一切似乎还在冬的控制之下,但已经有风筝在天空上飘飞了。天是浅灰色的,尽管有太阳,但不那么明媚。天幕下,明媚、亮丽的便只有这五彩的点点风筝。在街上步行的人,看见了这些风筝,于是舒一口郁积了一个冬天的浊气,喃喃道:"哦,春天来了!"

其实,透露出西安早春气息的,还有迎春花和蜡梅。漫步环城公园内,不经意间,你会被城墙下的一丛丛迎春花所吸引。那些充满着绿色汁液的枝条上,尽管花儿还没有完全绽放,但花蕾已大多爆开,向外吐露着馨气了。也有一朵两朵完全绽开了的,金黄色的,在寒风中抖擞了精神,大胆地努力地向外开着,世界因了它们,便鲜亮了几分。还有蜡梅,这个时节里也是热烈地开放着的。

西安的环城公园里蜡梅很多,但大多分散着,如不注意,极易被错过去。倒是南门附近,有那么一片梅林,总有四五十棵吧,夏日里,枝叶纷披,着一身绿装。不过,极难分辨是梅林,因这个季节,万木皆荣茂着,到处是一片绿色。就是这些夏日里普通的梅树,明人钟惺却从中读出了别样的况味,并特别写了一篇妙文《夏梅说》:"梅之冷,易知也,然亦有极热之候。冬春冰雪,繁花粲粲,雅欲争赴,此其极热时也。三、四、五月,累累其实,和风甘雨之所加,而梅始冷矣。花实俱往,时维朱夏,叶干相守,与烈日争,而梅之冷极矣。故夫看梅与咏梅者,未有于无花之时者也。"我辈非趋炎附势者,对夏梅也充满了敬意,但既是俗人,便须从俗,早春的蜡梅还是要看的。故初春时分,我常于中午休息时分,踱进环城公园里,在梅林里流连一番,看淡黄色的紫红色的蜡梅花热闹地开着,呼吸着春天的气息,心里是安静的。

西安早春时节,还有两处看梅的好地方,一处在长安的杜甫祠堂,一处在户县的孔庙里。杜甫祠堂在少陵原畔,和牛头寺、杨虎城将军烈士陵园毗邻,是登高望远,饱览樊川、终南山秀色的好所在。祠堂内有一棵老梅,枝干粗大,据言是明代物。一年冬天,花开时分,我专门去看了一次。花是有的,可不繁盛。

也许这棵梅树太老了吧。户县孔庙里的一棵蜡梅也是明代物，它开花时的情形我没有见过，但见过其夏日时的样子，干粗叶茂，旺势极了，很能为钟子之文做一番佐证。

西安早春里也许还有很多物事，譬如到灞河边观柳等，但我记忆最深刻的只有这几样。事实上，这个季节，到郊外走走，到终南山下走走，看看行将返青的麦苗，看看解冻的春水泛起的碧波，都是蛮写意的。可惜的是，现在还在残冬里，离二月还有一段时日。

环城公园

在西安的这些公园里，除了植物园外，我最喜欢的，大概就数环城公园了。自打进入社会以来，我的工作虽数经变化，但单位都离环城公园不远。尤其是调到西安日报社工作后，和环城公园的距离，简直是近在咫尺，也就是几十米的样子，可以说抬抬脚就到。这样，我就能得以常在环城公园里散步、溜达，我喜欢环城公园里郁郁葱葱的树木，更喜欢这里各种各样的花。至于凝重、古朴的城墙，以及在里面消闲的人们，也都是我喜欢的。还有鸟儿，生活、栖息在这里的各种鸟儿，麻雀、斑鸠、喜鹊……它们出没在青枝绿叶间的身影，它们优美、清丽的叫声，也让我心生喜悦。

三十多年前，我刚到西安的时候，也曾来过环城公园，但那时的公园远非今天的模样，尽管公园里也有一些老树，可更多的是荒草、乱石。人行走其间，感受最多的是，这里还有一些野趣。那时，西安的治安也不是太好，傍晚和夜间，公园里常发生一些案件，有抢劫案，也有强奸案。十天半月，人们常会看见，有穿着公安制服的人在公园里出没。他们要么是在公园里巡逻，要么是在勘查现场。总之，那一段时日，这里不大太平，就是白天一个人走在园子里，心里也是慌慌的，生怕碰到了拦路的歹人，或者碰瓷敲诈的。我至今还记得异常清楚，1997年前后，我在长安路派出所采访时，民警夜间还在南门西边的公园里，抓获过一帮抢劫的歹徒。

西安的环城公园真正变得安静、祥和起来，我想应该是在新千年以后吧？公园经过修葺，又取消了门票制度以后，这里的人气一下子旺了起来。从早到晚，公园里人流不断，有健身的，谈恋爱的，散步的，还有下棋的，闲唠嗑的，无所事事的。这里简直成了市民们的乐园，他们在工作、劳作之余，在公园里尽情地释放着自己的快乐。也就是打从这个时候开始吧，我喜欢上了环城公园。闲暇时，我常一个人，或随一二好友在公园里溜达。一首歌里唱道："城里不知季节的变化"，但你如果经常在环城公园里散步，则无此之虞，因为，季节就在你的眼皮底下发生着变化。落雪了，蜡梅花顶着寒风，迎着雪花开放，蕊寒香远蝶难来，这是冬天来了。但冬天来了，春天还会远吗？于是乎，在随后的时日里，你便看到了迎春花黄灿灿地开放了。西安的环城公园里，迎春花生长得最好的地方，当属朱雀门附近。不管是门东还是门西，高坎上都种植着一丛丛迎春花，早春二月，继蜡梅花之后，次第绽放，向人们报告着春天的讯息。这些迎春花在这个季节里，通体墨绿，从每一根枝条到每一片叶子，都充满了生命的浆液，望去生机勃勃，活力无限。那金灿灿的花儿，尽管小小的，但在万木还没有复苏的时节，也会让人眼前一亮，心头充满喜悦的。在随后的日子里，桃花、李花、杏花、玉兰、樱花、牡丹、丁香花……各种各样的花儿都开了，环城公园里花事繁盛，春意盎然。连鸟儿也活跃起来，燕子在柳树间穿梭，喜鹊在古树上喳喳，而麻雀更是快乐地飞来飞去。行走其间，人鸟俱乐，但乐却不同。

夏天是在蝉儿的鸣唱声中来临的。这个季节里，如果在环城公园里散步，你会被浓重的绿荫所包围，尽管头顶骄阳似火，但公园里却是一地的荫凉。在公园里走累了，独自坐在紫藤架下，嗅着幽幽的花香，微风吹着，闭目休憩一会儿，你会觉得自己简直成了神仙。至于秋天，环城公园里更是异彩纷呈，且不说秋风忽来，吹皱护城河里的清水，单是如蛱蝶般纷纷飘下的黄叶，便让人遐想万千，喜悦不尽了。国画家赵振川先生家在文昌门外住，作画之余，他也时常于晚饭后到环城公园里漫步，有时和朋友，有时和弟子。我因和他的多个弟子有交往，又和他是朋友，故也多次和他在公园里闲步过。一次，他谈过绘画，谈过自己在陇县的插队生活之后，忽然来了一句："环城公园里真是一个季节的长廊，色彩的长廊啊！"我不知道他当时看到了什么，想到了什么，但先生所言，绝非虚语。

新年刚过，迎春花还没有开放，环城公园里还有些冷，但午饭过后，我还是走向了环城公园。因为，城头上已有风筝在飘荡了，而每年冬天过后，只要有人放风筝，紧接着，春天便来了。

文昌门

　　我频繁地出入文昌门，也就是近四五年的事。原因么，我新结识了两位画家朋友，一位是王归光，住在文昌门内的五龙大厦，一位是于力，住在文昌门外的仁义巷，他们都是国画家赵振川先生的入室弟子，数十年孜孜以求，精研山水画。二人性情淡泊，不求闻达，绘画之余，又好吃两杯老酒，与我心相契，这样，认识之后，便来往上了，且关系一日密似一日。一周之中，我们总要见上一两次面，有时在中午，而大多数时间，则在斜晖满地的下午，或晚饭之后。这段时日，他们作画一天，要缓口气休息一下，我也恰好下班，正好相聚。有了这点因缘，我便得以经常到文昌门附近去。

　　我去文昌门，一般都是步行。路线嘛，有两条。一条是出小南门，沿环城公园，一路向东，至文昌门。一条是走湘子庙街，穿过南大街地下通道，经书院门、碑林，抵达。这两条线路都不恶。走环城公园，可以看看四季次第开放的鲜花，听鸟鸣，呼吸郁郁葱葱的树木散发出的气息,得一些幽趣;走湘子庙街、书院门,则可看看沿途画店里摆出的字画,娱目怡情。不过,相比较而言,我则更喜欢走环城公园,我觉得那里离自然更近一些,也更让我心中惬意。无论走哪条线路,用时都不会超过半个小时。既健了身,还不会太累。

文昌门我过去当然来过,记忆里,第一次到文昌门,应当是在1983年前后吧。我在南郊翠华路上的一所学校里读书,读书之余,几位喜好文学的同学心热,共同发起成立了曲江诗社,还办了一份油印的期刊。那时大家都穷,无钱,为了给诗社筹措经费,有位同学想了一个点子,卖报,搞一点勤工俭学。大家觉得此办法可行,于是商量来商量去,最终决定卖《法制周报》。之所以决定卖该报,一个重要的原因是,这张报纸案例多,有看点,老百姓喜欢看。法制周报社在下马陵,刚好在文昌门内路东,这样,我们便骑了自行车,去了文昌门。那时的文昌门还没有经过修葺,破败不说,还是一个豁口子。至于为何叫文昌门,是多年之后,我翻阅了西安的文史资料才知道的。原来这里的城墙上,昔年曾建有魁星楼,是西安城墙上唯一一处与军事防御无关的设施。魁星系二十八星宿之一,古代传说是主宰文运兴衰的神,被人们尊称"文曲星""文昌星"。如果被他的朱笔点中,就能妙笔生花,连中三元,成为状元,所以,古代孔庙、学府里都建有供奉香火的魁星楼。明清时的西安府学和孔庙建在城墙旁边,也就是今天的碑林博物馆所在地,魁星楼也便顺势建在城墙之上。自然,我第一次来文昌门时没有见到魁星楼,因魁星楼和文昌门一样，都是1986年后才修建的。

我步行到文昌门，和王归光、于力兄会合后，我们要么去他们的画室喝茶聊天，要么到环城公园里散步，但更多的时候，则是到附近的小酒馆喝酒。文昌门内街道两边全是鲜花店，但也有几处吃饭的好所在，比如，碑林博物馆后面的老蒲城饭店，柏树林附近的魏家凉皮店、木屋酒店等，凉菜、热菜都有特点，味道都很不错。我们趑进店里，要三四盘凉菜，要一瓶白酒，有滋有味地吃喝起来。归光兄属真正的饮者，他酒量好，几乎每天都喝，但每次都喝至恰到好处，似醉非醉，微醺而已。而于力兄和我也能喝上几杯。因此，一瓶酒便在不知不觉间，很快喝光。酒罢，我们有时会返回于力的画室，在那里坐坐。而这种时候，二人常常技痒难熬，会借着酒劲，乘兴画上那么一幅两幅小品。这些山水小品，比平日更加率性、灵动，有逸气，我常常会携之而去。我的藏画中，有十多幅扇面，就是这样得来的。闲暇时，我偶尔检视、把玩这些小品，一边回想着我们之间的友谊，心里就感到无限的愉悦。

我喜欢到文昌门去，还有一个原因，这就是柏树林街道路东，有一家名字叫博文的小书店。这家书店虽然不大，但店里经营的书籍却极有品位，学术、史料价值高，很合我的胃口。几年间，我先后在此购买了五六十种书，计有《大家小书》《张大千家书》《板桥论画》等。这些书几乎成了我的枕边书，许多的长夜里，就是这些书籍陪伴我度过的。我在这里还见到了我的学兄邢小利主编的文学刊物《秦岭》，以及他的一幅书法作品。书法作品为四尺竖条，上书宋人邵定的《山中》诗："白日看云坐，清秋对雨眠。眉头无一事，笔下有千年。"我便猜想，这位书店老板一定和我的学兄很熟，一问果然。这样，此后再逛这家书店时，我便觉出几分的亲切。

文昌门外路西的环城公园里有一架紫藤。每年花开时节，香飘数百步之外，惹得蜜蜂夜间都忙着采蜜。去年夏日的一夕，我和一友酒后闲步，途经此地，适逢紫藤花开。我们俩坐在紫藤架下闲话，竟聊到了后半夜。那晚夜色如黛，月明星稀，清风徐来，香气满鼻。至今忆之，恍如梦中。

青龙寺

　　近几年来，我每年都要去青龙寺一两次，有时是陪人去，有时是一个人去，但大多数的情况下，都是一个人去。原因嘛，我喜欢这里的清幽。西安周围，寺庙道观很多，我去过些，就我的感觉，荒山僻寺要比一些名头大的寺庙好。这些小寺，除了少俗世气外，还更接近修行的本真，荒凉、僻静，少有人踪。就连住在这些道观庙宇里的人，也少物欲，多虔诚，从而让人心生敬意。但青龙寺却例外，它虽名气大，是佛教里密宗的祖庭，又有惠果、空海等在此修行过，幽静则和荒山野寺有共同处，这便让我心生喜欢，也更愿意去接近、亲近它。

　　一般的情况下，春天里，我是一定要去一次青龙寺的。这个时节，樱花开放，去青龙寺游赏的人很多。青龙寺的樱花是很有名的。我当然不能免俗，也愿意到青龙寺赏一下樱花。和多数人节假日去青龙寺不同，我选择的是上班时日的中午，打车去青龙寺转悠一圈，然后再回来上班。好处是少了游人多的困扰，遗憾的是时间太短，刚看一个多小时，就得返回。好在青龙寺不大，一个小时游览一番，足够了。我到青龙寺后，多数是在寺里信步乱走，有时在池水边驻足一会儿，看看微风吹过水面泛出的波纹，看看水中自由自在、游来游去的金鱼，还有池边新生的春草。有时则去看玉兰，看樱花。这两种花的开花时节好像差了那么一点，玉兰要早三五天，樱花则要靠后一些。我去观樱花时，玉兰花尽管还开着，可似乎已有了一些败意，个别花瓣已发暗、变黑，开始陨落了，但樱花却开得正当时，红的，白的，花团簇拥，云蒸霞蔚，看上去极其的艳丽。青龙寺里的樱花据说有上千棵，1987年的春天，我曾随同学观赏过一次，那时的樱花树刚栽植不久，树还不大，花也不多，远不是如今这种恣意、放纵、随意烂漫的样子。让我感叹的是，那时同学情深，来往密切，中间也少有疙瘩。而数十年过去，红尘十丈，人世沉浮，同学间已少有来往。当初的那份清纯，也早已随着岁月的流逝，消失殆尽。

我还喜欢在竹林和诗廊边流连。在竹林边，我会选一块石头坐下来，抽支烟，听春风掠过竹叶发出的沙沙声，想想苏子瞻和板桥居士写竹的妙文，让翠竹的清芬一直流淌进心底。在诗廊边，我自然是将刻在碑石上的诗，一首一首地读下去了。这些诗大多和乐游原有关，和终南山有关，有的诗我喜欢，有的诗太头巾气，我不喜欢。在这些诗中，最著名的，当然要数李商隐的《登乐游原》了："向晚意不适，驱车登古原。夕阳无限好，只是近黄昏。"历来的论者都以为诗写得大好，就是有些消极，但我则以为，诗写出了诗人当时的心境，写出了对人生的眷恋，有真情。至于消极么？谈不上。诗人顶多有点消沉而已。但人生在世，一生中谁又没有消沉过呢？游玩累了，一个人来到寺南，选一清幽的所在坐下，望寺下的万家人烟，远眺苍茫的少陵原、终南山，想一想这里的历史，以及那些久远的人事，让疲累的身心休息一下，心里便感到一种无限的宁静。

乐游原昔年曾是西安周围最高的地方，我想，如果不算一些拔地而起的高楼的话，它今天应该还是最高的吧。地方高旷，则风势强劲，故而每年春天，这里放风筝的人很多。出青龙寺，驻足乐游原上，看看满天飘飞的风筝，也让人心情大畅。1993年的春日，周末无事，我曾带五岁多的女儿游览过一次青龙寺。游寺完毕，我和妻子带着女儿在乐游原上挖荠菜，那时这里土地空旷，空气清新，原上还有大片的麦田，麦田中有星星点点的油菜花在风中招摇，数十年时光过去，如今这些已全没有了。只有春风不管这里的变化，一年一年，还准时地踏着季节的节拍，光临乐游原，光临青龙寺，让寺里的樱花灼灼开放，又纷纷飘落，延续着一个亘古不变的梦。

迎春花

在西安的环城公园里，每年春节一过，就有一丛丛的迎春花，冒着严寒开放了。起初是一星一点的开，几天的工夫，就烂漫成一片了。那花真叫繁盛，一根根碧绿的枝条上，缀满了一朵朵金黄的小花，让人疑心，那些细弱的枝条，可能会不堪其重，被繁花压折。

迎春花多为六瓣，中间是柱形的绒绒的花蕊；但也有五瓣的。这种花，多生长在山野之中。小时候，我在乡下见的不多。要见，也是在人家的坟头。早春，在乡野漫步，蓦然抬头，就看见一丛丛的迎春花在坟地里灿烂，在春风里招摇。那是迎春花在向亡者报告春天到来的讯息，也寄托着生者对死者的绵绵思念。在关中农村，很少有人将迎春花种在庭院里的。倒是城市的公园里，时不时会见到一大丛一大丛的迎春花。西安的环城公园里就有不少，如朱雀门外面两边的高坎上，就生长着很多迎春花，春天，一团团的黄花；夏秋，青枝绿叶。南郊的植物园里，迎春花也不少，每年春日去植物园，我都能见到一些。迎春花不管开花还是不开花，都很好看。

迎春花也叫黄梅，傲霜斗雪，亦有梅的品性。我很喜欢这个名字。父亲已去世三年，今春，抽空，我也想回故乡樊川去，在他老人家的坟头，栽种上一丛丛迎春花。

城墙下的梅花

在西安生活得久了，便会喜欢上这座城市里的很多东西，譬如城墙下的公园，我就异常喜欢。因工作单位在小南门附近，我几乎每天都要从城墙下经过，中午要去环城公园里遛弯儿。健身是一个原因，但更重要的是这里清幽的气息，让人心生欢悦。且不说雄浑、古老的城墙，单是公园里的植物，就让人流连忘返。漫步环城公园内，你会和许多的植物不期而遇，什么唐槐、毛白杨、山楂、苦楝、合欢、紫藤、女贞、迎春花、石榴、樱花……多了去，总有上百种吧。而在这些植物中，我最喜欢的，大概要数梅花了。

环城公园里梅树很多，大多为黄梅和红梅，白梅我还没有见过。其中，以黄梅为多，且多为罄口的蜡梅花。我爱梅，大约出于以下的原因，我的先生李正峰喜梅。梅砺冰雪灼放，情操独守，品格高洁，迹近君子，这可能是先生喜梅的缘由吧。腊月天，常见先生书房内的罐瓶中，插一二枝梅花，那枝上的花儿，有的开了，有的还是骨朵状，于是，书房内，便有了暗香在浮动。那香味，也只是幽幽的、淡淡的一缕，若有若无，须心静，方能捕捉得到。爱屋及乌，我便也爱上了梅。先生已离去十年，但先生的音容笑貌，却如梅香，时不时在我的心中氤氲。贾平凹曾写过有关先生的两篇散文，其中的一篇中，还写到了一年冬天，先生在南门外环城公园里雪地赏梅的情景。文中所描述先生身披黑呢子大衣，领系围巾，鹄立雪中，凝然、悠然的神态，我至今还能想及。

梅为文人画士所喜爱，盖有年矣。历朝历代歌咏梅花之诗文，车载斗量。心同此心，我想，大概大家都有比较相同的情怀吧。读明清人的诗文，曾见到过一首咏梅的打油诗："红帽哼兮黑帽呵，风流太守看梅花。梅花低首开言道，小的梅花接老爷。"简直是和梅花开了一个玩笑。其实，并非是梅花低俗，而是俗吏让人不耐。

漫步在环城公园里，我常想，这里的梅花是在什么时候开放的呢？静夜里？黎明？抑或白天？我说不清。但在冷凝的冬季里，有那么一树两树梅花，冒寒而开，繁花点点，香气袅袅，那确乎让人怦然心动。只可惜，眼下有这份闲心，能驻足梅下，赏梅、品梅的人，是愈来愈少了。

体育场

　　大约从四五年前开始吧，我突然对省体育场有了兴趣，周末，或每日下班后，我常常要到体育场光顾一番。这其中的原因，除了想锻炼一下身体外，还有一个原因就是，这里有我的几位朋友。至于空旷，平日里来的人少，也是我所喜欢的。

　　省体育场在长安路西，南临着西安的二环路。这里除了建有一个偌大的椭圆形的比赛场馆外，还有许多的空地，空地上种植着树木，有女贞，有栾树，似乎还有一些别的树木，诸如椿树、白杨等，我记不大清了。树荫下，有很多的体育器械，吸引着一些中老年人和一些中学生，常在此锻炼。场馆周围开着许多商店，大多是卖体育用品和服装的。这些店铺，平日里也能招引来许多人。我就是被吸引来的人员之一。我家在西何家村住，和体育场只隔着两条马路，从省体育场出发，往西，穿过朱雀路和含光路，即到。直线距离也就是一公里多的样子。数年前，我突然头晕，到医院一检查，血压高，经过一段时间治疗后，很快康复出院。临出院时，医生一再告诫我，说我偏胖，让我平日注意锻炼。从那时开始，我喜欢上了走路，不仅平日上下班步行，就是节假日外出，如没有急事，我也坚持走路。体育场就是在这一段时日里，进入我的视野的。周末，我常常是起个大早，穿上运动衣，到体育场锻炼一会儿，然后回家，洗个澡，再开始别的工作。这一活动，坚持了多年，除非下大雨或下大雪，我从未间断过。其结果是，我这几年再没有发胖，身子骨比过去硬朗了一些不说，身体也消瘦了一圈，看上去比过去顺溜多了。

我频繁地去省体育场还有一个原因，这就是这里有我大学时的一位女同学。我这位女同学名叫胡玥，高个，人白净，很秀气，大学时期是我们班的生活委员，热心，好脾气，还有那么一股子侠气，和大家的关系处得都很好。大学毕业后，她先是在一所中专学校干了几年，随后很快辞职下海，先到海南，再到北京、新疆，在外打拼多年，也许是倦鸟恋林吧，突然又回到了西安。但在家又不能闲着，便和丈夫在体育场里寻得一处房屋，开了一家茶叶店，名曰多宝堂。茶叶店上下两层，下面卖茶叶，上面招呼朋友喝茶聊天。甭看门脸小，生意还蛮红火。买主大多是熟客，都是朋友，或朋友带来的。因店铺里来的人品位高，多宝堂也渐渐在西安有了一些名气。我在这里就先后碰到过西安的多位著名画家，如赵振川、邢庆仁、戴希斌等。还碰到过很多知名的作家，如陈忠实、王仲生、邢小利等。我到多宝堂去，大多也是喝茶瞎聊。这里氛围极好，原色的木凳木桌，壁上供佛，墙上有字画，加之满室的各式各样的宜兴紫砂茶壶（我同学的哥哥是上海美院毕业的,专攻陶壶制艺,故其在售茶之余,亦兼卖陶壶),室中氤氲的袅袅茶香,常常会让人想起一些过去的时光。胡玥好客,她的丈夫小乔多趣,我和朋友们在此一待,往往就是一下午,或者一个晚上。胡玥往往要沏几次茶,大家才能喝得兴尽而散。而散时,常常是夜幕降临,或者星斗满天。

在多宝堂喝过了茶,有时看看时间尚早,我会顺着场馆,往南走三五十米,顺道去一下省美术展览馆,看望一下我的另外一位朋友马卫民。卫民和我的年纪相仿,在美术馆展览部当副主任,是一位画家,人谦和,话不多,自从几年前经画家张健君介绍认识后,我们便彼此来往上了。我们周末有时会一起爬山、郊游,有时则会选一僻静的所在,喝喝小酒,吃顿便饭。更多的情况下,则是去他的办公室或画室闲聊,或看看他新近创作的山水画。我很喜欢卫民的画,他的画山石嶙峋,大气磅礴,很厚重。他画的花鸟也别有趣味,纯水墨写意,不着彩,让人一见难忘。去春最寒冷的时节,一夕,我和张健去他的画室,他送了我一张梅花斗方。画上寒梅虽仅有一枝,但却凌霜傲雪,灿然开放,向人间透露着春的气息。有了这张画,再到环城公园散步时,我常会在蜡梅树前伫立,想一想卫民兄所绘的那枝梅花,像这棵树上的哪一枝呢?心里便若开满了莲花,充满了喜悦和安静。

省美术展览馆的东面是省图书馆,春天里,周日无事,我在体育场锻炼完毕,常常会上到三楼的阅览室,要杯茶,静静地看一上午书。此时,春风浩荡,送来万木复苏的气息。我隔窗远望,但见树梢上流动着蒙蒙的绿雾，心也像冷冻了一个冬天的鱼，被从冰河里捞上了岸，瞬间复苏过来，跳跃不已。我会在心中默念汪曾祺的诗："（新绿是朦胧的，飘浮在树梢，完全不像是叶子……）远树的绿色的呼吸。"我很喜欢汪氏的文字，可惜其人已归道山，每每念及，心中常怅怅然。

大雁塔十字

东南角是市委党校，东北角是一家百货大楼，西北角是邮局，西南角是一家照相馆，这就是我记忆里二十多年前大雁塔十字的情形。这种情形，也和我的许多记忆一样，经过多年岁月的冲洗、荡涤，如今已不复存在。

大雁塔十字在西安的南郊。出和平门，沿着绿荫夹峙的雁塔路，一直向南，大约六里路的样子就到了。再朝南走五百米，就到了唐代著名的大慈恩寺。抬头，让目光越过北围墙，就看见大雁塔似一位饱经沧桑的巨人，矗立在那里。上个世纪八十年代初，我在翠华路边上的一所学校求学，学校离大雁塔十字不远，走路大约十分钟的样子，大雁塔十字是我和同学们最爱去最常去的地方。

记忆里去大雁塔十字大多是在晚饭后，中午除非要买一些急用的东西，诸如本子、钢笔、墨水之类，一般是不去的。一则因为下午要上课，中午连吃饭带休息仅有两小时，时间紧；二则，那时尽管年轻,也不知是怎么搞的,瞌睡特别多,在这饭后短暂的时间里,还想眯一会儿。这样,晚饭后,收拾了碗筷,洗涮清白后,两三个要好的同学,便结伴出了南校门,走育才路,或走西安地质学院的北门进去,穿过整个校园区,出东门,上到雁塔路上,再往南走几步,就到了。大雁塔十字及其周围,那时是蛮繁华的。除了小寨地区外,它应该算是西安南郊第二大热闹地了吧。这一方面因为大雁塔是一个旅游胜地,还有就是它地处城乡接合部,加之周围高等院校多,学生多,因而,人流量很大。人流量大商业也便随之发达。在我的印象里,十字东面的西影路上,路北是一大片饮食摊点,路南则是一溜儿的商铺,多为商店。西安电影制片厂就气势恢宏地蹲踞在这片商铺之间,以它的神秘让许多路过这一路段的人,玄想非非。西影厂里那时有一个小型放映院,不对外,但印有内部票。我们当时都能以拥有一张内部票,能到那里看一场电影为自豪。因为,那里不同于外面的电影院,所放的电影多为国产新片。我就是在那座小电影院里看过根据作家路遥的同名小说改编的电影《人生》的,那大约是1983年的事。

大雁塔十字的北面和西面,街道两边也是鳞次栉比的商铺,无甚特色。值得一记的是它的南面。南面街道短促,不到五百米的样子,就到了大慈恩寺的北围墙。到此,路则呈丁字形,一分为二,东面便通到了唐代著名的宴饮歌乐之地曲江。不过,那一带当时很荒凉,远近除了有几个荒村外,大多是连片成陌的麦田。冬日里,凄厉的冷风吹着,常有野兔出没。平日无事,一般人是不愿意到那里去的。在我的印象里，那里好像成了犯罪分子的作案场所，因为，就在我上学的几年时间里，此地就曾发生了多起凶杀案和绑架案。不过，也有热闹的时候。因为，寒窑就隐藏在这儿的一条荒沟里。因了秦腔和京剧的缘故，中华这片广袤的大地上，很多人都知道薛平贵和王宝钏的故事。不但知道，一些人还会唱上几嗓子"十八年老了我王宝钏……"每年春天的一段时日里，当地百姓都会举行庙会，来纪念这位对爱情忠贞不渝的姑娘。当然，这个季节里，也是荠菜最肥嫩的时候，人们都会从四面八方赶来，如天女散花般地分布在这儿的沟沟坎坎上，分布在一片片麦田里，挑挖荠菜。大家认为，这里的荠菜是最好吃的。因为，当年的宝钏姑娘就曾挖过吃过。挑挖之余，人们还会到寒窑里去看看，看看飘彩楼，看看红鬃烈马洞，重温一下王宝钏的故事。一些男女青年不免就由此想到了自身，当然，各人的心思是不一样的。

　　丁字路往西是环塔路，可以绕到大慈恩寺的正门。门南除了一条逼仄的街道和一个小型停车场外，就是一大片的民居。用"参差十万人家"来形容虽有些过，但也有那么一点意思。这里趣味不大，有趣味的地方在塔西。塔西有一大片园林，还有一个盆景园。两园相通。园中有高大的土丘，有参天的大树，有亭台楼榭，总之，是一个很幽静的去处。这里多为附近高校里的学生所青睐。他们可以在里面散步读书，还可以买一包瓜子或话梅，边嗑边嚼边谈恋爱，都是很惬意的事。大学期间，我就和我的女友，多次来过这片园林。尽管那时园林的门口也售票，但每张票只要五分钱，对我们穷学生来讲，还是能负担得起的。

还有一个谈恋爱的好去处，也在大雁塔十字南面这一路段里，它便是此段路的路东，那里有一片二、三百亩地大的塔松林，据说是园林局的一块苗木基地。不过，当时却是开放的，没有围墙，也没有用栅栏或铁丝网围起来。树木已成材，棵棵塔松高大茂密，足有三、四层楼那么高，春夏季节是很阴凉的。这里实际上位于一个三角地带，往北便是大雁塔十字，往东则通到了曲江。在这里谈恋爱有一个好处，一是不用买票，二是随时可以出来，一抬脚便到了街道上，而此段街道上则恰恰是陕西各地的风味特色小吃，有岐山臊子面，有秦镇米面凉皮，有清真老孙家牛羊肉泡馍，还有樊记腊汁肉夹馍，等等。不过，得口袋硬实，囊橐萧索可不行。多年后，读到汪曾祺先生写西南联大学生谈恋爱的一副对联"人生几何，恋爱三角"，联想到这片塔松林，不觉便会发出会心的一笑。

不过，在这里谈恋爱的学生中，也出现过悲剧。我们学校高年级的一对男女在此谈恋爱，男的似乎对女的做了越轨的事，被女的哭着告到了学校。校方当时很偏激，准备对男的做出开除学籍的处理。男的听闻，从教学楼四楼跳下，当即摔死。当时是暑假前夕吧，我们正在考试，忽闻有学生跳楼，便连试卷也不答了，一起拥到了楼道上，从楼上目睹了这一惨剧。这件事对我的心理影响很大，至今每每想起，心中还不免隐隐作痛，痛惜那个年轻生命的遽逝。

往事如烟，这些都已过去。如今，大雁塔十字早已消失，它被现代化的大广场所取代。广场中有亚洲最大的音乐喷泉,有宏伟的仿唐建筑,有关中风情的青铜雕塑,当然,还有川流不息的中外游人。那片留有我温婉记忆的塔松林已没有了踪影,它成了民俗广场,时时可见的情景是,许多人在此留影照相。

今年春天,我陪母亲到大雁塔北广场闲逛,夜幕下,走在闪烁不定的霓虹灯里,听着悦耳的音乐,望着随音量大小忽高忽低的喷泉,恍惚间,我又想起了从前的岁月,不由感慨万千。岁月无情,二十多年的时光,不仅使母亲变得苍老,也把一个莘莘学子变成了饱经世事的中年人。但不管时光如何地改变着一切,总有一些东西是改变不了的,就像我对大雁塔十字的记忆一样。

翠华路

蝉在长声鸣叫,头顶是绿荫如盖的法国梧桐,街道上是穿得花花绿绿的行人,这是我二十多年前,第一次踏上翠华路上时所闻所看到的情景。当时,我由父亲陪着,从遥远的长安乡下,拿着行李,搭乘长途客车到小寨,然后下车步行,向东穿过大兴善寺路,便来到了翠华路。一看路牌,我就一下子喜欢上了这条路。原因很简单,这条路和我们家乡南面的一座山叫一个名字,这让我感到很亲切。仿佛不是到异地负笈求学,而是在自己的家门口读书。此外,我未来要读书的学校就在这条路上,这也让我和这条路从感情上拉近了距离。所谓爱屋及乌,我想就是这个理儿吧。

我所考上的学校叫西安师范专科学校(现改名西安文理学院,校址已迁往西安太白路上的沙井村),正门开在东西向的育才路上,校门的南面就是西安地矿学院。走育才路,或者穿过西安地矿学院,就可到达唐代著名的宴饮游乐胜地曲江,大雁塔就像一位都市里的隐者,安然素朴地蹲踞在这里,慈眉善目地注视着脚下的十丈红尘。曲江那时还没有开发,记忆里是连陌的麦田,还有一大片树林。大雁塔周围则有春晓园、盆景园,都是很幽静的地方。平日里少人来往,游逛的多是附近校园里的大学生。周末或晚饭后,学生们手里抄本书,或者拿张报纸,一溜带串,踅进园里。有嗑着瓜子谈恋爱的,有边散步边用功的。也有一些老人,他们遛鸟,也遛自己的腿,但不多。校西门是侧门,开在南北向的翠华路上。西门的对面便是另一所高校西安公路学院。西门并不高大,也不宽敞,但不知为什么,大家进出学校,都爱走西门。或者是西门临近操场,玩够了,一抬脚就上了翠华路,方便?或者翠华路比育才路宽大、敞亮?说不清。反正在此上学的几年时间里,我本人喜欢走西门。

那时,西安市还没有修建南二环路,翠华路的北口,也就是我们学校的北围墙外,如今的南二环路,当时还是一条巨大的污水渠。渠两边是蓊蓊郁郁的树木,树木多为杨、槐、柳,高大茂密,把整个渠都给覆盖住了。渠两边还有小块的菜地,春天,可见到地里生长的油汪汪的菠菜,那个旺势劲呀,把人的眼睛都映绿了。也有野荠菜,开着碎碎的米粒大的白花,望去让人心疼。渠边的树林里多鸟,夏日薄暮时分,鸟儿归巢,在晚霞的余晖里,便聒噪成一片,把人的耳根都能磨出茧子。蝉也不少,叫起来没命似的,一直叫到月亮爬上天空。这些,都是我们晚饭后散步时,看到听到的。那时的翠华路远没有现在繁华,不仅店铺少,路上汽车少,连行人也少。不似如今车水马龙的,叫人看了心里就憋得慌。前段日子，我到翠华路老校区去看望恩师王仲生先生，吃过晚饭，从先生家出来，我忽然来了情绪，想要沐浴着春风，在翠华路上走走，重新寻找一下旧时的感觉。但走了一段，但见满目的霓虹灯，茶楼、酒店、足浴屋……一家挨着一家，再加之车多人挤，市声嘈杂，走了一段，我一下子没有了兴致，只好废然而返。

二十多年前的翠华路，确实清静得多，不然，众多的校园也不会像累累瓜果一样的，挂在这根长藤上。据我初步统计，从北至南，依次就有西安公路学院、西安师范专科学校、西安财经学院、陕西商贸学院、陕西干部管理学院、陕西师范大学等高校；此外，还有翠华路小学、雁塔路小学、八十四中学、八十五中学等。夏日里，夕阳下，当莘莘学子成群结队，走在绿荫如盖的翠华路上，或倾耳交谈，或欢歌笑语，那是一种多么迷人的景象呀！周日里，或者晚饭后，我就曾和三两个要好的同学，无数次地徜徉在这条让人心悦的路上。有时，我们骑自行车去翠华路南端的植物园逛，有时去沿路的校园找同学，有时干脆什么也不干，就在翠华路上溜达，瞧街景，看行人。记忆里，翠华路的南端曾开有一家扯面馆。我的一位姓韩的同学去吃了一次，说是不错。不久，我们几个人就相约着去吃了一回，油泼扯面，辣子足，葱花多，油烫量足，确实很好吃。我们一人吃了两碗，还意犹未尽，但不得不离开。要知道，当时扯面刚兴起，一碗面要四毛钱呢。可不敢小瞧这四毛钱，当时我们囊橐萧索不说，一个学徒工的月薪也才十八元钱。四毛钱对我们来讲，那时已经是相当贵了。否则,我也不会至今念念不忘一碗扯面。自然,吃扯面也是偶尔为之,大多的时日里,我们只是在翠华路上漫步。

大约是七八年前吧。一次,我去南郊采访,途经翠华路,走到北段时,我突然觉得有什么地方不对劲了,找寻了半天才发现,是路边高大的法国梧桐不见了。没有了树荫的覆盖,街道一下子显得敞亮多了。我四处打听,为啥要砍树,有人告诉我,梧桐树枝丫太低,影响车辆通行,听说,一棵树上横出的一根枝丫,还把一个站立在卡车车厢里的人挂下来了呢。我说,不是有市政管理人员嘛,说的人就只是笑。还听说,市上的某位官人到欧美公费考察了一圈,发现那些地方草坪遍地,绿茵茵的,煞是好看。这官人回来后,也便要效仿人家,伐掉树木,大种绿草。结果,多年的树木伐倒了,草却难以种活。原因很简单,北方城市不适合种草,适宜植树,种草难以养护。事情到底真假如何,不得而知。也许是该官人得罪了别人,别人编排他也未可知。如今,翠华北路上,不得不又种上了法国梧桐。

"新叶嫩叶沐艳阳,日光真辉煌。"眼看着便是初夏了,翠华路上的法国梧桐,想已撑起绿伞了吧?

曲江

曲江在大雁塔的东南方向，是唐代著名的宴饮歌乐之地。上世纪八十年代初，我在西安南郊的一所学校上学，周日无事，我们三四个要好的同学，相约了，没少到那儿去游玩。印象里，曲江那时很荒凉，除了大片的麦田，再就是离离的荒草，连树木都少见。空气倒是很清新，春日里，天蓝云白，碧野千里，清风拂面，太阳朗照，阡陌上有羊儿在悠闲地吃草，一切显得是那么的和谐、安静。记得有一次，我们走得远，一下子走到了曲江村，也仅一些零零落落的房屋，没有花红柳绿，也没有青堂瓦舍。一个稍懂点地理和历史知识的同学说，这个村庄的所在地，当时就是整个曲江最低洼的地方，也是曲江池的中心。如今，地面上连一滴水也没有，更不用说我想象中的曲江流饮了。一时，沧海桑田，白云苍狗地发了一通感叹。好在我们当时年轻，不愿多在这些和我们生活离得比较远的事上费工夫，感慨完后，依然快乐地过着日子。上课、读书、打球、郊游，生活虽清苦，但却颇有乐趣。

这种无忧无虑的日子没有过多久,我们就毕业了。一时,同学天南海北星散,我也分到西安南郊的一家企业工作。尽管企业所在地离曲江不远,但一则因为单位工作忙,二则因为曲江那时实在无甚可看,也就再没有去过曲江。曲江只作为一个符号,或者说一个历史遗迹,存在于我的记忆里。闲暇时,我更多的是从历代的典籍中,从唐诗映丽的诗篇里,寻找它的踪迹,想象它当年的胜景。

大约是1986年的晚秋吧,我分到西安北郊的一位同学来看我,我们在学校时关系一直很好,老家又都在长安,我家在樊川,他家在青华山下,一在东,一在西,相距虽有三十多公里,但同居终南山的北麓,面对共同的山水,心理上便很亲近。加之,都来自乡下,在校时,大家来往多,便成了至交,可以说亲如兄弟。上学期间,我们就彼此多次到过对方的家。一年的暑假期间,他还陪我去了一趟青华山。当时的情景,至今还依稀记得,山下有大片的栗树林,有潺潺而流的小溪;山上有青翠欲滴的竹林,有庙宇,还有一个巨大的睡佛;山顶则有一棵虬枝飞动的苍松。有这样的交情,彼此自然相见甚欢。他在我这儿住了一宿,第二天下午,我向单位请了假,一起去曲江东原上的春临村,到那里的一所中学看望我的另外一位同学。他也是我俩共同的好友。当时年轻,精神头好,我们向人打听了一下,得知春临村在我们单位的东面,有十多公里,便决定不走小寨、大雁塔、曲江村至春临村这条线,而是横穿曲江,徒步前往。于是,便从电视塔附近出发,走麦田、旷野,翻沟越坎,向春临村进发。田野里四下无人，只有我们俩在匆匆前行。可以听到麦苗摩擦裤腿的沙沙声，可以听到我们微微的喘气声。不经意间，我们来到了一个大土堆旁，近前一看，竟是秦二世墓。墓上生满酸枣、枸树，萧索至极。我们不由唏嘘，想那胡亥，生前享尽荣华奢靡，死后竟不如一个普通的草根百姓，墓堆矮小，清明寒食无人祭祀，只能寂寞地偏居僻地，与荒草狐兔为伍，也着实可悲。发完感慨，继续前行，从曲江西走到曲江东，走了整整一下午，直到暮色四合，我们才走到了曲江东岸，上到原上，找到了春临村。但我们要找的同学竟然不在，他有事进城去了。无奈，只好又踏着夜色返回，路上自然比来时辛苦了许多。只觉得曲江夜里的风很硬，月很小，旷野寂静得怕人。

自那次去过曲江之后，多年间，我再没有去过曲江，曲江在我的印象里已是非常的模糊，只依稀从传媒上得知，曲江成立了开发区，建起了大唐芙蓉园、唐遗址公园什么的，但我也没有太往心上去。原因嘛，主要是来自心理上的拒绝，我不喜欢到太热闹的地方去。是两年前吧，因为身体日差一日的原因，我强迫自己坚持散步。这年的一个春日，我的一个朋友说："你爱好散步，趁着天气好，咱们到曲江走走！"便徒步前往。多年未来，曲江已变化得我几乎不认识了。路好，建筑好，绿化好，昔日的麦田，已荡然无存。路边的行道树多为合欢、女贞，还竖了很多唐诗诗柱。我们边走边读，开心极了。访大雁塔，探寒窑，只是寻找秦二世墓时，却没能找到。向人打听，说在附近，但就是找不着，只好废然而返。此后，我便常到曲江散步，有时在清晨，有时在午后，有时还在灯火闪烁的夜里。有时散步时，我还会无端地想，"三月三日天气新，长安水边多丽人。"杜甫在写这些诗句时，大概也和我一样，和朋友在曲江沐着和煦的风逛荡吧？不同的是，他们可能骑了驴或马，还喝了酒，我则是徒步，没有喝酒。

"波光鸟影，澈水静流，已成为历史。歌楼画舫，箫鼓笙声，已成古迹。没有了士人淑女踏青游乐，没有了杨柳拂岸，歌妓倚门的风流。它们留在了唐代，藏进一本本书里。风景不再，斯人已逝。如今，唯留下一块陆地，留下一个个动人艳丽的故事，供后人瞻仰、咀嚼、赏玩。"这是我多年前游览曲江时写下的一则短文。如今再读，仿佛是一个梦。时空转换，其实，人世间很多梦破碎了是不能再修复的，一如失去的情人，一如盛开过的花。就让记忆里的曲江留在我的梦里、想象里吧，哪怕是荒烟乱草，昏鸦老树，我依然喜欢。

寒窑

寒窑在曲江西北角的一条荒沟里，是秦地一个尽人皆知的地方。这得益于秦腔和京剧的传播。秦腔有《五典坡》，京剧有《武家坡》，均演绎王宝钏和薛平贵事，看的人多，便都知道陕西有一个寒窑。但寒窑究竟在何具体方位，多不甚了解。这不怪他们，对普通百姓来讲，知道有这么一个地方，知道那里曾经发生过一桩爱情悲喜剧，也就够了。他们不是戏剧家，也不是民俗学家，他们靠一双手吃饭，不需要了解那么多那么细。

我知道寒窑是好多年前的事儿了。大约是少年时代吧，村里演戏，有一折戏叫《别窑》，演者悲悲戚戚，观者伤怀落泪。我不知道这是一出什么戏，能让村人这么动容，便问专心看戏的母亲。母亲告诉我是《五典坡》，正上演的这一折叫《别窑》，并简单地向我介绍了剧情。那天，母亲还告诉我，寒窑就在我们长安县的北边，距我们家乡也就是五六十里路的样子。我问母亲去过寒窑吗，她摇了摇头，并显出神往之色。那时，我便想，等我长大了,一定要带她老人家去寒窑逛逛。

没想到的是,我第一次去寒窑,还是母亲带我去的。

我高中毕业后,考上了西安的一所师范院校,学校在西安的南郊,离大雁塔很近,距寒窑也不太远,也就是七八里路的样子。好像是开学的一个月后吧,一个周日,父母到西安来买东西,顺便到学校来看我。中午,我们简单在学校的食堂里吃了顿饭,因是周末,我下午无事,父亲便提议带我到大雁塔逛逛,我们便步行去了大雁塔。不远,从我们学校出发,走育才路、雁塔路,二十多分钟就到了。当时的大慈恩寺周围还很破败,不像今天有宽阔、敞亮的广场,南门外是一大片高低不齐、鳞次栉比的民房。游人也不多,外国游客就更少了。我们买了门票,进去转了转,还买了登塔票,登上大雁塔,极目眺望了一下西安城的景色。二十多年前的西安,还不像今天这样繁华,空气质量也较好,站在塔上,隐隐地可以望见终南山,不过也就是淡淡的一个轮廓。当我们把目光投向东面时,母亲突然说,我们去寒窑吧。父亲也一拍脑袋:"对呀,这儿离寒窑不远。去!"便下塔出门,直奔寒窑。不过,也是走走问问的,父母亲也仅仅知道寒窑在大雁塔的东面,到底在哪里,他们也不清楚。好在鼻子下面长着嘴,问着走着,便到了。

就是一条荒沟。也售票。票是当地村民在卖,每人才一毛钱。卖票的是一个老汉,他对我们说,你们现在逛寒窑没啥看头,正月里庙会时逛才有意思。我们当然知道这儿正月里很热闹,有庙会,唱戏,还搞飘彩活动,附近四邻八乡来的人很多。但我们等不到那时,我们路远,是抽空来的。沟里草木很茂盛,不时有蟋蟀叫着,从路上蹦过。我和父母看了红鬃烈马洞,看了据说是王宝钏住过的寒窑,还有王宝钏汲过水的井,等等。令我惊异的是,沟里还有一座寺庙,这大概就是庙会的来由吧。不过,我相信,附近的百姓逛庙会,大多是冲着王宝钏这个对爱情忠贞不渝的奇女子来的。母亲告诉我,因王宝钏行三,又命苦,因而关中农村管三姑娘都叫四姑娘,讳言"三"字。她还告诉我,因了王宝钏的缘故,寒窑附近的麦田里,春天荠菜都绝迹了,它们被王宝钏挑挖尽了。我听了很是唏嘘,难过了一阵子。

在此后的岁月里,我还多次去过寒窑。有时和同学去,有时和朋友去,记忆最深刻的一次,是一年的春天和女朋友去的。那天,艳阳高照,麦苗青青。游完后,我心怀大畅,回家后,还写了一则短文。至今,我还能记住这则短文。

这是一个被秦腔唱红了的地方。

一条荒沟,几孔破窑,竟有那么大的魅力。年年春季,当荠菜肥绿鲜嫩,生满塬头的时节,总有一帮帮农村妇女,说说笑笑,扶老携幼,奔往这里。

是为了证实一个故事?

是为了寻求一种向往?

寂寥的荒沟,顿时变得熙攘。再也看不到那个当年为夫守节的妇女了。她的布裾麻裙,她的蓬头荆钗,已化作一个个爱情故事,已化作一句句秦腔唱词,让乡野的风吹得漫天飘扬,让农夫农妇咀嚼得情浓意长。

　　站在三月的塬畔上,望着一片片绿油油的麦田,我把一个女人的名字思量。

　　是的,对寒窑,套用一句古人的话是"不思量,自难忘。"何况,我还在着意地思它想它呢!

城南记

一

如果要写我的个人史，西安的南郊，是一个绕不过的地方。我在此曾经求学过三年，又工作、生活近二十年，期间的滋味，只有我知。不过那时年轻，英气尚在，因此，留在记忆中的，大多是美好的一面，至于如月之背光，粗糙的一面，则鲜有记住的。

我第一次去西安的南郊，当在1972年的夏天，这一年，我刚好八岁。此前，我并非没有去过西安，也并非没有去过城南，听父母讲，也曾去过两三次，要么是到西安儿童医院看病，要么是随父母亲到城里闲逛，但因为我年龄小，没有在脑子里留下一丝一毫的记忆。因此，我便把我和城南的第一次接触，放到了我八岁这一年。我的家乡在长安樊川的腹地，名叫稻地江村，距西安城约五六十里。那是一个"绿树村边合,青山郭外斜"的地方,村庄周围,河网密布,树林遍地,稻田处处。夏天,荷叶田田,香飘数里;冬天,"终南阴岭秀,积雪浮云端"。总之,一年四季,无论哪个季节,都可以说是风景如画,风光宜人。我家在村庄的南头住,所属的生产队为第七生产队,全队约有四十多户人家,一百多号人。我们队上有一个桃园,约有十五六亩地大小,在村南面的旷野上,离村有四里地的样子,涉过清浅的小峪河即到。那时还是计划经济时代,每年的夏季,桃子成熟时节,生产队便会组织人力,把桃子摘下,装上架子车,送到西安南关的果品收购站,然后,等到桃子下季后再结账。由于路途遥远,来回要走一百多里,去时又是重车,这项工作一般都由本队的青壮年男劳力来完成。送一次桃,几乎需要一天一夜的时间;如果不顺利,比如送桃车多,需要排长队,有时时间还会更长。队上的孩子,平日没有机会出远门,或没有进过城,便往往会缠住自家的大人,要求随送桃车一同去,逛一下城市。我就是随了送桃车,到南关去的。那次的情景,我至今记忆犹新。

听说大叔父要去送桃,我就对母亲说,我也要去。开始母亲不允许,怕出意外,后禁不住我的软磨硬泡,再加上叔父的保证,母亲最后才千叮咛万嘱咐地答应了。先一天的下午,我就和叔父来到桃园,帮他摘桃,待摘够三大筐后,过秤,再放到架子车上。天气热,怕桃子折分量,也怕过往村庄的孩子偷,叔父又折下许多桃枝,把桃筐苫严实,用绳子把筐系牢,然后,拉了桃车回家。在家中吃过一顿饱饭,带上干粮和水,便在傍晚出发了。那情景也比较壮观,本队的十多辆架子车,排成一溜儿,向前移动。因为去时是重车,我们随行的孩子,起初精神头又好,只能跟在大人的车后走。有时遇到上坡,还得帮大人们推一下车。单趟五十多里路,大人空手走,也需要五六个小时,何况还要拉三四百斤的桃车,那份苦累,可想而知。大人如此,我们小孩子,就更可以想见了。也就刚走了二十多里的样子,和我同去的五六个小孩,已经都走不动了。大人们无奈,但也是早有心理准备,见状,便让孩子们上车,我也跳上了叔父的架子车。车队继续向西安进发,走过韦曲,走过三爻村,还都可以看到田地,但过了吴家坟以后,楼房多了起来,已经有了一些城市的气象。而过了八里村,到了小寨后,城市的气息便更加浓郁了。此时,街灯已亮,长安大道上,人来人往,熙熙攘攘;两边的街道上,也是高楼矗立,屋舍俨然,让我一下子感到,我们是到了一个热闹的所在。我们没有停留,继续向北走,过草场坡,过西安宾馆,大约晚上十点钟的光景,终于到了南关送桃的地点。待走近了一看,大人们的眉头不由皱紧了,这里人真多,先来的送桃车,排了足有一里长的队。大家叹一口气,只好把桃车排到末尾,耐心等待。歇下来的叔父等人,取出干粮,吃了起来。我们也随大人们吃了一点东西,便和大人们一样,坐在车辕上熬等。究竟是孩子,瞌睡多,加之又走了那么多的路,累了,工夫不大,我便斜靠在车上,迷迷糊糊地睡着了。也不知道睡了多久,待我一觉醒来,已是第二天的早晨,桃已交过了,叔父正用车拉着我走在回家的路上。车队在小寨停留了一下,找了一家牛羊肉泡馍馆,吃了一顿饭，又上路了，直到正午时分，才回到了村里。

　　这就是我对城南的第一次记忆，而有关那一顿羊肉泡馍，时隔多年，我还存有印象。我吃了两个饼的泡馍，叔父吃了三个饼的泡馍。那时钱值钱，一碗泡馍，也就二角五分钱。而当年带我去城南的大叔父，也早在四五年前一个落雪的日子里去世，如今，已静静地躺在他耕作了一辈子的土地里。思之，令我怅然。

二

　　假如说随叔父送桃，只是我对城南的一种粗浅记忆，那么，十年后的1982年，则标志着我开始真正在此生活，对西安城南有了一个全新的认识。这一年的秋天，我考上了陕西师范大学西安专修科。起初，我不知道这是一所什么样的学校，以为是一所高等中专，是我的初中老师张春棉告诉我，这是一所大专院校，在城南的翠华北路上。也就在我接到录取通知书的当天晚上，张老师来到了我家，看了我的录取通知书后，告诉我这一切的。张春棉老师是一位美丽的女性，她比我大四五岁吧，和我同村，但不同队。她家属于十队。她的妹妹和我是同学。我们稻地江村小学是一个戴帽小学，所谓戴帽小学，就是小学里带有初中。我上初一时，张老师从樊川中学毕业，没有考上大学，回了村。那年月，高中毕业就算有文化的人了，她毕业后，因为村里小学缺老师，村委会研究决定，就让她做了民办教师，给初一带数学课。我上到初二、初三时，她还给我带过化学课。尽管那时社会上流传着

事物　　73

这样一句话"学好数理化，走遍天下都不怕。"但我还是喜欢语文。不过，张老师待我也不错。她当时还负责着校团委的工作，学校为此给她专门订阅了一份《中国青年报》，我便和另外两个同学，课余时，常到她的办公室看报。记得有一次，在她房间看报纸时，报纸上刊登了一幅漫画《心不在焉》，她看了以后，笑弯了腰。我因为那时还不懂得这个成语的意思，还疑惑了半天呢。张老师后来也考上了长安师范学校，跳出了农门，成了一名真正的公办老师，一直在我们县上教书。我在县城还曾碰到过她，和她吃过一次饭。不过，那都是多年以后的事情了。

我是在父亲的陪护下，于当年的8月30日上午，去学校报到的。因为，9月1日，学校就开学了。我和父亲从村口的路边，乘坐57路长途汽车，带着行李，一路摇晃着，来到县城韦曲，再改乘15路公交车，到达小寨，然后，边走边问，穿过大兴善寺路，步行赶到翠华路，最终到达校门口。学校校门并不轩敞，在翠华北路的东侧，而它的西侧，则是西安公路学院家属区，北面隔了一条污水渠，则是公路学院的教学区。西安公路学院多年后改为长安大学，而我们学校，校名也是一改再改，先是叫陕西师范大学西安专修科，后改为西安师范专科学校，再后，和西安电大合并，改为西安联合大学，如今，又改作了西安文理学院。由于校名变来变去，我后来工作后，每次填履历表时，都犯怵。我不知道我该填哪个校名为对。我干脆就填了我的再教育学历，陕西师范大学中国汉语语言文学函授本科。进校门后，右边是一个大操场，操场上的荒草，经过一个暑假的生长，除了椭圆形的跑道外,草都连成了一片,望去宛如绿毯。而一些蒿草,更是肆无忌惮地生长,几乎长到半人高。左边,则是一排瓦的平房。沿路往里走,校园则愈显得大。房屋多起来,高楼多起来,瓦房也多起来,树木也多起来。校园的中央还有一个花园,虽然不大,里面也有多种花卉,曲径通幽,柳丝低垂,合欢绽放,美人蕉、玫瑰等也开得彤红一片。转眼间,就来到了教学楼,交过费,报过到,看过了宿舍,父亲便领着我原路返回,去了小寨。我们在小寨新华书店逛了逛,又一起去了大雁塔、寒窑。寒窑那时还是一条荒沟。到寒窑后,看过飘彩楼,看过红鬃烈马洞后,父亲问我:"看过《五典坡》吗?"我说:"看过。不就是那个薛平贵王宝钏的故事吗?"父亲点头说:"对咧!那个故事就发生在这里。"父亲说得并不对,《五典坡》不过是一出戏,而薛平贵王宝钏的爱情故事,也不过一个美丽的民间传说而已。这些,都是我以后知道的。当时,我对父亲的话,却是深信不疑。看完了这一切,吃过饭,父亲又把我送到校门口,对我告诫了几句,便转身走了。望着父亲渐行渐远的背影,我有些许的喜悦,也有些许的茫然。喜悦的是,从此以后,我将进入一种全新的生活;茫然的是,离开了故土,离开了我所挚爱的父母亲,我如一棵树,能把根扎进这片土地吗?

三

令我没有想到的是,我入大学后的第一堂课,竟然是除草。

我们这一届中文系虽说也称之为系,和上几届不同,其实只有一个班,共38人,19个男生,19个女生,刚好各半。9月1日上午8时,全班同学按时到教室。其实,前一天的晚上,我和几个新结识的同学害怕走错,已去过教室,在窗外探头探脑地查看过。我们班的教室在教学楼的四层东部。教学楼呈凹字形,邻着校园的南门,它的北面是花园。课间休息时,往走廊上一站,整个花园刚好收入眼底。也许,这就是在当初建设教学楼时,设计者独具的匠心吧。辅导员孙琪老师安排好座位,又点了一遍名后,便宣布去校西门里的操场除草。我原来以为,只有我们班去除草,待我们到后勤处领了工具,到了操场后才发现,操场上已有了好多班级,数学班、化学班、历史班、外语班……清一色的都是刚入校的新生。原来这是该校的传统,每届新生入学,第一堂课都是去操场劳动,所谓劳动就是拔草、铲草,以便在未来的一学期里,全校师生更好地开展体育活动。孙琪老师把我们带到学校给划分的责任区,和同学们一起参加了劳动。孙琪老师堪称漂亮,她个儿不高不低,身材微胖,留着齐耳的剪发头,生就一张圆圆的脸,和一双迷人的大眼睛,见人未言,先是一脸的笑意,让人如沐春风。她也是我们学校中文系毕业的,比我们高两三届,后来因为成绩突出,留校任教了。她只给我们当了一学期的辅导员,后来就改成了王仲生先生。不过,王仲生先生可不是我们的辅导员,而是我们的班主任。在大学里还有班主任,这也令我没有想到。我在校读书时,还时常能见到孙琪老师,自从我1985年毕业后,就再也没有见过,听说后来调到公路学院去了。

我时常还冷不丁地想起她。不过，这些都是后话。至于那天的除草劳动，大家是在谈笑间完成的。毕竟都是新生，每人都要给同学们留一个好印象，故而，都很卖力。而第二天，我们就很快享受到了各自的劳动成果，同学们一早，便被集合到操场，如中学时一样，开始做广播体操。听说，这些，都是校长张毅生的决定。他来此校当校长前，曾在西安一家有名的中学当校长，因此管理起大学来，还是中学时那一套。尽管一些师生对此颇有微词，但他仍固执己见，坚持师生必须每天做早操。张校长不但坚持，而且还身体力行，每天清晨，随着悠扬的音乐声，和我们一起做早操，这令师生们还是有点小感动。对于睡懒觉、早晨不起床到操场做操的学生，张校长也自有他的招数，办法呢，就是带了教务处、学生处的老师，到宿舍去检查。对无故不出操者，在全校师生大会上，点名批评。这一招很厉害，那些企图不出操的学生，最初还心存侥幸，最终都乖乖地到操场去出操了。而欠下的觉，则宁愿逃课补睡。我个人以为，出早操这件事，没有什么不好。古人云：一日之计在于晨，一年之计在于春。清晨，经过锻炼，有一个饱满的精神头去读书、去学习，还是很有必要的。

从此，我就在此开始按部就班地学习了。

我们班的同学都很好，不管是男生，还是女生；也不管是来自城市的，还是来自乡下的，大家都能和睦相处，亲如一家。第一学期还未过半，由于逐渐熟悉，同学们之间已有了许多小圈子，有以宿舍为组织的，有以籍贯为组织的，有以脾性、兴趣为组织的。我也和两位比我年岁稍大的同乡解建玉、王宝成走到了一起，我们一起去上课，一起去食堂，一起去图书馆，一起去小寨书店，一起去看电影，一起去郊游……甚至，连课间上厕所，都一同前往。可以说是出则同行，入则同归，亲如手足。事实上，我们也是以兄弟互称的。这种友谊，一直持续到毕业，持续到三十年后的今天。当然啦，我们和别的同学也保持着很好的情谊，这种同窗之谊，也一直延续到今天。就在去年十月份，我去深圳参加一位朋友郭光的画展，我们在深圳工作的四位同学但扬帆、张延青、任锦朝、张君玲，得知我过去，还专门到长安大酒店聚会过一次呢。席间，面对昔日的同窗，面对时光的流逝，大家感慨系之，激动不已。是呀，尽管我们已渐渐变老，额际已有了白发，眼角已有了鱼尾纹，但青少年时代的清纯友谊，却依然没有老去。

四

在校三年，最有幸的是，我遇到了许多好先生。他们当年在偌大的西安城里，几乎都是声名满满，有的甚至享誉全国。即以给我上过课的老师为例，声名远播者就有王仲生、李正峰、蔡光澜、刘康济、李培坤、王奎田、王宣武、宋建元、张正文诸先生。他们或擅名一个领域，或擅名多个领域，总之，都是一些师德和学养令人尊敬的人物。在这些先生中，我最喜爱者当为王仲生、李正峰两位先生。

先说王仲生先生。

我认识王先生时，他也就四十多岁，比我今天的年龄还小，应属于风华正茂的年纪。王先生是浙江人，他是上世纪五十年代随父支援大西北建设，落户陕西的。其父原为华东师范大学历史系教授，足迹比他走得还远，落脚甘肃，成为兰州大学的一名教授。王先生个儿不高，戴着一副近视镜，见人总是笑眯眯的。他说话声音浑厚，富有磁性，走路步伐很快，嗜书嗜烟嗜茶，偶尔也能喝一点小酒。除此，好像再无他好。大一第二学期，他接替辅导员孙琪老师，做我们的班主任，并给我们上当代文学课，那时，他已是著名的文艺评论家了。听说，他仅专著就有多部行世，但惜乎我无缘一睹。王先生确实有学问，给我们上课时，总能旁征博引，而且口才好，雄辩滔滔，有激情，学生爱听。印象里，先生讲课时，有一个习惯性的动作，就是每当头上的长发垂到前额，遮挡住眼镜时，他总是不失时机地将那颗智慧的脑袋，轻轻向右上方一甩，方才如布帘一样垂挂下来的那一绺长发，便又乖乖地回到了头顶上。但因先生讲课时除口若悬河外，还好辅之以肢体语言，那绺头发，不久又会悄然垂下。于是乎，先生就会重复那个经典的甩头发动作，一堂课下来，总要甩上那么七八次吧。先生讲课时用情至深，讲到激动处，常常会忘乎所以，我班上的好多同学至今还记得，一次，先生讲到郭小川的诗，因为过于激情澎湃，竟然站在讲台的椅子上，声情并茂地给我们朗读起了《青纱帐，甘蔗林》，毕，意犹未尽，又接着朗诵了《祝酒歌》。我们当时虽然鼓了掌，但也目瞪口呆了半天。套用古人的一句话讲是"舌矫而不能下"。

王仲生先生没有大知识分子的毛病，能和学生融融相处，打成一片。这看似简单,实则没有那么容易。一个简单的事实是,他很愿意参加同学们搞的一些活动,而且还乐此不疲。上大二时,由我们班发起,成立了一个曲江诗社,还出了一本内部小册子《曲江诗刊》。王先生得知此事后,不仅大力支持,代为审稿,而且还大力宣传,使诗社的名气在全校迅速鹊起。多年后,我和一些学弟们在一起小聚,他们还多次提及曲江诗社,还问到当年诗社中的一些成员的近况。1984年的春天,我们的当代文学课讲到"三红一创"(指中华人民共和国成立后有影响的四部长篇小说《红日》《红岩》《红旗谱》和《创业史》)时,为了能更好地让学生理解《创业史》这部作品,王先生经过多方联系,还组织我们乘车到长安县王曲镇皇甫村,实地考察了一次当年作家柳青工作、生活、创作过的地方。那次考察,我们不仅拜谒了柳青墓,还拜访了小说中的主人公梁生宝的原型王家斌。时隔多年,我还记得,那天遍地麦苗鲜绿,一川桐华灼放。而先生亦是神采奕奕,笑成了一尊佛。

　　毕业后,我和王先生还多有来往,先生对我的写作,也多有鼓励和帮助。我的第一本散文集《爱的四季》,就是在先生的扶持下出版的。先生不仅亲为作序,给予评价,还在三伏天,冒着酷暑热浪,前往大车家巷贾平凹先生的家中,拜托他为我的小书作序。后来,我的第二本散文集《静对落花》和长篇纪实文学《鹰眼》出版时,先生再次为两书作序,给以评价。我结识作家陈忠实先生,也是得益于他的引荐。先生对我的关怀与扶持,可谓毕至矣。当然，我对先生也是爱戴有加，一往情深。走出校门三十多年，从小学到大学，在我所经历的所有老师中，我和王先生的来往，算是最多的，交情也算是最深的。多年间，我不仅常去先生家小坐，聆听其教诲，而且还时不时地聚会一下。就在去年夏天，先生和师母去美国看望女儿，我还专门为其饯行，并将他们送到西安咸阳国际机场二号登机楼。那天的一个小插曲是，先生在安检时，硕大的行李箱怎么也通不过。费了九牛二虎之力，查找了半天原因，原来是先生好抽烟，偷偷把一个打火机放进了箱包里。这在美国不是事儿，但在中国，就成了事儿。中国民航不允许旅客携带打火机登机。这件小事虽已过去了半年多，但我至今想起来，还不免莞尔。先生有一颗童心，他有时的一些举动，太像小孩儿了。

再说李正峰先生。李正峰先生已谢世十二年。我在校时，他给我们教的是教学法。李先生中等个儿，微黑，偏胖，说话时慢条斯理。和王仲生先生不同，他似乎不苟言笑。但偶尔说笑一下，还是蛮和蔼可亲的。李先生人显老，他给我们代课时，虽然还不到五十岁，但头发已经有些花白了。在校时，我和李先生来往并不多，这主要是因为，教学法虽也属于必修课，但和古典文学、现当代文学，以及外国文学等比起来，还是属于副课。副课自然课少，见面的机会也就少。李先生的名头我却是知道的，这些主要得益于我们写作课刘康济先生的介绍。刘先生告诉我们，李正峰先生是著名的军旅诗人，还是知名的书法家。这些，我后来都得到了佐证。因为不久，我就在人民文学出版社出版的《1949—1979年诗选》和《解放军诗选》中，读到了李先生的诗作。而在一些书法报纸上，也见到了李先生的大作。得知先生是作家、书法家后，我那时还迷恋着写作，故而只对先生的作家身份感兴趣。至于别的同学，则对先生的书法家身份有兴趣。一次下课后，课间在楼道里休息，有同学就开口向先生讨要墨宝，没想到，先生竟然很爽快地答应了。这样，我们班很多同学的手中，就都有了先生的墨宝。但那时年轻，对先生的书法作品认识、珍视不够，很多同学在不经意间，已将其遗失或损坏了。我的一位姓奚的同学，时过多年，我们在一次聚会中，当我问及李正峰先生当年给他写的书法作品时，他不好意思地说："早就弄坏了。大学毕业后，我分到长安乡下一所中学，当时也不知道装裱一下，就直接糊到墙上了。结果，调动工作搬家时，咋也揭不下来。现在都后悔死了，李老师已去世，想请老师重写一幅，都没有机会了！"

我和李正峰先生的真正交往，是在我毕业后的一段时日。除了师生间的聚会外，我印象比较深的一次会面，当在西影路上的陕西计算机学院。这家学院是一所民营院校，校长郭军是我的一位朋友。不知怎么的，他和李先生也很熟稔。记不清是哪一年了，反正也就在1998年前后吧，一个春日里，他专门把李正峰先生请到学院，给他们的师生做了一次书法讲座，事毕，在校会议室桌子上，铺了一张大毡子，请先生写字。也许是那天情绪高的缘故吧，反正先生写了好多幅。恰好那天我也在场，先生见到我很高兴，特意和我交谈了一会儿，问了我的近况。末了，先生挽袖提笔，饱蘸浓墨，为我书写了一幅四尺条子："子在川上曰，逝者如斯夫。"后面还特加一跋："余深感流光之无情，亚平学弟甚珍惜之。"其对学生的一番殷殷之情，让我感动。这是我生平得到先生的第一幅墨宝，至今宝之。我得到先生的第二幅墨宝，是在2000年。是年秋天，也不知是何故，我们晚报要做一期有关卫俊秀先生书法艺术的专版，想请李先生谈一谈他对卫俊秀先生书法的评价。得知记者王亚田要去采访先生，我特意请其代我向先生致意。没想到，待亚田回来后，却意外地得到了先生馈赠的一幅书法作品。那幅作品书录的是南宋诗人洪咨夔的半阕词："海棠影下，子规声里，立尽黄昏。"字体是隶书里面揉入了魏碑，朴茂而安静，让我喜欢得不得了。

　　工作后，我时常给一些报刊投稿。2001年的春天，《延河》4期杂志寄到，上面发表了我的两篇散文。也就在这一期上，我读到了方磊撰写的有关李先生的一篇传记《一峰无语立斜阳》，读毕，我对先生的身世有了一个全面的了解。我不知道先生幼年身世如此悲惨，竟然是一个孤儿，是他的养父母把他抚养大的。我更不知道先生当教师之前，还当过兵。我在感谢方先生的同时，心中却隐隐地有些不祥，我总觉得先生没有必要这么早地总结自己。果然，一文成谶，先生竟在这一年冬天谢世了。闻听此消息，我深感悲痛。

　　2013年秋天的一天下午，我应邀到书院门的一家画廊内，出席一位年轻画家的作品研讨会。待我入座，坐在我旁边的一位来宾，让我吃了一惊。那神态，那相貌，活脱脱就是李正峰先生在世。冥冥中我总感觉到，这位来宾一定和李先生有着某种关系。于是，在座谈会的间隙，我不揣冒昧，试探着问他："您认识书法家李正峰先生吗？"他先是一愣，接着恭敬地说："是先父！怎么，您认识？"我大喜过望，忙说："我是李先生的学生，先生曾教过我教学法。您就是美院的李阳教授吧？"他微笑点头。早听说李先生有一子名叫李阳，在西安美院做教授，还是著名画家，画作在各种展览上常见，但人却缘悭一面，今始得见，快哉！我们遂互留了电话，相约他日一叙。归途中我想，父子两代，同为书画界翘楚，先生可以含笑了。

五

我在城南读书期间，最爱去的地方有两个，一是小寨，一是大雁塔十字。小寨在我们学校的西面，从学校西门出发，上翠华路，南行五分钟，右拐至大兴善寺东路，再西行十分钟左右即到。小寨那时应该是整个南郊最繁华的地区吧，即便是三十年后的今天，应该依然还是。这主要是由它的地理位置决定的。小寨地处大南门外三公里处，其间有长安路、小寨路通过，它刚好处在这两条交通大动脉的十字地带，加之周围机关单位多，学校多，尤其是大学多，居民多，商铺多，故而是一处热闹之地。即以大专院校为例，长安路上，从南至北，就有陕西师大、西安外院、西安政法学院、西安邮电学院、西安建筑学院、西安公路学院、西安音乐学院，这还不算小寨路、翠华路、朱雀路和雁塔路上的。若算上这些路段上的大专院校，少说也有十多所。这些院校，如夜空中的星星，星散在小寨周围，让小寨更加显得有文化气息，也更加熠熠生辉。

我到小寨去，主要是逛新华书店，其次是瞧热闹，顺便购物。星期天，或者中午休息时分，我常和一二好友，相约了去小寨。那时的小寨，尽管可称为繁华，但高楼并不多，更多的则是青瓦覆顶的平房。小寨商场就是由一排排青堂瓦舍构成的一个商业场所，而且规模还比较大，有许多的院落。我们每次去小寨，小寨商场是必逛的。像逛迷宫一样，一个院落，一个院落逛去，让我有如看万花筒般的感觉。更重要的是，新华书店就藏身在这一片经过时光打磨过的瓦房里，作为一个喜欢书籍的人，焉有不去之理。可惜的是，因为当时家境不裕，我是看的时候多，买的时候少。我至今还能记住的是，我在这里，买过《拜伦诗选》《雪莱诗选》《普希金诗选》《裴多菲诗选》，还买过孙犁的《耕堂散文》《晚华集》《秀露集》和《刘绍棠小说选》《峻青小说选》等，这些书我当时都认真拜读过，有的甚至还下功夫背诵过。如雪莱、普希金诗选中的一些诗歌，我就曾在春天的清晨，于学校花园中，呼吸着花草的清芬，聆听着鸟儿婉转的鸣叫，一遍一遍地背诵。我那时还特别喜欢刘绍棠的小说，尤其是他的《蒲柳人家》，我少说也读过十几遍。这也许和我出生在农村，而书中所写，也多为河北农村事，两相暗合有关吧。但扪心自问，对我后来影响最大的，还是孙犁的那几本薄册子。其他的书，我早已束之高阁，而这几本书，我现在还翻出来时常读。时光有如一面无情而巨大的筛子，经过筛选，能存下来的作家，能留存下来的文字，自然是精华。孙犁先生即属于这样的精华，尽管他人已归道山，但其文还会长留世间。至少在我，我会记住他和他的文字的。五六年前，我费尽心力，从钟楼新华书店购买回《孙犁全集》，而且一篇不落地仔细阅读，亦可见出我对孙犁作品的喜爱。说一句不客气的话，在现当代作家中，除了沈从文、汪曾祺二位先生外，还没有一个人让我这样下功夫研读其作品的。也许是"萝卜青菜，各有所爱"吧，但我就是酷爱孙犁的作品，无论是他的小说、散文，还是诗歌，我都很喜爱。就在上一个周末，我还在西安文昌门内的博文书店，购买了姜德明先生编著的《孙犁书札》，尽管书中的内容我已于全集中看过，但因为本书系孙犁书札的影印，能系统地窥看先生的手泽，我还是很高兴地买下了。除了逛书店，我有时还在小寨购买一点生活、学习上的用品。还会攒钱，去小寨电影院看一场电影。不过，这样的事儿不多，因为我们学校周围大专院校众多，各校之间常放露天电影，就是多跑点路的事儿。好在当时年轻，有的是精神，跑点路，看场电影，不以为苦，反以为乐事。如放在现在，早已没有了那个心气儿了。

至于去大雁塔十字，除了游转外，更多的还是喜欢那里的古意，喜欢那里的清幽。去大雁塔十字，和去小寨的路程差不多，不同的是，路线有别，一在西南，一在东南。常常是在春夏秋时节吧，下午下课后，匆忙在食堂吃过饭，两三个朋友相约了，出校南门，沿育才路东行至雁塔路，再南行一里地，就到了大雁塔十字。三十多年前,大雁塔十字还没有像现在这样,被大量地改建,还保有古风。它的东北角是一个商场,东南角是市委党校,西南角是书店、照相馆,东北角则是大雁塔邮局。十字周围,确实没有什么可看的,吸引我的,是十字南段这一条道路,和路两边广大的区域,那确乎是一块幽静而古意盎然的地方。路东除了市委党校外,是一排古建,鳞次栉比的,由北向南一直排列到大慈恩寺北围墙下;路西亦然。这些古建,均为门面房,多为卖关中小吃和旅游纪念品的地方。而它们的背后,则为松园和游乐园。西面的游乐园,我没有兴趣,我最喜欢的,当为路东的松园。这片园林,确实不小,足有二百亩地的样子,园中树木已长成,多为两丈高左右,树木成行,绿叶滴翠。此园既无围墙,也无栅栏,随意进出,徜徉其间,听鸟鸣虫唱,幽谧而诗意,身处其中,就如三伏天喝了一杯凉饮,连心境都平和了许多。如铺一张报纸,在松荫下读书,那简直是魏晋一类人物了。这处地方,除了读书、散步外,还有一个功能,就是谈恋爱。至于谈恋爱的人嘛,则多为附近院校中的莘莘学子。这没有什么好奇怪的,因为这些学子,大多已到了谈婚论嫁的年龄。正如水处高要向下流一样,情势使然。我就曾和我的女友,在此间浪漫过。不过,在此间谈恋爱,也有发生过悲剧的。我入校第二年后的夏天,我的一对学兄学姐在松园谈恋爱,因产生误会,学姐告到校方,校方要处理学兄,结果,学兄选择了跳楼。我不知道那位学兄决意赴死,从四楼跳下前,他想了什么,反正,我的心情是沉重了多日。时隔多年,我至今不能原谅校方的粗暴处理!一个鲜活的生命,就那样悄无声息地从人间消逝了，想一想，终为憾事、痛事。

雁塔路南行至大慈恩寺北围墙，一分为二，东面通往曲江，路边有春晓园。西面通往大慈恩寺前门，旁边有盆景园，这也是两处清静的所在。其间不唯树木高大，花木品类繁多，而且地势高下有致，也为我所钟情。当然，也为好多游人所钟爱。凡游览大雁塔者，鲜有不游历这两处者。值得一记的是，那时的大慈恩寺门前，没有广场，人家依寺而居，和谐畅美。哪里似今日，大兴土木，劳民伤财地修建了南北广场，修建了什么亚洲第一音乐喷泉，生生把一个佛家清修之地，变作了喧嚣的骡马市场。顺着大慈恩寺再往东南方向走，便是唐代达官显贵的歌舞宴饮之地曲江了。当年，也没有被开发，都是大片的麦田，还有一些散落其间的村落。秋冬季节，荒草离离，常有野兔出没。行走其间，常常让人生出一种"夕阳残照，汉家陵阙"的感觉。和今天曲江的繁华相比，我还是喜欢当年那种野树荒烟的情状，那可能更适合人们凭吊、怀想。

六

其后，我还在城南三爻村的一家建材厂工作过五年。有关那五年的岁月，我曾以"时光背影"为题，写过十篇短文，这些短文，后来以专栏的形式，在西安的一家报纸发表了。文章刊出的那些时日，尽管我和厂中的一些人，已有二十多年没有联系，但当年的一些朋友，读到文章后，还是千方百计地打来电话，让我备感温馨。从一些工友的口中得知，我昔年工作过的工厂业已倒闭，职工已下岗，现在工厂已被拆除，而地方呢，则成了省政府在南郊最大的一个小区。我在感慨之余，更多的则是对那段青春岁月的怀念。此后，我还在何家村居住过十多年。那个城中村在上世纪六七十年代，曾经因为出土过唐代大量的金银器，被考古界所重，而名扬天下。不过，我在那里居住时，那里却是一个名副其实的城中村，不仅街巷逼仄，而且乱搭乱建严重，成为全市的一个消防隐患。但这些在数年前，也已成为历史，经过拆迁重建，何家村已成为一个漂亮的社区。"少年子弟江湖老，红粉佳人两鬓斑。"如今，我依然在城南居住着，居住在南二环边。但每天除了听听风声，读读闲书外，我对城南已没有了记忆。

好枪

子弹上膛,举起,瞄准,然后击发。倾听着子弹呼啸而去,或击中靶子,或脱靶钻入靶子后面的土坎,腾起一股烟雾。十多年前,当我第一次在西安临潼某部队打枪时,我不知道自己为何能如此镇静,以致在我身边,负责教授我的杨参谋,都有点吃惊。趁换子弹的间隙,他问我:"你过去打过枪吗?"我告诉他,我小时候除了摸过木头枪外,没有摸过真枪。听完我冷静的陈述,他更加惊异了。我则在一旁享受着打枪的快感。

尽管我生活在和平的年月,且从未当过兵,但我依然觉得,一把好枪,必须是一把老枪,更应该是一把间不容发的快枪。这正如一个好女人,必须经过岁月的磨砺,她的可贵的品质才能显露出来一样。也许,这个比喻并不那么恰当,但好的物事,好的东西,概莫能外,这或许也是一个规律吧。好枪如古玩,是需要沉潜、隐藏的。一旦显露出来,便会让人静下心来,产生一种想要抚摸、把玩的冲动。步枪就不必说了,手枪绝对如此。我在报社当记者的那些年月里,时常到公安局里去采访。在派出所,尤其是刑警大队,我时常能看到将要执行任务的民警们,将手枪斜背在左腋下,然后,外面再穿一件外套,这样,他们就会很好地把枪藏匿起来,到外面去抓捕犯罪嫌疑人了。发现了他们的这一秘密,后来行走在大街上,每当我看到一个穿着便衣,英气勃发的小伙子,我总会偷偷地向他的左腋下瞄上几眼,疑心他们是便衣警察,正在执行着特殊的任务。后来,在一次闲聊中,我把我的这一想法,告诉了我所熟悉的一位刑警大队长,他讪笑我道:"我们民警有那么笨吗?要是你都能看出他们是带枪的便衣警察,难道坏人会看不出?"我想一想也对。之后,和民警接触多了,我才知道,其实那些把枪藏在腋窝下,且让人见到的警察,都是一些年轻的刑警,他们还没有真正懂得刑侦,还有一点虚荣,有一点穷显摆的味道。真正的刑警,都是一些上了年岁的警察,他们有过一些失败,有过一些成功,有了些许经历,他们才是破案抓捕坏人的行家里手。他们也藏枪,但藏无定处,有时在腋窝下,有时在腰间,有时在口袋里,有时甚至还捆扎在右腿上,让裤管遮蔽起来。你看着他是在系鞋带,但转瞬间,一把乌黑发亮的手枪,就变戏法似的抵到了坏人的头上。变化就在电光石火间发生,让犯罪嫌疑人防不胜防。这就是老刑警,也是一把好枪的妙用。

好枪是要有分量的,拿在手里,沉甸甸的,压手,这样心里才会踏实。上世纪九十年代初,我曾到宁西林业局去过一趟。当年,此地交通不便,还属于深山老林地区。陪同我们的朋友告诉我，这里在中华人民共和国成立以前曾是土匪出没的地方，陕南三股著名土匪之一的彭源洲，就曾啸聚此地，为害一方。当年，这位绿林悍匪嚣张一时，不仅欺压当地的群众，还攻击路过此地剿匪的国民党军队。时任第二十八军预备师师长谢辅三派了一个团的兵力进剿，经过一周苦战，才将其歼灭。据说，彭源洲临近覆灭下山寨投降前，自知罪孽深重，命将不保，遂将其平日搜刮聚敛的几棺材银圆，尽数从山寨边的悬崖上，推入山谷中。至今，当地百姓，还时常进入山沟，在那里寻宝。听说，还真有找到银圆的。那次前往，巧遇一猎户。在他家的墙上，我见到了一把老旧的猎枪。主人声言是当年打猎时使用的，现在已不用了。我请他拿下来看了看，这把猎枪很重，足有七八斤。枪托是木制的，有些粗糙；枪管很长，有一米多的样子，没有准星。显然，属于自制的土枪。但从乌黑发亮的枪管上，从被汗水浸渍成褐黑色的枪托上，我依然能判断出这是一把好枪。我的判断从其后和他的交谈中得到了证实。他说，在过去的年月里，他就是靠这把枪，打些猎物，来养活一家人的。我问他："这把猎枪没有准星，你打猎时能打得准吗？"老人饱经风霜的脸上，终于露出了难得一见的笑容。他告诉我，好的猎人是不用准星的，准星就在猎人的心里。

这话我信。因为，在随后的十多年中，我曾在部队、警营、民兵预备役训练基地打过多次枪，小到手枪，大到步枪，都打过。打枪前，我看教官给我们示范时，都是合规合矩，一丝不苟的。但轮到他们自己射击时，均是对靶位略微瞄一瞄，就开枪射击，结果,都打出了九环十环的好成绩。我知道,熟能生巧,他们其实都是在用心射击。这样的例证,我在今年十二月十四日的陕西省射击运动中心,也体会到了。飞碟射击世锦赛冠军史红艳的表演,以及自己在二十五米气手枪馆的所见所闻,还有实际的击发,都让我想起了那位老猎人的话。

好枪是用来防卫的,也是用来击杀坏人的,我们可以不用,但我们必须拥有。对一个民族,乃至一个国家而言,拥有一把好枪,尤显必要。

风物

春天的野菜

　　单位搬迁到南三环后,离城市远了,离乡村近了。午间休息时,于周边的小路上散步,忽然就看到路边的柳树上有了一抹新绿。目光南望,平日云卷云舒,还有几分苍涩的终南山,此刻也变得朗润起来。看来,春天真的回来了。不觉间,心中就涌动出了唐人的诗句,"天街小雨润如酥,草色遥看近却无。"低头一看,路边的小草,果然已发出了新芽,长出了嫩叶。还有我认识的几种野菜,也长到小酒盅大小,团团然,惹人怜爱。这久违的野菜,让我顿时间想起了故乡,想起了故乡的春天,想起了春天里田间地头的野菜。

　　说到野菜,我首先想到的是荠菜。每年春风一动,青草一泛绿,荠菜就出来了。往往是在一场春雨之后,它们好像商量好了似的,突然间就出现在了麦田中、田垄头、河畔间。不过,起初并不大,只有大人指甲盖大小,不易被人发现。或者,发现了,也没有人去理睬它。只有再经过十天半月左右阳光的曝晒,春风的吹拂,雨泽的滋润,荠菜伸胳膊蹬腿,舒展了腰身,长得肥硕起来,人们才拿了小刀,提了筐篮,走进田野,开始挑荠菜。那真是一件心旷神怡的事儿,棉袄脱了,一身轻松,在煦暖的春风中,在碧绿的麦田中,蹲下身子,边说笑着,边寻觅着挑挖着荠菜,偶一抬头,天蓝云白,似乎连心都飞到白云间去了。荠菜长得很好看,叶修长如柳,边缘有锯齿。起初只有四五片,随着时光的流逝,叶片也如楼台状,不断地复生,直至夏末变老,顶部结出碎碎的米粒状的白花。荠菜有多种吃法,可凉拌。将挑挖的荠菜择洗干净,放进开水锅里焯熟,捞出,滤去汁水,然后切碎,加盐,加醋,加姜末,加油泼辣子,再滴一丁点儿麻油,拌匀即食,其美无比。当然了,这道菜的佐料必须是上好的,尤其是醋,必须好。用山西的老陈醋固然好,若无,用户县大王镇的醋亦可。荠菜还可包饺子,这是最常见的吃法。可素包,以荠菜为主,和豆腐、木耳、黄花、葱姜等合剁为馅,包好,煮而食之。可荤包,最好是和瘦肉合剁为馅,这样的饺子煮熟后,既有荠菜的鲜香,又有肉香。但我最中意的是吃荠菜面和荠菜水饭。将擀好的面切成碎面下锅,待水滚后,急投入洗净的荠菜,煮熟,和汤面一起盛入碗中,加入炒好的葱花和调料,徐徐食之,别有滋味。荠菜水饭好像只有我们老家关中长安地方有之,这么多年,我在别的地方没有见到过。将籼米淘洗净,投入多半锅水中煮之,待水滚后,投入荠菜、红白萝卜条、黄豆,煮熟后,加入盐巴,水是水,米是米,稠而不稀,红黄绿白,趁热徐啜,滋味美妙,无以复言。小时候,在长安乡间,每当母亲做荠菜水饭,我都要吃两大碗。

荠菜南北皆有，不过北地苦寒，较南地出来晚些而已。南宋诗人陆游似乎特别喜欢食荠菜，他曾写过两首《食荠》诗。其一：采采珍蔬不待畦，中原正味压纯丝。挑根择叶无虚日，直到开花如雪时。其二：日日思归饱蕨薇，春来荠美忽忘归。传夸真欲嫌荠苦，自笑何时得瓠肥。放翁真知食荠者矣。

春天故乡原野上的野菜多矣。除了荠菜外，还有麦瓶儿、水芹菜、枸杞芽、堇堇菜、辣辣菜、面条、胖官、巧合蛋什么的，当然了，有的图书上不载，只是我们当地人的叫法。或者图书上也记载了，叫法却不同。比如辣辣菜，一些图书上就写作勺勺菜。这些野菜，也是伴随着春风，陆续登场的。麦瓶儿几乎是和荠菜同时出现在麦田中的，它的叶子也似柳叶，不过更窄，也无锯齿，叶由根部丛生而出，整个形体就如微缩的剑麻。这种野菜好挑好洗，下面锅、做酸菜均宜，味道醇厚，吃起来很香。麦瓶儿几乎是和麦子一块儿生长的，麦子长多高，它也长多高。麦瓶儿长着长着就开花了，那花儿很好看，是一个底部大颈部细的花瓶儿，花则从瓶颈部吐出，单瓣梅花状，一瓣一瓣的，粉红色，鲜艳至极。一株麦瓶儿上，往往有三四个花瓶，多者还有五六个的。试想，在碧波荡漾的麦浪中，摇曳着一株株麦瓶花，那情景有多好看。麦瓶儿花谢后会逐渐变黄，那些瓶儿中也会蓄满籽儿，这些籽儿待到麦熟时节，又会随风洒落田间，到来年春风起时，再生长出无数的麦瓶儿菜。读江南一些士人的笔记，常见有看麦娘的记述，我总弄不清它是一种什么样的野菜，无端地总觉得，它就是家乡田间的麦瓶儿。胖官的形状和麦瓶儿相类，不过叶片比较肥厚,味道很苦。这种野菜我们一般是不挑挖的。实在不得已挑挖回家,也仅仅是做腌制酸菜而用。胖官花色比麦瓶儿淡,花瓶则很有意思,瓶身上有竖的细细的棱纹,不似麦瓶儿是光滑的。水芹菜生长在多水的地方,生长在水中的,通体翠绿;生长在水滨的,茎叶则为紫红色。吃起来,生长在水中的好像更肥嫩一些。枸杞生长在田坎河畔,采摘时只能掐去枝头的嫩尖。枸杞芽焯熟凉拌,吃起来有一点淡淡的苦味,清热败火,也很不赖。这些菜都是季节性很强的菜,一过季节就老了,就无法食之了。"春到溪头荠菜花",诗意很美,但这时的荠菜已不能吃了,勉强食之,不但枯涩,而且显老。如若不是饥荒年代,恐怕是没人愿意吃的。

茄子

盛夏时节，天气燠热，百物难以下咽，忽然就想到了茄子。晚饭时，如果有一盘酸辣可口的凉拌茄子，就着薄粥，缓缓而啜，那该是一件多么惬意的事呀。小时候在乡间，每逢夏季茄子下来时，我没少吃过凉拌茄子。凉拌茄子的做法很简单，先上锅将洗净的整个茄子蒸熟，剥去皮，将茄肉一绺一绺撕下，堆入盘中，加蒜泥、油泼辣子、葱花、盐醋、麻油，拌匀即可。凉拌茄子很好吃，软而濡，又有一点儿嚼头，是佐粥的妙物。下酒亦妙。傍晚时分，搬一张方桌，放在新洒过水的庭院，天空一弯朗月，下山风吹着，夜色中，或三两好友，或一人，就着茄子，把酒慢饮，想一想，都让人神往。祖父在世时，就喜欢这样一个人独饮，三四两老酒下肚，看着他怡然的样子，我羡慕得不行。

在乡间生活的那些年月里，我最喜欢去的地方，就是生产队的菜园子，那几乎是一个乡村孩子的乐园。我们队的菜园子在村南，园子的南面紧邻着一条蛟峪河，西面则是一个大桃园。

菜园有五亩地大,里面种满了各种蔬菜。春天,青草泛绿,各种蔬菜也破土而出,开始只是几片稀疏的小叶片,几场春雨,几度春风,菜园里已是葳蕤一片,生机盎然了。园中的蔬菜若用油沃过,旺盛的不得了。而百花也不失时机地开了,金黄的蒲公英,白色的碎碎叨叨的荠菜花,蔚蓝如火焰的苦苣儿,红艳艳的麦瓶花……都是一些野花,生长在菜畦间,把人的眼睛都照亮了。蔬菜这时也有开花的,如油菜花、芥末花,但好像并不多。它们大量开花在夏秋。各种瓜类的,如南瓜、黄瓜、笋瓜、西葫芦、丝瓜,就不用说了;辣椒、豆角、韭菜、大葱、豇豆等等,也多在这个季节开花。茄子也在夏秋开花。茄子花是紫白色的,有点发蓝,开在肥大的叶间,样子很好看。茄子开花是陆陆续续的,开着落着,就有小茄子渐次生出。起初,小茄子像一个个小紫色的橄榄球,挂在茄树上,掩映在硕大的叶间,但也就半个多月的工夫,茄子便长得肥硕起来,如一个个胖乎乎的娃娃,茄叶再也遮蔽不住它们了。茄子便会被人们摘下,拉到集市上卖掉。茄子多为浑圆形,也有长条形的,若小儿臂,长达半尺。至于颜色么,多为紫皮,不过,现在也有了绿皮的,这也许是品种改良的缘故吧。

茄子有多种吃法,除了上述凉拌茄子外,还有茄子炒豆角、红烧茄子、油炸茄子,都不赖。小时候,我在农村还吃过生拌茄子。将茄子洗净,切成细丝,加上剁碎的青辣椒、蒜末,调上适量的盐醋,用手反复地抓一抓,然后上桌开吃,味道绵软可口,喝粥下饭皆宜。多年后,读一些植物类的闲书,我才知道,茄子不宜生吃,因为其中含有龙葵碱,生吃容易中毒,会出现腹胀泻肚症状。但家乡人至今还在这么吃着，我也还在这么吃着，情况似乎也没有那么严重，也许是吃得少的原因吧。贫困年月里养成的一些习惯，今生怕是不易改掉了。茄子还可以蒸包子，茄子包子无论是城里人，还是乡下人，似乎都喜欢吃。我母亲善于蒸茄子包子，她老人家每次做这种吃食，我都要趁热吃上三四个。茄子除了好吃，还具有清热活血、消肿止痛、降低血压的功效，长期食用茄子，可以说好处多多。用冬天地里的茄子枝叶煮水，泡洗治疗冻疮有奇效。少年时，由于贪玩，冬天里我常和小伙伴们在旷野里疯跑，结果手脚生出冻疮，疼痛不已。母亲发现后，一边爱怜地责备着我，一边领着我，赶到生产队的菜园子，拔一捆茄子秧，煮水替我清洗，往往清洗过两三次后，我的手脚就会光鲜如初。

茄子又名落苏，南方称为矮瓜，来自印度，种植时间很久，据称南北朝时期已有栽培。但至少在宋代，已被广泛种植，宋人郑清之就曾写过一首有趣的咏茄诗："青紫皮肤类宰官，光圆头脑作僧看。如何缁俗偏同嗜，入口原来总一般。"说茄子圆乎乎的样子像和尚的头，这个意象很新奇，也很有意思。清代画家金农据此诗，还曾画过一幅茄子图，并把第二句诗题到画上，让人看了忍俊不禁。郑清之说茄子滋味一般，我看未必。他之所以这样说，要么是不会做，要么是不懂食茄，否则，为何僧俗都喜好吃的茄子，他偏偏要说滋味一般呢？

荷

　　"江南可采莲,莲叶何田田。"这是汉代相和民歌里的两句诗。莲是南方的叫法,北方称为荷。说到荷,不唯陕西南部地区,譬如安康、汉中等地广泛种植,就是秦岭以北的关中地区,也多有种植,尤其沿秦岭北麓一带,因多峪口,多流水,多川地,种植更为普遍。明代诗人钱微曾写过一首咏荷诗:"泓然一缶水,下与坳塘接。青菰八九枝,圆荷四五叶。动摇香风至,顾盼野心惬。"想他描写的应该也是北方的荷吧。

　　对荷,我说不上多么喜爱,但碰到了,总要驻足多看两眼。原因嘛,我们家乡有荷,打小就认识。故而见到了,总有那么一点亲切。这好比是邻居,虽平日没有多少交往,因相处的时间长了,只要没有交恶,不期在外面遇到了,还是有那么一丝淡淡的喜悦在心底的。

　　我的家乡在樊川的腹地,离终南山仅有十多里之遥。终南山是秦岭的一段,山上植被好,故雨水多,加之家乡又是川地,西面北面皆原，水汊低湿地多，水田面积便广博，这在关中别的地方是不多见的。水田面积广就宜种稻植荷。在我的记忆里，我们村庄周围全是稻田、荷田。就连村名也叫稻地江村。附近村庄的人，还给我们村编了一句顺口溜，道是："进了江村街，就拿米饭憋（吃饱的意思）。"足见家乡水田面积之广。

　　插秧种稻在麦收后，但秧苗是在麦子还未成熟时已育在秧床上了，绿莹莹的，如绿绒毯，很好看。待到麦子收割过后，腾出了地，方拔了秧苗，一撮撮插入水田里的。而荷则是在暮春已被植入去冬预留好的田里的。那正是小麦扬花、柳絮飘飞时节，放眼原野，白色的絮状的杨花，漫天飞舞，夕阳下，尤为好看。

　　植荷是一件比较麻烦的活儿，也是一件细致活儿。先得用牲口把地翻了，然后把地耙平，再给田里隔三岔五地堆上捣碎的农家肥，之后把藕种埋入粪堆中，放入水，荷田就做好了。十天半月后，你到地头去看吧，原来水平如镜的荷田里，便有如小儿婴拳样的小叶露出水面，嫩绿嫩绿的，上面还挂着晶莹的露珠。从这时开始，荷田一天一个样，荷叶愈生愈多，一两个月后，便已是叶覆叶，层层叠叠，碧绿一片了。荷田里也开始热闹起来，水中有水葫芦、荇草，有鳝鱼、泥鳅，最多的是青蛙。它们在水里跳来游去，有时甚至跳到荷叶上去，压得荷叶一忽闪一忽闪的，荷叶上的露，便若断了线的珠子，纷纷滚下，跌落水中。蜻蜓也很多，麻的、黑的、红的、绿的，或于荷田上空来回飞翔，或降落在荷叶上面。此时，水稻也已成长起来，整个稻田绿汪汪的。片片稻田和片片荷田相间相连，田野如画轴，渐次打开，远山近树，美丽极了。而荷花也在这个季节静静地开了，粉红的，莹白的，花大如碗，挺立在重重荷叶中，如浴后少女，微风过后，婀娜有致，美艳得使人心痛。

夏日无聊，翻书破闷。从书中得知，古今有很多爱荷之人，李白、周敦颐不待说，今人中喜欢荷的，作家里就有席慕蓉、汪曾祺。席、汪二人都曾种过荷。席慕蓉是诗人，还是画家，她植荷除了观赏、作画外，大概还是出于女人爱美的天性吧。汪曾祺我想则更多出于情趣，出于对生活的热爱。读他写种荷的文字，让人感动，也让人觉得温暖，如何地弄来大缸，给缸里倾倒进半缸淤泥，铺上肥，注入水，植入藕秋子（荷种），看它生叶、开花，历历写来，如在目前。不过，无论是席慕蓉，还是汪曾祺，他们种的荷都是观赏荷，不长藕，和我家乡的荷是不一样的。我想，花叶也一定没有我们家乡的荷开得大，生长得碧绿茂盛吧。

曾见过许多荷，比如苏州拙政园的荷，湖南桃源的荷，昆明滇池的荷，但我以为总不及我们家乡的荷。长安自古帝王都，长安自古也是出美荷的地方。家乡清水头村的千亩荷田，花叶之盛，势接天际，让人震撼，亦让人流连。夏日到此，沐荷香荷风，可以忘忧。若带有酒，还可效古人，摘一段荷梗，掐去头尾，将其插入酒瓶，慢慢地吸，喝上一两口带有荷香气的酒，那份惬意、自在，更无以复言。

柿树

　　柿树是关中农村最常见的一种树，尤其是沿秦岭北麓一带，几乎家家有柿树，村村有柿树。有人说，柿树多生长在苦寒的地方，譬如陕西、山西、甘肃、宁夏等省的山地、丘陵地区，也许吧。柿树耐贫瘠、耐干旱，生长缓慢，但它易活好管，稍有一些土壤水分，就能迎风而长，并结出通红鲜亮的柿子，这很像草民百姓，让人感动。

　　我的家乡在秦岭之北，离山约有十里，西依神禾原，北靠少陵原，属于川地。因近山之故，柿树在家乡也广为种植，河边地头，人家房前屋后，常可见到柿树的影子。尤其是到了秋日里，严霜一洒，树叶变成绛红色，片片落下，而红艳艳的柿子则俏立枝头，或累累然，或垂垂然，一嘟儿一嘟儿的，晴空丽日下，鲜艳至极，谁看了都会为之心醉。再陪衬以青堂瓦舍，袅袅炊烟，一丘丘金黄的稻谷，绿得发黑的玉米地，还有呼啸的鸟群，那简直就是一幅秋丰图，不唯旅人见了着迷，就连本乡本土之人见了，也会目驻神驰，连连赞叹的。

柿树的品类很多，以果型和味道来分，大约有水柿、火柿、尖顶、火晶、寡甘、面蛋之类。因其树种不同，故果熟期和果味也大不相同。水柿硕大，未成熟时，浑身呈青绿色，熟后呈金黄色，食之清甜，水汽大，美中不足的地方是皮厚。火柿靠近蒂部有一圈凸起的云纹，很好看。这种柿子个儿不大，吃起来也没有什么特别的味道，唯其未熟时，用火烧熟了吃，甜香无比。我不知道火柿之名是否由此而来，反正少年时代，我没有少吃过烧熟的火柿。尖顶和火晶则是我们那一带最常见的柿子。尖顶个大，快熟时将其摘下，用温水拔去青涩之气，吃起来甜脆无比。但须注意，去其青涩之气时水不可太烫，过烫则柿子会被煮死，那时，任你是神仙在世，也只能徒唤奈何。尖顶自然熟了也好吃，用手轻轻地剥去一层薄皮，便露出了鲜红的果肉，食之，糯甜如饴。火晶体型小，通体红艳，如沙果般大小，这种柿子红熟时，或轻揩去柿子上的薄霜，一口吞了，或揭去柿蒂，对着口，微微一吮，立时一股蜜甜，便顺着喉咙流到肚里，一直甜到心底。火晶是可以久储的。霜降之后，摘了火晶柿子，用剪刀剪去树枝（防树枝戳坏了柿子，柿子熟透后变软，最是娇气，稍微碰撞一下，就会破了皮，流出汁儿），在瓦房顶上用稻草盘个窝，将已红但还发硬的柿子头朝下一层，再头朝上一层，如此往复，一层层码起来，最后用稻草盖严实了。这样，一任风吹雨打，霜侵雪压，柿子全然不惧，只安然地躺在草窝里，慢慢变熟。吃时，只需轻轻地揭开稻草，一层层拿去。如此，便可以一直吃到来年开春。寡甘柿子甘甜，不易变软，一般让其在树上变熟。这种柿子有时白雪都覆盖了大地，还擎立在枝头，风吹不落，雨打不坠。摘时，要用夹杆夹。面蛋形似火晶，但没有火晶鲜红、亮堂，也没有火晶蜜甜，只是一味的面。寡甘和面蛋，我们那一带人家种得不多。还有一种柿树名叫义生，是没有经过嫁接的，即使熟透了，吃起来也有涩味，栽种的人就更少了。

我家老宅的院中有两棵柿树，一棵是火晶柿树，一棵是寡甘柿树，都有小桶般粗细。火晶柿树后来因要盖新房，斫去了。寡甘柿树至今还在院中挺立着，春天，在翠绿的叶片下，开一树方形的金黄的小花；秋天，结一树红灯笼样的柿子。童稚时代，这两棵树给了我无尽的欢悦和乐趣。夏日看蚂蚁上树，用一根线穿了柿花挂在脖子上做项链，上树捉金龟子、知了，在树下乘凉、荡秋千；秋日里爬上树摘柿子，用铁丝扎红彤彤的柿叶玩，等等，都是让人着迷的事儿。有一种专吃柿子的鸟儿，家乡人呼它做燕咋啦，每年柿子成熟时节，它们都会叫着闹着飞临家乡的原野。每当这时，家乡的柿树都会遭一次殃。但在我的记忆里，家乡人似乎并不恨这种鸟儿。若哪一年燕咋啦不来，他们还会仰了头，自言自语地说："燕咋啦咋还不来呢！"一年秋天，柿子成熟季节，因为忙，父亲嘱咐我和弟妹们把家中院里的柿子摘了。于是，我和弟妹们提篮拿夹杆，把两棵柿树上的柿子摘了个精光。不想，父亲晚上回家后看到这种情形，脸色立即沉了下来，他二话不说，饭也顾不上吃，便搬了梯子，硬给树顶上绑了几嘟儿柿子。下来后，他语重心长地对我们说："记住了，天生万物,有人吃的一口,便有鸟儿吃的一口。"直到此时,我才恍然大悟,我们太不厚道了,忘了给鸟儿留吃的了。父亲去年八月份已谢世,如今,追言思人,不觉怃然。

柿树还是一种入得画图的树木,许多国画家都爱画它。我的妻子家在终南山脚下,出小峪口不远即是,村名也很有意思,叫清水头。每每念及这个村名,我都会想到杜甫的诗句:"在山泉水清。"清水头村多树木,尤多柿树,一搂粗的,水桶粗的,随处可见,夏天撑一树树荫凉,冬日铁枝虬干,古意苍然。我曾多次在这些树下盘桓,感叹着光阴的飞逝,追忆着逝水流年。一次,我和国画家赵振川的弟子王归光、于力闲聊,得知赵先生也常带了一班弟子到此写生作画,不觉欣然。怪不得近日观看他们师生的秋季小品展,似乎画里闪现着柿树的影子呢。

清水头村还有千亩荷田,六七月间,荷叶田田,荷风阵阵,荷花次第开放,红的白的,加之青山绿水,远村长林,景致也是蛮宜人的。除了柿树外,不知赵先生会不会偶发兴致,也画一笔两笔荷花呢?

紫薇

紫薇是一种很好看的植物，其花、叶、树干多有可观者，但我过去却并不认识它。我认识紫薇，还是在西安的植物园认识的。那还是数年前的事了。

那年冬天的一夕，难得地下了一场大雪。第二天上午，我起床后，望着玉树琼枝的世界，忽发奇想，一夜大雪，不知植物园里是一番什么样的情形呢？便动了去看一看的念头，便约了一个朋友，踏着积雪，冒着严寒，去了南郊的植物园。进了园子，我深切地感受到，我是来对了。植物园里异常的安静，几乎少有人踪，偌大的园中，除了清越的鸟鸣，再无别的声音。地上、植物上、房屋上……均为雪所覆，于莹洁、寒素中显出一些肃穆，让人心生喜悦。我和朋友随意地在园中转，赏雪，亦享受一份宁静。当然，也谈心。谈的都是一些彼此感兴趣的事，诸如读书啦，绘画啦，游历啦，等等。不意，便来到了松园的南门。朋友突然停到一棵碗口粗的树跟前，指着树问我："知道它是啥树吗？"我摇头。朋友说："这就是紫薇，亏你整天还读汪曾祺先生的书呢！"经其这么一说，我一下子记起来了，汪先生确实写过那么一篇有关紫薇的文章，而且，我还记得他在文中引用过一句"紫薇花对紫薇郎"的诗呢。于是，我加意地把这棵紫薇树端详了一下，树不高，也就不到三米的样子，但确实有了一些年岁；树干很光滑，很粗，还扭曲着；树枝上不见一片叶子，唯有一些黑色的豆状的果实，但上面也堆满了雪。我用手在树干上挠了挠，树枝纹丝不动。朋友说，你不用挠，它俗名是叫"痒痒树"，但它太老了，早已不怕痒了。我赧然。

自从在植物园中认识了紫薇，在随后的日子里，我便有意地注意上了这种植物。这一注意，我才发现，原来西安市里许多地方都种着紫薇，有些大街上，还将紫薇做了行道树，譬如，朱雀路两旁和中间的花坛中，就种的全是紫薇，不过，树都不大，仅有茶杯粗而已。但即便如此，也给街上增色不少。盛夏和初秋时节，当百花谢尽，满世界都是苍绿时，在朱雀路上走走，则是满眼的姹紫嫣红。但见紫薇花烂漫在街边，紫的，赤的，白的，一棵棵树上，都顶了一头的繁花，望去如彩霞，让人心怀大畅。而车辆便在花树边穿行，行人便在花树下散漫地走，斯情斯景，当可成为一幅画吧。

事实上，紫薇自身就是国画家常画的题材，尤其是一些花鸟画家，鲜有不画紫薇者。前年初冬，我去长安二中画家刘岚处小坐，喝茶之余，承其美意，要送我一幅画。他问我喜欢什么，我说随便。而同坐的强沫兄则让他给我画一张紫薇，不过，不要夏秋的紫薇,而要繁花落尽后的紫薇。刘岚兄慨然应允。研磨铺纸,便画,工夫不大,一张水墨淋漓的画作便完成了。画面上,数枝紫薇干扭曲着挺然而立,铁干虬枝,枝上着一些还未落尽的叶片,而顶部则是如铁样黑的蒴果。刘岚略一沉思,即在画的右上角题上"焰尽方留味满枝"数字,画顿然变得有味道起来。画家画紫薇者,多画花开时节景,如刘岚兄这样画紫薇者,我还从没有见过。由此也可见出其与他人的不同处。这张画,我至今宝之。

今夏去成都都江堰,令我大为惊异,这里的紫薇不仅多,而且大,紫薇干粗叶茂花繁,多有高达两丈者。尤其是二王庙里的那两株紫薇,高及两旁的屋檐,生长在两个用水泥砌成的巨大的花坛里,树冠硕大,万花似锦,惊心动魄,让人震撼,为我生平所仅见。也许此地气候湿润,土壤肥沃,适合紫薇生长吧。诌诗一首:"紫薇多繁花,摇曳生北地。春去不足挽,娱目有此君。"

豆四种

扁豆

很喜欢郑板桥的一副对联:一庭春雨瓢儿菜,满架秋风扁豆花。瓢儿菜我不知道是一种什么样的菜,但扁豆和扁豆花,从小到大,我却没有少见。这是一种在关中农村很常见的豆类植物。仲夏,尤其是秋日,在菜地里,在人家的院落里,都可见到生长得很旺势的扁豆,豆叶墨绿,蔓儿缘了树或豆架、篱笆,往上疯蹿。那花儿也开开谢谢的,白的紫的,一串一串的,从夏末一直能开到晚秋。自然,花间也少不了蝴蝶和蜜蜂的身影。但在我的印象里,似乎葫芦蜂来得最多。是它喜欢花儿的繁盛呢?还是喜欢豆荚的清香?我说不清楚。而扁豆就生长在花串的下部,花落了,结豆荚了,白豆荚,紫豆荚,起初很小,慢慢变大,若蛾眉,若弯月,让人喜欢。花是开开谢谢的,豆荚也就大大小小。最常见的情景是,一串花藤上,既有豆荚,又有豆花。豆荚也是大小不一,花串的下部,豆荚最大;越接近花儿的地方,豆荚越小。家乡人形象地称之为:爷爷孙子老弟兄。扁豆是可食的。摘下清炒,或者用水煮熟了凉拌,清脆可口,用以佐酒或下饭,皆妙。做扁豆面尤妙。将嫩扁豆摘下,洗净,直接下到面锅里,饭熟后,面白豆绿,很是可爱。再给面里调上好醋好辣椒,撮上一点生姜末、葱花,年轻时,我能一连吃上三大碗扁豆面。

我爷爷在世时,特别爱种扁豆和南瓜,原因是这两种植物,都能缘墙缘架而生,易活,省地。记忆里,爷爷每年都要给后院里种这两样东西。南瓜沿墙攀缘,牵牵连连,翻过墙头,有时都长到了邻家。而扁豆则沿了后院里的两棵香椿树,一路攀爬,藤蔓达三四米高。整个夏秋时日,两棵香椿树被扁豆藤所缠绕,也就成了豆叶婆娑的树,成了扁豆花烂漫的树。可惜的是,自从爷爷下世后,我家的后院里,便再也没有了扁豆的影子。

扁豆花也是花鸟画家爱画的题材。我想,这除了扁豆形态好,宜于入画外,还和它普通、常见有关。向画家讨一张扁豆花画,挂在家里,枝叶摇曳,花团簇拥,蜂飞蝶舞,不但看起来热闹、喜庆,也显出些许清幽。画上的植物自己认识,别人看了也认识,这有多亲切。谁愿给家里挂一张自己不认识的画呢?

秋风又起,家乡地头的菜地里,扁豆花开得该正繁盛吧?我想念母亲做的扁豆面。

豌豆

春三月,麦苗起身,蓬勃生长。豌豆也随了麦苗,开始跑藤扯蔓。嫩闪闪的蔓儿上,还只是一些肥硕、鲜嫩的叶儿,掐一把带露的豌豆尖儿下入面锅,便是庄户人家难得的美味了。不久,豌豆陆续开花,白的,红的,春风吹过,万花攒动,如无数彩蝶在麦田里舞动;又如万千小虾,在绿波中跳动。豌豆结荚了,碧绿的豆荚若美玉雕成,挂在叶蔓上,格外好看。嫩豌豆角是可食的,吃起来有一点淡淡的甜味。豌豆结豆荚时,也是乡间孩子最快乐的时光之一,他们三三两两潜入麦田,大肆偷摘豆荚,每个人的口袋里都是鼓鼓囊囊的。豌豆继续生长,豆荚变白变老,孩子们依旧偷,他们将偷来的豆荚用针线穿起来了,放进锅里,用盐水煮熟剥食,吃起来有一种别样的风味。麦黄了,豌豆藤枯了,它们和成熟的麦子一同被割下,运到打麦场,最终变成豌豆麦,被储存进粮仓。

清人吴其濬著《植物名实图考》云:"豌豆,本草不具,即诗人亦无咏者。细蔓俪纯,新粒含蜜。菜之美者。"其实,岂止是诗人无所咏者,就是画家,也很少画这种植物。倒是关中农村多以豌豆花为题材,用彩纸剪成窗花。下雪天,坐在贴了窗花的窗前,窗明花艳,炕暖茶热,倚窗闲读,实为一件乐事。

豌豆可制成多种食物,如豌豆粉、豌豆糊糊、炒豌豆等,但最常见的吃法还是豌豆面。将豌豆和麦混磨成豌豆面,再做成面条,吃起来不但筋道,而且还兼具麦香和豌豆香。豌豆面过去是关中农村最常见的面食之一,但现在已很少能吃到了。究其原因,豌豆产量低,且种起来易受孩子糟践。过去,村上种豌豆,都要派人看护。现在分产到户,谁受得了那份麻烦?

夏日麦收过后,适逢透雨,天晴,于刚收获过的豌豆地里,可捡拾到许多胀豌豆。这些豌豆多为豌豆中的上品,颗粒饱满,它们是在五月的热风骄阳下,豆荚突然炸裂,遗落田间的。这些豌豆经雨水浸泡,豆身比原来大了一两倍,颗颗如珍珠,白亮可爱。将捡拾到的胀豌豆用清水淘净,用油和淡盐水炒过,吃起来有一种无法言说的清香。小时候,我没有少吃过炒豌豆。我至今还能记得夏日雨过天晴后,我们光着脚丫,在金黄的麦茬地里捡豌豆时的情景,也还能记得挂在南山顶上的那一道彩虹。可惜的是,自从我二十多年前进城后,便再没有吃到过这种难得的妙物了。

绿豆

在豆类植物中,绿豆的身量怕是最重的。灌一麻袋小麦、稻谷,只要是在农村长大的小伙子,往下一蹲,弯弯腰,"嗨"的一声,一麻袋粮食就上了肩。但麻袋里装的如果是绿豆,那就另当别论了,一般小伙子根本扛不上肩。除非是大力士,否则就别想。绿豆是夏收后种,秋日里收,生长期很短,也就俩月。种时,不需要点种,都是由庄稼把式满地里挥撒,或者顺了苞谷垄溜,待苗儿出齐后再间苗，种植起来很简单，不费事。要紧的是，在豆苗出来后不久，要防止兔子糟害。兔子是最爱吃豆叶的。因此，种绿豆的时节一定要把握好，既不能种早，也不能种晚。早种和晚种，因其他豆类植物还没有广泛出苗或已出苗，兔子专吃这一片地，极易把此片地上的豆苗吃得稀疏，从而影响产量。

绿豆性温良，解毒，暑月里，以之为汤，或者和大米、小米同煮，熬而为粥，是消暑的妙品。当然，端午节，以之为绿豆糕，就不用说了。绿豆最广泛的用途，莫过于生豆芽菜和做粉条了。小时候，我们生产队的粉坊里制作粉条时，除了土豆粉和红薯粉外，大量用的就是绿豆粉了。有一年，我们队上种植的十亩绿豆地突然变作他用，时当绿豆成熟时节，也许是生产队长想要照顾本队的社员吧，他说，这片地上的绿豆就不要了，大家去给自家采摘吧。于是乎，也就是一天的工夫，这片绿豆地里的绿豆，便被采摘殆尽。我们家也摘了不少，那一年，母亲用这些采摘回来的绿豆，生了许多豆芽菜。我们一家一直吃到了来年的开春，才把这些豆芽菜吃完。

大豆

大豆古曰菽，汉代以后才称为豆。其叶曰藿，茎曰萁，有黄白黑褐青数种，花亦有红白数色。褐色的大豆我没有见过，黄白黑青这几种大豆，打小我可是常见。我自小生活在关中农村秦岭脚下，我们那里是川地，水田旱田都有，麦收过后，大豆便被广泛种植。不同的是,黄色白色大豆要么被成片种植,要么随了苞谷、谷子间种,它们都种植在旱田里。至于水田边,则大多种植的是黑色、青色的大豆。这两种豆子吃起来也比黄色白色大豆更有水汽。和绿豆叶一样,大豆叶也是野兔的爱物,它们最爱吃大豆的嫩叶。小时候在乡下,我曾多次看见稻田垄上种植的大豆的豆叶,被野兔成垄吃掉。每每此时,大人们都会对兔子恨得咬牙,但也是无可奈何。兔子腿快,谁又能抓住它们呢?气归气,气过后还得补种。

盛夏,漫步乡野,漫步大豆田边,微风吹动,万叶浮动,让人顿然想起碧波荡漾一词,不由心中一爽。读古书得知,豆叶在古代是可食的。"野人以藿为羹。"但我想,这种羹,定然是不好喝的,因为豆叶太粗涩。写"种豆南山下,草盛豆苗稀"的陶渊明,我想是不会吃豆叶羹的,他所吃的,大概也是豆子或豆制品。

大豆不是主食,它只能作为一种副食。大豆有多种吃法,磨豆腐、豆浆、生豆芽菜,是最常见的吃法。相传,明宣德年间,朝廷为选贤良方正,考举人时特出题《豆芽菜赋》,结果,好多应试者都交了白卷,唯有陈嶷以一篇赋高中第一。其赋曰:"有彼物兮,冰肌玉质,子不入于淤泥,根不资于扶植。金芽寸长,珠蕤双粒;非绿非青,不丹不赤;白龙之须,春蚕之蛰。"以豆芽菜流传千古,陈嶷是第一人。

青色大豆家乡人又叫青豆。小时候,我最爱吃母亲做的青豆水饭。其做法为:给锅里添入多半锅水,将淘洗干净的大米和青豆下锅,待水滚后,再倾入剁碎的时蔬,这些时蔬有时是菠菜、青菜、白菜，有时则是野生的荠荠菜、水芹菜、枸杞芽，反正是有什么下什么。再下入红白萝卜条，用苞谷掺杂糇野菜制成的调和丸子，放入适量的盐，水饭便做成了。这样的水饭红白黄绿，不仅颜色好看，而且汤汤水水，没有油性，吃起来爽口，耐饿耐渴。每次吃青豆水饭，我都能吃两大碗。

青豆现在家乡人已不大种，除了产量低外，一个重要的原因是由于乡人的过度挖沙采石，致使河床下降，水田被"吊"起来，变成了旱田。水田减少了，自然，种植青豆的田垄也就少了。我已经有很长时间没有吃到青豆水饭了，哪天有空，我一定得回趟家，看看母亲，再吃一顿母亲做的青豆水饭。

里花水的植物

　　单位搬迁到里花水,我很是纳闷了一阵子,怎么还有叫这样地名的?是昔年此地方圆一里地的地方,有花有水,才得了这一名字呢?还是别的什么原因?不得而知。可知者,此处的环境还不错,处于远郊,处于西安高新区的西南角,人少,道路阔,植物多,安静。尤其是雨后,街道两边的植物皆翠绿着,绿得鲜嫩,绿得逼人眼目,让人心情不觉大畅,连呼吸也舒缓了许多。

　　我喜欢里花水周围的植物。自打在城里工作后,一些过去在乡间随处可见的植物,譬如打碗花、蒲公英、车前子、蔓扯扯……我再没有见过。过去工作之暇,我时常在小南门附近的环城公园里散步。环城公园里植物很多,少说也有近百种吧。树木方面,杨树、槐树、柳树这些常见的树种就不用说了,单说开花类的,就有紫薇、合欢、梅花、石榴、山楂、柿树、丁香,等等,多了去了。兼之还有藤蔓类的紫藤、凌霄、蔷薇等,可以说,环城公园就是一个环城林带，是一个由四季不同的花儿组成的花环。但我注意到，由于人的踩踏，环城公园里，地面上生长的植物，则少得可怜。至于一些乡野的植物，则是几近于无了。里花水周围则不然，此地除了都市内惯常有的植物外，一些乡间的植物，也时时得见。五月初的一天中午，我和几个同事在里花水附近的农家乐吃完饭后，闲来无事，我们在锦业一路、南三环边，信步而行，一则算是熟悉一下周围的环境，二则也借此锻炼一下身体。不期，在林荫铺道的路边，在矮灌丛中，我们见到了许多久违了的乡间植物，有开着黄花的蒲公英，有结着红果的野草莓，还有开着喇叭状的粉红色的打碗花。打碗花在关中农村极普遍，少年时代，每逢夏初，我几乎在故乡的田野上，天天见之。这是一种很好看的植物，蔓生，叶呈不规则三角形，其花状如小喇叭，有粉色、白色两种，有些地方称为喇叭花，又因牛儿喜食，有些地方又叫牵牛花。不过，我们家乡人称其为打碗花，声称，开花时节，小孩若随意践踏，吃饭时，便会端不牢碗，将碗摔在地上打碎。我想，这都是大人们编出来吓唬小孩子的，无非是怕小孩子糟践花儿，怜惜花儿而已。同事H惊奇极了，不断地用手机拍摄。我则也采摘了一朵打碗花，在手上把玩了半天。端详着这小小的花儿，我的心一下子飞到了故乡，回到了少年时代。我想到了年逾花甲的母亲，也想到了至今仍生活在那片土地上的乡亲们，一时情不能遏，竟有些鼻头发酸。我赶紧丢掉花儿，将目光移到别的地方去。牵牛花白石老人也喜绘之，我想他和我一样，无非也是客居他乡，睹花伤情，借绘制牵牛花，绘出一种对故乡的记忆和思念吧。

里花水周围的植物，我所见还不广。随着时光的流逝，我想，我会更深地喜欢上这里的植物的。

青龙寺·桃花

入一道逼仄的小巷，信步而行，不觉间就登上了乐游原，到了青龙寺门口。春日的风柔柔地吹着，有三三两两的人在放风筝，那风筝飘飘摇摇的，如蛱蝶在舞，浅灰色的天宇便写满了春意。青龙寺就悬浮在乐游原上，悬浮在市廛烦嚣之中，如一位得道的高人，静静地觑视着人世间的一切，怡然而笑，悠然自得。

薄阴的天，一如我疲累的身心。但阳光还是透出来了，哗啦啦地把金币样的光芒倾倒向大地，大地便灿灿然，让人格外的欢喜了。

其实，高兴起来的还有我自己。

脚步停驻在寺内的一泓碧潭前，便见有两尾红鱼在快活地游，一副怡然样。便想象若果到了夏日，荷花绽放，圆圆的花叶秀出于水面，如一把把绿伞；水面上，浮萍片片，那鱼该更自得了吧。

径是幽径，曲折如蛇。竹、树、花、草便一一入我的眼目。这里最著名的当为樱花，但时令不到，花尚未发。倒是有一两树玉兰，开得繁盛，大朵大朵莹洁的花，如玉雕绢做，让人目不敢正视，疑心那花莫非是假的。可看的是迎春花，虽然花事已过，但碧绿的枝条上，尚有那么几朵莹莹的小花，散散开着，让人怜爱。有蜜蜂在迎春花丛中嘤嘤，显出一派的诗意、生机。

惠果、空海事迹，我是没有兴趣看的。历代诗文碑刻，我也无意去看。我在意的是眼下，和一位心仪的朋友在一起，散漫地走，随意地谈，让人心灵得到休息、安妥。

"这里真安静！"

"是。"

"快乐吗？"

"你说呢？"

但听得树上有鸟儿在欢快地鸣唱；而不远处，有一树桃花已裂开了嘴，似在浅浅地笑……

而记忆深处的桃花是开在乡野上，一大片一大片，灼灼的，若霞若火，染红了一片天地，也把家乡的绿野装扮得格外可人。"巧笑倩兮，美目盼兮。"在如画的春阳下，也该有窈窕淑女在出嫁吧？桃之夭夭，灼灼其华，她该是很幸福的吧？不然，她怎么会赧红着脸，从《诗经》中走出，款款的，一走就是两千多年，至今想起，还让人迷醉呢。

其实，人间何处无桃花呢，川、原、山、峁，凡有泥土有雨水的地方，都可看见它的影子。即便是人迹罕至的山寺，桃花也在徐徐的暖风下，无声地开着。

青龙寺的这一树桃花,是在什么时候开的呢? 夜半? 黎明? 抑或晴暖的正午?落霞的黄昏?这些都不重要的,重要的是它合着节令,热热闹闹地开了。开在寺院里,也开在我的心里。

这样瞎想着,就见远远的天边,有一朵云,在无心地飘。

木槿

　　木槿过去在我们家乡不多见,近年忽然多了起来。记忆里,似乎只在人家的院落,或者寺庙里,偶或能见到它的影子。但大多也是伶仃的一株,寂寞地生长在那里,平日少人问津。只有到了花开时节,粉红色的花儿次第开放,树边才多了人的踪迹。尤其是蜜蜂,嘤嘤嗡嗡的,好像一个夏天,都在木槿树身边忙活。

　　小时候,我并不认识木槿,也不知道世间还有这样一种美丽的花儿。我们那一带盛行过会,有人说是庙会,有人说是忙罢会,都讲得通。长安乡间,过去村村有庙。有些大点的村庄,村里还不止一座庙。譬如我所出生的稻地江村,昔年就有两座庙,坐落在村南学校边上的是关帝庙,坐落在村北的是黑爷庙。黑爷据说是终南山里的一条乌龙,是我们村庄的守护神,村人在终南山的嘉五台上,给它建有庙宇。这两座庙上世纪六七十年代还存在,后来到了"文革"期间,忽然成了"四旧",给拆掉了。连嘉五台上的黑爷庙也给拆掉了。那些拆下来的木材、砖瓦,统统给生产队盖了马房。嘉五台上的黑爷庙因为位于山脊上，风大，修建时，房瓦全是铁铸的。拆毁时，也把铁瓦用褡裢装了，两页两页搭在羊背上，用羊驮下山，再用架子车运到村里，然后卖给了公社的废品收购站。因有庙，故此才有过庙会之说。不过以我之见，过忙罢会还是来得更加亲切自然一些。农人们辛苦了一个春夏，麦子收割了，稻秧插进田里，玉米、豆谷种进了地里，此时进入了一年中的第一个农闲时节，亲戚朋友之间便要互相走动一下，联络一下感情，问问彼此的收成，这样便有了忙罢会。一年夏天，祖父外甥寅生伯家所在的村庄上红庙村过会，我随祖父走亲戚，在寅生伯家的院子里，才第一次见到了木槿。

上红庙村是一个绿树村边合的小自然村，全村仅有百多户人。村东是小峪河，村西是太乙河，村庄及其周围，树木极多，且都是高大的树木。春天，远远望去，整个村庄像笼罩在一片绿雾里。树多鸟便多，斑鸠、麻雀、喜鹊、野鸽子、白鹤都有，还有一些叫不出名字的鸟儿。白天，只要一走进村庄，便会听到一片悦耳的鸟鸣声。寅生伯家在村庄的最西面，房屋坐西面东，房前是一个很大的院子，房后是一片高大茂密的树林。那三株木槿花就枝叶葳蕤地长在他家的院子里，花大若茶杯，粉红色，成百上千朵的，热烈地开着。一进院子，我便被吸引住了，不由自主地舍了祖父，围着木槿转。花丛中有很多蜜蜂，嗡嗡嗡，有的在慢慢地飞，有的浮在花上，有的钻进花蕊，工夫不大，又钻出来；还有一两只葫芦蜂，也在花叶间东一头西一头地乱撞。我都有些看呆了。

"嗨！"我正发呆，有人从后面拍了一下我的肩膀，一回头，是寅生伯的小儿子学选，我认识他，他曾和寅生伯去过我家。一见他，我很高兴。我问他这是啥花，他告诉我是木槿花。"木槿花能吃的！"学选说。我立刻瞪大了眼睛。见状，学选随手摘下一朵花，去掉花蒂，一把塞进了口中。又摘下一朵，递给我。我吃了，有一丝淡淡的甜味。长这么大，除了吃过槐花外，我还未曾吃过别的什么花，这是我平生吃过的第二种花。学选很顽皮，他看见一只蜜蜂钻进了花蕊，遂迅速用手把花捏拢，摘下，便听到蜜蜂在花蕊中嗡嗡的鸣叫。我也效仿他的样子去做，不想，花没有聚拢住，结果让慌张外逃的蜜蜂蜇了手，麻麻的，很痛。

木槿又名障篱花、朝开暮落花，现在，都市里、村庄中多有栽种，有的地方干脆就用它做了行道树。寅生伯家院落中那三株木槿还在吧？如果在，树身想已有小碗口粗了吧。寅生伯已谢世多年，学选我已有二十多年没有见面，不知他已变成了什么样子。其实，人的一生就好像木槿花，有时，虽处于同一棵树上，但开殒各有其时，所谓聚少离多是也。更何况还不在同一棵树上呢。"人生无百岁，百岁复如何？古来英雄士，各已归山阿。"明人刘基的诗虽为悲愤之作，但大抵也是实话。

我的乡间好友毋东汉先生家院中有一株木槿，是白木槿，开出的花朵是黄白色的。东汉今年已六十七岁，他一生在乡间执教，写有大量的寓言和儿童文学作品。其为人热情、清贫自守，令我钦佩。一年夏天，我去拜访他，推开他家的门，见他独自一人站在院中，面对木槿沉吟，不久即有他写的有关木槿花的散文诗见诸报端,可见,他也是一个爱木槿花的人。听他说,木槿花可以摘下煲粥,想那滋味一定不会错。可惜,我至今还未曾尝过。

忙月闲天

拾麦穗

田家少闲月。的确，在乡间，每逢农忙时节，就连孩子也是忙得不亦乐乎的。这不，天才麻麻亮，布谷鸟已在一声接一声地叫了，"算黄算割……算黄算割……"听母亲讲，布谷鸟是一种苦命的鸟，每到麦收季节，它们便在田野、村庄的上空来回飞翔，一声声的鸣叫，日夜不息，催促农人快收快种，莫要误了农时，以免使到手的粮食又因天灾人祸而泡了汤。这种日复一日的鸣叫，到麦收完后，布谷鸟自己竟气息衰竭口角流血而死。这种说法也许不假，因为在童年，我就曾多次半夜被布谷鸟的叫声惊醒。

"拿块馍，快拾麦去吧！隔壁宝宝早就去了！"母亲温和地说。于是慌忙地穿鞋穿衣，脸也顾不上洗，口袋里装一方锅盔，便睡眼惺忪地向地里奔去。

拾麦的地点先一天已从生产队那里打听好，在村南四里外的马渠。那里是两村的分界线，旷野静寂，平日少有人踪，只有到夏秋两忙时节，才显得热闹一些。马渠由一眼泉衍生，泉水清澈，一年四季汩汩而流，长年累月，最终便流成了一条小溪，绵绵延延，有二三里之遥，而后汇入小峪河。长长一条马渠，静静而流，水深不及膝盖，水中多鱼草、多荇草，多水芹菜。水草中便有鱼虾出没，有螃蟹生焉。岸边便高杨茂柳，荫翳了一片天地。树丛中有斑鸠生焉，有白鹤、喜鹊翔焉，每到夏日薄暮，鸟雀便聒噪一片，真可称之为鸟的乐园。

天还是有些黑，坎坷的乡路也模模糊糊。经过小峪河桥头时，我被哗哗流动的水声所吸引，便踩着露出水面的石头，下到河底，洗了一把脸，之后又继续向南走，待走到马渠的田头时，天已大亮。我看见，地头已聚集了好多孩子。但孩子们个个手头都是空的，他们都在焦急地翘首等待，等待拉麦的男社员。社员们也许还在等着队长派活，也许已拉着架子车往这边走。只有割倒的麦子，黄灿灿的，浸润了露水，湿漉漉的，一堆一堆地有序地躺倒在麦田里，似乎还没从睡梦里醒来似的。

拉麦的男社员终于来了，像是听到了无声的命令，孩子们迅速四散着向大人围去，随他们走进了麦田。社员们开始装车，一铺一铺的麦被抱起，拾麦的孩子也便如鸡啄米般，搜寻着地上散遗的麦穗，弯腰迅速拾取。麦茬扎疼了手，甚至将手扎破，孩子们也全然不顾。不一会儿，拾到的麦子就握满了一把，但我们并不停歇,依旧紧张地捡拾,直到手里握不下了,才把麦子捆作一把儿,然后把麦把做一个记号,小心地放到田头,又匆匆赶到地头去捡拾。

多年后,我到西安负笈求学。一次,在大学的图书馆里,我无意中看到了米勒的油画《拾穗》,一时间竟激动不已。我想,米勒画上的情景应该是我的家乡,但我知道,没有人会相信我的话。从图书馆回到宿舍,我激情难抑,写下了我生平第一首散文诗《六月》。我在诗中写道:

> 太阳开始烤背的时候,六月便来临了。布谷鸟开始在田野鸣叫,农人开始在青石上磨镰,青杏开始在阳光下泛黄,六月悄悄地,像一位少妇站到人们面前,浑身散发出的气息,浓馨而魅人。父亲的背在阳光下闪亮,亮成一面古镜,照出悠悠的历史。黄河在镜中奔流,长江在镜中奔流。五千年的岁月流逝了,却流不出一个记忆。岁月,让那把弯月刈得残缺不全……

不知不觉间,太阳出来了,升高了,拉长了劳作者的影子,又变短了他们的影子。露气退了,阳光已热辣辣的,有些烤背。偌大的一片土地上,一个上午便被社员把麦子收拾一空,裸露的土地,像刚分娩过的少妇,肚子凹下来,平坦坦的,又显出了往昔的妩媚。麦茬黄灿灿的,挺立在土地上,大地像被铺上了一层锦毯,美丽极了。

我们拾的麦把儿也在不断地增多,检视一下,多的有十多把,少的也有五六把。这些麦穗捆成的麦把儿,像一个个胖头娃娃,或一字儿排列在田头,或整齐地码垒在地堎、渠畔,阳光给它们涂抹上一层金色,让人看了心花怒放。这些麦把儿随后便会被我们抱到乡场上,由生产队的出纳或会计过秤记账,以每斤五分钱的价格卖给生产队。待夏收结束,生产队算过总账,我们便会领到一份对孩子们来讲不菲的收入。这些钱在随后的岁月里,或许会变成我们身上穿的新衣服,或许会变成我们上学用的书费、学费,或一些别的什么东西,总之,都是一些令人高兴的事儿。十多年,甚至几十年后,它们会变成我们的记忆。这些记忆如种子,如春草,只要土壤气候适宜,便会生根发芽,便会绿了我们心中那片土地。

岁月,收割了我们的童稚,收割了我们的青春,但却永远收割不了我们拾麦穗时的那份欣喜和那段艰涩的记忆。

捡豌豆

谚云:麦不离豆,豆不离麦。这说明了一个事实,即麦豆可以套种,当然,这种套种仅限于豌豆。豌豆多蔓,攀攀扯扯,缠缠连连的,可以和麦子一起长高,甚或比麦子还高。

关中多沃野且地宜种麦。无论大麦、小麦,均长得很好。每年秋收以后,水稻、苞谷、谷子、大豆收割完毕,场光地净,庄稼人就会重新耕耘了土地,种上麦子,间或也种些豌豆。豌豆有时和麦子套种，有时则单独播种。麦要深种，豆则要浅种。土地翻耕了，露出黑油油的沃土，一浪一浪的，好看若画。刚耕过的土地里有蟋蟀在蹦，有蚂蚱在跳，还有蚯蚓蠕动，青蛙来回跳窜……土地散发出一种醇厚的泥土香，这香味腥腥的，还略带一点发酵过的酒的味道。用手捏一把，湿而不黏，散散的，松松的。这样的土地即使种上一根棒槌，我想也会生根发芽，长成一棵树。套上骡马，拖一把耧，将地细细地耙一遍，然后由有经验的农人，一把一把地把麦种播向地里，这道工序也很有诗意画境。艳丽的秋阳下，农人抓麦在手，一把一把地有序挥洒，姿势若舞若蹈，种子飞出，如金瀑飞流，落地沙沙有声，让人听了心为之醉。麦种撒毕后，然后拴一架荆条编成的磨，人踩在磨上，或给磨上放一两块石头，再套上骡马，将地细细地磨一遍，将麦种盖上，大功便算告成。如需给麦田中再套种豌豆，则需将豌豆稀稀地撒在刚种过的麦地里，既不用覆盖，也不用浇水，豌豆自会随麦长出。有道是豆苗要整齐，种子在地皮。如需种一块豌豆田，则更简单，只要在耙过的土地上撒上豌豆种子即可。

然后树叶便逐渐地落了，然后麦苗、豌豆苗就出了，然后天便逐渐变冷。接着是长长的冬天，漫漫地等待。几场冷雨冷风，雪便悄然飘临，白了田野溪流，白了秦岭山麓，香甜了庄稼人的梦。"麦盖三床被(雪)，头枕馒头睡。"雪覆盖了麦田豆田，望去白茫茫一片，干净极了，也清素极了。之后冰雪消融、溪流解冻淙淙鸣唱，麦苗豆苗像做了一个温婉的梦，从雪国醒来，伸伸懒腰，活动一下筋骨，惺忪着眼睛，望望瞳瞳春阳，摇曳在春风中，惬意极了，也幸福极了。豆麦爱听锄头声。几场春雨，豆麦长势喜人，绿汪汪了一片天地。但杂草也丛生其间。农人一遍一遍地锄，连锄三遍，豆麦便起身了，长高了，愈发的可人了。待到四月天，天蓝了，地阔了，风更暖了。麦苗长到一尺多高左右，出穗了，豌豆便牵牵连连地开花了，那紫色的花、白色的花，亮亮的，若一只只美目，随风不断地在麦苗中眨动，万绿丛中繁花点点，妩媚极了。

　　紫白色的豌豆花开着开着就枯萎了，便生出了小豆荚。用不了十天半月，豆荚就会长成。刚长成的豌豆荚绿莹莹的，小拇指般大小，若碧玉翡翠雕就，生吃起来味道特别鲜美。那时生产队就要派人守护。就是这样，孩子们仍照偷不误。他们成群结队出动，或两三人联袂出动，使看守豌豆田的人防不胜防。当然，孩子们一般偷得也不太多，每人也就是一两口袋。且偷期很短。因为豌豆角要不了一周时间，就会变白变老，变老了的豌豆角生吃起来有一种生涩的苦味，且还有一种土腥气。转眼就到了五月，布谷鸟开始在田野的上空飞翔鸣叫，青杏开始泛黄，一连几日热风，豆麦就成熟了。农村很快就进入了热火朝天的麦忙季节。龙口夺食，庄稼人没白没黑地连轴转，用不了十天时间，地里的麦子就会被抢收一空。原来黄澄澄丰厚的原野，顷刻间就恢复了它的原来面目，地平土丰。热风便恣意地在田野上来回流浪。

　　夏播相对于秋播来讲比较简单，我们那一带因为地处樊川腹地，水流河汊众多，因而有许多水田。水田种起来稍嫌麻烦一些，须耕过耙过放水插秧。至于旱田，则不需要耕地，只需在麦茬的缝隙间,断断续续地挖些小窝,点上苞谷种,浇点水,就算大功告成。有些身懒的农人,甚至不浇水,但那也不影响出苗,因为有地墒,更重要的是,有大雨。这不,苞谷种刚点上,乌云便在终南山根翻滚,不一会儿便笼罩了天空。电闪雷鸣之后,跟着一阵狂风,白亮亮的雨就兜头浇了下来。庄稼人听着雨声,心里甭提有多高兴、多滋润了。拉开被子,他们不由分说地倒头大睡,歇歇三夏大忙的乏气。甚或雨停了,他们也不出工,借口是道路、田野泥泞,没法干活。大雨歇歇停停,下了二三日,这可乐坏了孩子们。他们除了玩泥炮外,心里还惦记着一件更重要的事儿——捡豌豆。关中农村,豌豆多种在旱田里。由于麦豆成熟起来很快,所谓麦黄一晌,蚕老一时是也。因而,豌豆荚在毒日艳阳的照晒下,多有不及收割便爆裂散落到地上的,故此,豌豆田中多的是散落的豌豆。而且,这些豌豆多是个大饱满,可称为豌豆中的上品。雨落大地,豌豆经过雨水的浸泡,就会胀了一倍,就会变成白色,看上去,目标特别明显,也特别可爱。有些豌豆经雨水泡久了,甚至会生出嫩嫩的碧绿的小芽。

三五成群的,端上一个大茶缸,或者提上一个小竹篮,光着脚板,我们出发了。走过泥泞的乡路,涉过小河,穿过树林,我们走向田野,走向曾经紫花点点的豌豆地。不怕麦茬扎疼了脚,双脚踩在湿软的麦茬地里,就像走在锦毯上,我们的心如同放飞的小鸟,快乐极了。我们在麦茬地里慢慢前行,目光来回游移,搜寻着遗落在地里的一粒粒胀豌豆,之后弯腰,不断把豌豆拾进我们的茶缸、竹篮之中。这活儿不累,干起来还有些游戏的味道,因此,特别好玩。捡着捡着,有时突然会遇到大雨,我们就像炸了窝的鸟儿,慌忙跑到附近的瓜棚、大树下,权且避雨;有时,天放晴了,太阳眨眼就会出来,这时,就要抓紧时间去捡拾,否则,阳光就会把胀豌豆晒得瘪下去,变成原来的模样,而极难搜寻捡拾。不管怎么说,经过一个上午或一个下午的努力,我们总能拾到很多胀豌豆,不仅茶缸满竹篮平,而且就连四个口袋里面也装满了捡拾的豌豆。

归家,把捡拾的豌豆交给母亲,自然会得到母亲的一番夸奖。母亲把这些豌豆用清水淘过,滤干水,撒上盐,用清油炒过,吃起来鲜脆可口,香气直冲脑际。间或,母亲也把它们掺上小米,做成豌豆粥,喝到嘴里,黏软温润,有一种不可言说的奇妙。东坡诗云:"岂知江头千顷雪,茅檐出没晨烟孤。地碓舂秔光似玉,沙瓶煮豆软如酥。我老此身无着处,卖书来问东家住。卧听鸡鸣粥熟时,蓬头曳履君家去。"不知此老所言豆粥和母亲所做的豆粥是不是一回事儿。不过,东坡居士和朋友在茅舍聊着天等豆粥喝的那份闲逸,还是颇合我心的。

什么时候有暇,能再回到乡间,听听布谷鸟的叫声,赤脚踩进麦茬地里,捡一捧豌豆,闻闻豌豆的香气呢? 我时常怅然地想,这一想就是漫漫的三十多年。

撵野兔

乡间孩子玩乐的事极多,除了打弹弓,掏鸟窝,蹦弹球,偷桃盗李、捉鱼摸蟹外，对男孩子来说，另一件最有意思的事儿就是撵野兔。

关中农村广袤的原野上野兔极多，这从很多乡谚中就可以看出。什么把柴娃打野兔——捎带，兔子的尾巴长不了，兔子不吃窝边草，兔子回头凶似虎，兔子急了也蹬鹰等，可知兔子在人们生活中是一种司空见惯的野物了。兔子是草食动物，食性极杂，麦苗、灌木的嫩叶、苞谷叶、萝卜缨、青菜，见什么吃什么，甚至到了寒冬腊月，雪封大地无甚可食时，连苞谷壳、树皮都吃，其盲肠极为发达，但其最爱吃的还是豆叶。生产队稻田埂上种的豆苗，旱田里种的黄豆、绿豆叶，有时一夜间，整条豆埂，或整块豆地，会被野兔糟蹋得一片狼藉。因此可以说，野兔是庄稼的天敌，也是农人最不喜欢的动物。它不像青蛙，是庄稼的朋友，是农人保护的对象。猎杀野兔，从古至今，史不绝书。秦二世二年七月，当坏事做尽，不可一世的秦相李斯和其中子被秦二世、赵高在咸阳城内腰斩时，李斯曾回头对自己的儿子发出这样的悲鸣："吾欲与若复牵黄犬俱出上蔡东门逐狡兔，岂可得乎！"而更早于李斯的越国大夫文种，在帮助越王勾践灭了吴国后，见嫉被杀前，也有"飞鸟尽，良弓藏；狡兔死，走狗烹"的哀叹。这些久远的记载，无不向我们透露出这样的信息，即，撵野兔、猎杀野兔是古已有之的事情。

不过，野兔可不是什么时候都能撵的。春二、三月，大地回春，麦苗返青，树木发芽，此时，草低天高，百物一无遮掩，野兔外出觅食，极易被人发现。撵兔自然可以，但却极少会有收获，原因是兔子跑得太快。有道是兔子的腿，婆娘的嘴。但见兔子倏忽从眼前窜过，倏忽又在高冈上出现，旷野渠坎都不能阻碍它们。无论是人，还是狗，都追之不及。那在田野上奔跑的野兔，仿佛一道土褐色的闪电，抑或一道黄风，转瞬即消失得无影无踪。在整个孩提时代，我只是有一年春天在田野中打猪草时，无意中发现麦田里卧着一只小兔崽，眼疾手快将它抓获，此外，再未在春季抓住过任何一只兔子。那只小兔崽其后被我带回家，关进一只铁丝编就的小笼子里喂养起来。春夏秋三季，我依次给它喂过青草、豆叶、青菜、萝卜缨等。到了冬季实在无甚可喂时，我就给它喂苞谷壳，甚至通红的柿树叶。自然，兔子也长得很快，从最初的一拃多长，后来长到一尺多长。就在年关将至，我的小叔父正琢磨着杀了它，用它打牙祭的时候。一夜，它竟用利齿咬破铁丝笼，从下水道中逃之夭夭。这事后来让小叔父懊恼了好久，后悔没有早日收拾了它。但世上没有后悔药可吃，兔归旷野如鱼游大海，夫复何寻？

杂花生树的四月，麦苗起身长高抽穗。这时，兔子很难捉到。一是怕踏坏了庄稼，二是野兔的藏身地极多。野兔从一块麦田跳入另一块麦田，容易得就跟人会吃饭走路一样。但也不是绝对捉不到兔子。小孩子闲时间多，且心明眼亮，他们经过十天半月的观察，常常会发现很多野兔常爱在一块麦田里活动。于是，我们断定这块地里一定是野兔的老窝。乡谚说得好：兔子转山坡，转来转去转老窝。这样，我们就编一张大网，于明月清风之夜，一溜撑起在麦田的一端，然后三面站上人，手里拿着棍棒手电,边吆喝边同时往有网的那边走,野兔从睡梦中惊醒,拼命往有网的那边逃,结果纷纷触网,被倒下的网罩住。仅有一年,我们在小峪河旁边的一块麦田里,就用此法一次逮住了九只兔子,所获可谓丰矣。

五六月夏收夏播的日子里,一般也很难撵到野兔。七八月青纱帐起,兔子更是躲得无影无踪。此时,唯一可捕获到兔子的方法就是用土枪打。猎人把铁砂装进枪管里,然后耐心地在苞谷地里搜寻,他们无声无息,沉默如石,只是睁着一双鹰隼般的眼睛。走走停停间,他们偶然快速端枪瞄准,然后向着苞谷棵中,轰然一枪。有时,兔子被打中,向前狂奔十多米,口鼻流血而亡。更多的情况下,惊了枪的兔子,没命地狂逃,眨眼间就消失在一片绿色中。但这些都和我们无关,孩子们只能远远地做一名看客;甚至,就连看客,猎人们有时也怕惊扰了兔子,而不让我们当。

最让孩子们激动的撵野兔的季节说到就到了,秋收过后,几场冷风冷雨,眨眼间就到了山寒水瘦的冬天。广大的关中平原上,天整日是灰蒙蒙的,就连近在咫尺的终南山也被浓雾罩住,看上去模糊不清,而失去了往昔的雄伟、壮丽。大约在一个冬夜吧,雪说下就下了。纷纷扬扬的大雪,无声无息,香甜了农人的梦。翌日早晨,也不知道哪位早起的庄稼人惊叫了一声:"哦,下雪了!"顷刻,就会有千户万户柴扉打开。众人出门一看,雪还在落着,大地却已是银白一片,树木皆成了玉树琼枝,有麻雀在上面来回蹦跳,叽喳不休。爱叫的雀儿没食吃。麻雀们也在惶恐于它们雪后无处觅食吧? 但庄稼人并不急,他们知道"雪等雪,落不歇"。这雪还不知要下几天几夜呢! 于是,手脚勤的,拿一把扫把,将自家门前院后的雪扫干净,之后万事大吉,等待吃饭;手脚懒的,则连那点雪都不愿意扫。扫它干吗? 反正还要落的,等雪停了再扫也不迟,于是,饭也懒得做,再返回屋内蒙头大睡。反正,庄稼人日月多,有的是时间。孩子们则不同,他们疯狂地在雪地里混闹,或打雪仗,或堆雪人,呼啸在村里村外,把整个村庄都闹动了。

雪还在落着,直到三日后方停。此时,地面上的雪已积到一尺多厚。有些树木枝柯繁密,承受不了太多的雪,而纷纷被压断。太阳出来了,世界顿时变成了一个水晶宫。真正撵野兔的日子终于在孩子们的日思暮想中来临了。

三五成群地,我们出发了,走出村庄,奔向旷野,奔向茫茫的雪域,后面跟着几条撒着欢儿的狗。兔饱不出窝。雪下了三天三夜,兔子无处觅食,早该饿得肚子咕咕叫了吧。撵兔寻兔迹,茫茫雪野,兔迹并不是羚羊挂角,无迹可寻。相反,雪停之后,兔迹更好寻。兔子挨饿不过,夜间出来觅食,梅花状的脚印便印满雪地,但你不要以为有了这些脚印就能找到兔子,那样,野兔也就不会被庄稼人唤作鬼兔子了。雪地上兔迹虽有,但多循环往复,无头无绪,仿佛鬼画符一般,要想理出线索来,着实不易。但莫急,孩子们年年撵兔,且经大人教诲,已知这是兔子放的烟雾弹,设的迷魂阵,目的是想甩脱人们的追踪。他们更明白,兔迹往复的地方,往往离兔窝很近,就是兔子的藏身之地。于是,他们在兔迹周围的沟坎反复寻找,呼啸跳闹,甚或,点燃事先准备好的二踢脚雷子炮,模仿枪声,惊吓兔子。兔子受惊,终于被从窝中赶出,惊慌失措,跌跌撞撞地在雪地上逃窜,因为雪厚,兔子逃跑起来拖泥带水,往往逃不了几十米,便被迅急如箭的狗追上,最终会被扑倒,叼到孩子们面前。每逮住一只兔子,我们便是一阵欢呼。太阳在逐渐升高,不久就过了正午,撵兔的孩子却不知道饿,还在一如既往地在雪地上奔突。自然,猎获的兔子也在不断增加,很多孩子的手上都拎着捆绑好的兔子,这些兔子虽被绑着,还时不时地挣扎几下,试图脱逃,但均告失败。终于有大人在村头喊了,孩子们才依依不舍地踏着原野的积雪,领着撒欢的狗,回家吃饭。此时,已是半下午了。经大人这么一叫,我们才感到奔波了一个多上午,肚子早已饿了,但我们的兴致仍很高,仍不停地谈笑着,谈论着晚上如何和家人享用这些野味……

而时光便在这些谈笑中悄然流逝,倏忽间,我们的头上已平添了几根白发。

雨

　　昆明人家常于门头挂仙人掌一片以辟邪，仙人掌悬空倒挂，尚能存活开花。于此可见仙人掌生命力之顽强，亦可见昆明雨季空气之湿润。雨季则有青头菌、牛肝菌，味极鲜腴。

　　这是汪曾祺先生写《昆明的雨》一文中的一段话。写雨而不先及雨，却从仙人掌写起，这是汪先生笔下的活泛处。十多年前，我初读这篇文字，一下子便喜欢上了。以至多年来，一读再读，每读，都有雨声在心灵深处响起。

　　记忆里的雨是和春天联系在一起的，也是和父亲联系在一起的。

　　每年的仲春时节，当历经了一冬严寒所勒的麦苗刚刚返青时，家乡的原野上总要落几场春雨。那雨仿佛是揣摩透了庄稼人的心思似的，就在他们最盼雨的时节，就在麦苗最需要滋润的时节，便悄然地降临了。这雨有时在黑夜，有时在白天。听，那沙沙沙的声音，如万蟹吐沫，又如众蚕嚼食桑叶，让人的心如抹了蜜，都要融化了。燕子在春雨里斜飞，它们用黑色的翅翼剪破雨幕，也剪碎了庄稼人旖旎的梦。雨天酣睡，让梦遗落春野，还有什么比这更自在的呢？当然，也有不睡的庄稼人，他们宁愿踏着泥泞，戴着草帽，披着蓑衣，走进田野，嗅嗅泥土散发出的香气，看看雨天里更加碧绿的麦苗，遥想着夏日里的麦香，嘴角就会漾出不易察觉的笑意。在这些雨天里不愿酣睡的庄稼人里，就有父亲的身影。他也悠闲地在野地里转，但更多的时候是给麦田施肥。春雨贵如油，他才不愿意让这金贵的雨水白白流走呢。趁着雨水，把化肥如天女散花般地抛撒进麦田，不至于像晴天大日头那样，给麦田上肥，把麦苗烧坏，这是每一个庄户人都懂的理儿。父亲当然也懂得这个道理。要不，他怎么会冒雨走进田野里呢。而施过肥的麦苗，自然就如吃饱了乳汁的婴儿，格外的欢实了。

记忆里，每当春天下雨时节，还有一个场所，也能见到父亲的身影。这就是院子里的菜园。上世纪六七十年代，土地还属于集体所有的时候，因没有自留地，父亲总会在我家的院子里辟出一块隙地，栽上一两畦韭菜，点上几窝南瓜，种上一些西红柿、黄瓜，还有豇豆、辣椒、茄子什么的，总之，蔬菜的品类很多。这些蔬菜，除南瓜、豇豆需要下种外，其余的，都要买来秧苗，进行移植、栽种。而这些活路，父亲大多都在雨天做。一则因为雨天生产队不上工，有闲工夫；二则是因为雨天地墒足，空气湿润,移栽的植物比晴天好成活。这样,在淅沥的春雨中,我便常看见父亲戴了一顶旧草帽,披一张白塑料布,坐在一张小凳子上,安然地、有滋有味地做着这些活计。有时累了,他会歇下来,或坐在凳子上,或直起身,伸一个懒腰,抽口烟,喝点水,然后再干。这时呢,往往就有四五只麻雀或蹲在屋脊上,或蹲在屋檐下的墙台上,叫着,歪着脑袋,睁着滴溜溜的眼睛,望着院中。而雨水便顺着瓦松,一滴滴流下,流进瓦垄,顺着瓦檐滴下。我坐在炕上,半靠着窗户,望着窗外的一切,脑中便会想着,到了夏季里,我和弟妹们就会有带着嫩刺的鲜黄瓜吃了,就会有粉红色的西红柿吃了。还有那几窝南瓜,它们会扯出长长的藤,开出鲜艳的黄花,一直顺着墙爬上墙头,结出好多南瓜。甚至,把瓜儿结到邻居张大妈家的院里。

不过,自从去年秋天一个落雨的日子里父亲下世后,这些对我,便都已成遥远的旧事了。

木瓜树

　　去水泉子，最让人难忘的是那两棵千年木瓜树。水泉子在西安东郊洪庆山上，是一个小自然村。村庄在沟道里，为树木所遮蔽，若不着意看，很难发现。尤其是春夏季节，树木繁茂，树叶茂密，水泉子简直就如躲在一片绿云里，就更难被外界所知了。那两棵木瓜树就在村西，离村庄也就是一里地的样子，静静地生长在一块空地上，周围是一大片核桃林和槐林。我是仲夏的一天来到它们的身旁的。记得那天是个周末，天气很好，是下午吧，我正在家里休息，读点闲书，画家张健打来电话，问我在哪里，我说在家。他让我马上下楼，说车已到我楼下。我急忙下楼，见面方知，他已约了画家马卫民、于力，一同去水泉子。这样，几个人一路说笑着就去了。也就是一个多小时的样子，便到了水泉子村。

　　水泉子村我以前来过，是和我的几位同学，应该是在初夏，因为那时樱桃刚下来。那次我们到水泉子后，先在公路边的一户农人家吃了顿饭,而饭前,我们看见路边有农人在卖樱桃、杏子,一时嘴馋,买了许多樱桃、杏子来吃。樱桃酸甜,特别好吃。尤其是一种叫作大红灯的樱桃,红中微微透黑,简直就像红灯笼,或者红玛瑙,色鲜肉厚味道悠长,让人吃了还想再吃。而杏子则极酸,许是还没有成熟农人就把它们从树上摘下的缘故吧,每人才吃了那么一颗半颗的,就这样,也已酸倒了牙,吃饭时,已没有了多少胃口。饭毕,几个人溜达着顺了一条斜坡,下到沟底,去看木瓜树。一路上,风光确实好,空气清新,树木郁郁葱葱,有鸟雀在叫,但却不见踪迹。倒是见到了很多野鸡,突然扑棱棱地从我们眼前飞起,一边嘎咕地叫着,一边抖落下一根半根羽毛,惊慌地飞到不远处的山坡上。到了村里,房屋大多为老旧的青瓦房,也有楼房,但不多。村民很淳朴,问他们木瓜树在何方,用手向西一指,且言不远,便迤迤逦逦地向村西走去。这里确实安静,安静到人像是掉进了井底。手机也没有信号。路边有大片的槐树,还有一片片的竹林,也有一些核桃树、柿树、杏树,树木都有了年岁,高大翁郁,行走其间,让人还稍微有点胆怯,生怕碰到什么野物。找寻了半天,没有找到木瓜树。四周也没有村民,不好问。加之岔道多,天又落起了雨,雨滴很大,稀稀落落的,我们又没有带雨具,只好颓然而返。

而这次,我们汲取上一次的教训,一到水泉子,就直接把车停到路边,向木瓜树奔去。路边田野里,已经有性急的农人收割麦子;脚边的一大片豌豆地,豌豆蔓已经泛白,上面的豆荚也已变老。想起幼年,每逢豌豆成熟时节,我们去偷豆角,嫩者,当场吃掉;老者,用盐水煮熟了吃。那种清香,至今难忘。而光阴已悄然过去了三十多年,昔日的青葱少年,如今头上已有白发滋生,想一想,不能不让人唏嘘。终于到了木瓜树下,一看,果然是两棵老树,树身约有一搂粗,中间已经空朽,中分五六干,戟张着伸向天空,上面是一大片浓荫。浓荫中可见到枣大的小木瓜,一枚一枚地隐在叶间,姗姗可爱。树边恰好有一村民,带一小孩伺弄庄稼,问他木瓜树是什么年代的,村民笑着说:"都说是唐代的,谁能说得清。"又在木瓜树前流连了一会儿,待返回时,已然暮色四合矣。归查资料得知,水泉子的木瓜树是唐开元年间,唐玄宗李隆基为了给生病的皇子配药,从南方移植过来的。当时,一共移植过来二十棵,千余年过去,仅余下两棵。树木和人一样,有时故土难迁;有时迁移了,适应了他方的物候、自然环境,反倒更能活,像眼前的两棵木瓜树就是。

其实,木瓜树远非南方独有,我的家乡长安就有。山东、河南那一带,应该也有,不然,《诗经·卫风》中就不会有"投我以木瓜,报之以琼琚。非报也,永以为好也"的诗句。幼年,在故乡,我时常也能见到木瓜树。有的种在院中,有的种于井台边,不过,在我的记忆里,那些木瓜树好像都是药木瓜,或者叫观赏木瓜,也能吃,但吃起来很酸,还有一点淡淡的药香。倒是放到案头,或者板柜上,做清供者极多。那些做了清供的木瓜,刚摘下来时绿中泛黄,后来,随着时间的推移,就渐渐变成了黄色。而木瓜的香气,从最初的香气氤氲,也会逐渐变淡。

我们家北隔壁张大妈家,就有一棵木瓜树。这棵木瓜树生长在她家的前院里，有一丈多高，铁枝虬杆，树叶茂密，开花时节，常常会招来一帮无事的孩子，到树下玩耍。我们在木瓜树下蹦弹球、跳房子、踢沙包、滚铁环、翻三角，还玩斗鸡、老鹰捉小鸡，等等，十分的畅兴。而木瓜成熟季节，我们还会觊觎或俏立枝头、或藏于叶中的木瓜。有时，还会乘大人不注意，爬上树去，偷上那么一颗两颗的，用小刀分了来吃。那种酸香，至今难忘。张大妈土改时曾当过贫协代表，村里人都叫她张代表。她有一个儿子，比我大。没有老伴儿，老伴儿也许是去世了，也许是离婚了，总之，打我记事起，她就是拉扯着儿子过活。张大妈已谢世多年，如今，她的坟头怕已是衰草离离了。不知她家院中的那棵木瓜树还在吗？若还在，怕已有小桶粗了吧？

赵振川先生的弟子、国画家于力是我的一位好朋友，闲暇时，我常去他的画室喝茶。他画案上的盘子里就供着一颗木瓜，我去他的画室，常常能嗅到幽幽的清香。一次，他见我注视案头的木瓜，很神秘地问我："知道这木瓜是从哪里来的吗？"我摇摇头。他笑着说："还记得水泉子那两棵木瓜树吗？"我说你又去水泉子了，他说当然，画画的碰到好地方，哪有去一次就轻易放过的。怪不得他近期的画作里，有水泉子木瓜树的写生呢！

木瓜又名木瓜海棠，叶椭圆，花粉红，果深黄色，具光泽，味微酸涩，有芳香。可入药，又可食用。家乡的土地上，能生长出这样的佳木，也实在是一件令人骄傲的事儿。

秋荠

　　平生食荠菜多矣，但如就所食荠菜之鲜美而论，当以少时在长安乡下所食为最。而所食荠菜，又以秋荠为美，春荠则次之。

　　春三月，麦苗返青，大地一片绿意。此时，蛰伏了一个冬天的荠菜种子悄然萌芽，并迅速钻出地面，嫩绿的羽状的叶子，在春风里招摇。几场透雨过后，荠菜已变得肥大，它们隐匿在麦苗下，或者荒滩的青草边，叶片上滚动着露珠，似在相互嘀咕着："来，挖我们吧！"循着春风的踪迹，孩子们奔出了村庄，奔向了旷野，鸟儿一样散落在田间地头，去挖荠菜。不唯孩子们，村庄里的妇女们，也会三三两两地出动，去麦田里，去荒滩、空地里，挑挖荠菜。在上世纪六七十年代，荠菜不但是一道野菜，也是庄户人家里的救荒粮。因为，在那个年代里，庄户人家的口粮，鲜有够吃的。这些被挖回来的荠菜，经剁碎，下进稀饭锅里，再放进一些青豆、红白萝卜条、盐巴，便成了很好吃的水饭。水饭稀稠刚好，既好看，又好吃，还耐饿，是庄稼人一年中难得的美味。春天里，每当荠菜下来时，一般的庄户人家，总要做上那么三五顿荠菜水饭的。这种荠菜水饭近乎于今天的蔬菜粥，但好像又和蔬菜粥不同，只有长安乡下有，别的地方，我还没有见过。小时候，每逢母亲做荠菜水饭，我都能呼噜呼噜吃上两大碗。至今忆之，还觉得口有余香。将荠菜剁碎，调上调料，和玉米面掺和在一起，烙成玉米面饼，饼焦黄，趁热吃下，有鲜荠菜的清香，亦有玉米面的清香，咸淡相宜，也是很好吃的。还可以将荠菜和面，做成菜团子，蘸调好的蒜汁辣子汁吃，也别有一番风味。用荠菜包饺子吃，我们那一带不流行。也许是在半饥荒年月，麦面金贵的原因吧。这些都是春荠的吃法。荠菜也是一种季节性的蔬菜，一到暮春，荠菜便抽薹，开出碎碎的米粒状的小白花。这时，荠菜已经老了，已经不堪供庖厨。麦苗起身了，也没人再打荠菜的主意。荠菜疯长，开花，结籽，完成它生命中的轮回。

秋荠生在八九月间，多在谷子地里、玉米地里，或人家的菜园里。荒滩里则很少见。我至今也未弄明白，它们是春荠的种子遗落在田间地头，而后生长出来的呢？还是隔年的种子，深埋在地下，待到秋天，才生长出来的呢？反正秋季里是有荠菜的，但似乎不及春季里多。和春荠相比，秋荠更肥硕、鲜嫩。也许是秋季雨水充足，阳光温润，气候更适于荠菜生长吧？秋日的午后，在田间劳作，或者在田间小路上行走，不经意间向谷地、玉米地里一瞥，你便会看到有嫩闪闪的荠菜，悄然地生长在谷棵、玉米棵间，秋阳下，叶片泛出一种柔和的光。若仔细观察，荠菜下，还常常趴伏着一只两只蟋蟀，在那里悦耳地叫。便禁不住地走过去，将其端详一会儿，连根拔起。荠菜根系发达，根往往扎得很深，但秋天里土地松软，很容易便能把荠菜拔起。秋荠的吃法和春荠差不多。但因为刚经过了夏季，新麦下场了，做荠菜面，则别具风味。若给荠菜面里下点小米，做成荠菜米面，吃起来则更佳。少年时代，我最爱吃母亲做的荠菜面，尤其是当秋荠下来，我常常要缠着母亲做好多次。给荠菜面里放些青辣椒，我常常胃口大开，一连能吃好多碗，吃出一头的汗。可惜，自从二十多年前离开家乡后，我再也没吃过母亲做的荠菜面。而母亲现在年事已高，即使有机会回到乡下，也不忍心再让她老人家动手，给我做荠菜面吃了。看来，要吃荠菜面，唯有在梦中了。

秋日夜雨，寂坐无事，灯下闲翻《野菜谱》，知饥荒年月，荠菜惠人多矣。荠菜除可食外，还可止血。小时候，春秋时日，于田间打猪草，不小心被镰刀割破了手指，血流不止。不要紧，急忙在地里找寻荠菜，找到了，无论老嫩，取其茎叶，在口中嚼碎，敷于伤口上，血很快便会被止住。至今忆及，尚觉神奇。

喜鹊

喜鹊可以说是关中农村里最常见的鸟类了，尤其是靠近秦岭北麓这一带的乡间，人家房前屋后的大树上，乡野沟渠坎畔的树枝间，多有喜鹊的影子。喜鹊样子很喜庆，圆圆的小脑袋，尖尖的喙，黑白相间的身躯，长长的尾巴，可以说是人见人爱。而乡人们最喜欢的，应是它的喳喳的叫声了，他们认为那是一种吉祥的声音，"喜鹊喳喳叫，客人就来到"，在我们村里，这是人们最爱说的一句话。

我也很喜欢喜鹊。缘由有二，一是我自小生活在长安乡下，喜鹊多见，见得多了，就如乡邻一样熟悉了，熟悉了便心生欢喜；二是觉得这种鸟好看，叫起来也好听，不像麻雀，灰不溜丢的，整天一群一群的，聚集在人家的屋檐前，叽叽喳喳，吵得人心烦，有时还糟害庄稼，人不待见。也不像猫头鹰，叫起来尖利刺耳，如锐器在石板上划过，让人心生恐怖。记忆里，喜鹊在春天和冬天最常见，夏天见到的似乎不太多。这也许是夏天草木茂盛，喜鹊的行踪不易被发现的原因吧。春天，在故乡的原野上，或者小河旁，常能见到喜鹊。它们一只两只地在麦田中蹦跳，头一点一点的，看上去很好玩；或者一边喳喳地叫着，从这棵树上缓缓地飞到那棵树上，尾羽划出优美的弧线。这个季节，喜鹊的巢也比较好找，多在高大的白杨树上。行走在乡野上，偶一抬头，你便会看到一个个巨大的黑色的喜鹊巢，安然地蹲踞在高杨大柳的树梢间，好像是一件件艺术品。天空是纯净的，蔚蓝的不染一丝杂尘，这时也许有风，那巢便随着风，轻轻摇晃。要是担心巢会被风刮下来，你可就是闲吃萝卜淡操心了。事实上，喜鹊是筑巢的高手，我曾在乡间生活了多年，也见过好多鸟儿的巢，比如燕子的，麻雀的，斑鸠的……我以为，都不及喜鹊的巢筑得漂亮结实。麻雀就乱乱的一团草，囫囵着弄一个小窝。有时，它们甚至连这样简易的巢也不筑，就直接栖息在人家的屋檐下，或者树丛中。小时候，听父亲讲寒号鸟的故事，我总疑心那到了冬天，到处飞来飞去，嘴里叫着"噗啰啰，噗啰啰，寒风冻死我，明天就垒窝——"的寒号鸟，似乎就是麻雀。燕子的巢固然精致，但也是筑在人家的屋梁上，而且喜用旧巢，既没有喜鹊巢大，也没有喜鹊巢好看。至于斑鸠巢，多筑在大树主干一两丈高的逸枝处，不但潦草，也极不安全。少年时期，我就不止一次地看见，村童爬上树去掏斑鸠窝，惊得斑鸠绕着树，鸣叫着乱飞。而喜鹊就无此之虞，它们的巢多在大树的顶端，村童爬不上去；就是爬上去了，也因树梢树枝太细，他们怕折断树枝，跌落在地，而不敢贸然爬上顶端去掏喜鹊窝。更何况，村人还禁止小孩爬树糟害喜鹊，认为那是不吉利的事儿呢。因此，喜鹊在故乡多见，就是极自然的事了。春夏季节，喜鹊忙碌着筑巢、生蛋、育雏，繁衍后代，而到了秋天，喜鹊似乎悠闲了一些，这个季节，雏鹊已长大，不用再哺育，田间又多食物，昆虫、植物的果实多了去，它们不用费太多的力气，就可以吃饱。吃饱了的喜鹊就在田野，或者人家房前屋后的大树上鸣叫、嬉戏。只有到了冬天，因为缺少食物，觅食不易，又加之天气太冷，它们才显得呆滞一些，似乎没有春夏秋三季活跃。而此时见到的喜鹊，多数是在觅食。

　　喜鹊喜逐人居，这种现象，我是早就知道的，过去，在家乡的那段年月里，我也常见。不过，这十几年来，由于环境的改变，乡间大树骤减，平原上、川地里，已经很少能见到喜鹊，它们缺少了栖居地，无处可筑巢。就是偶尔能见到，也是一只两只的，没有成群的。而那巢也小得可怜，望去约有篮球般大小，孤零零地架在半大树的树梢间。昔年，喜鹊很少光顾的山间，因为大树多，反倒经常能见到它们的身影。去年冬天，我一次去沣峪游玩，在红草河边，竟然意外地碰到了一大群喜鹊，它们叫着，闹着，在一块山地里蹦跳着，边跳边啄食。那份悠然，令我神往。我当时激动了半天，还专门停下匆匆的脚步，静静地观看了一阵子呢。那一刻，我的心似乎又回到了故乡，回到了遥远的童年。恍惚间，我看见慈祥的奶奶正拿了一张喜鹊登梅的大红窗花，往窗格上贴。而窗外，则是一地的白雪，一树的琼枝……

夏日草木

夏日草木多矣，但草木真正在夏天开花者却并不多，这是自然法则使然，春华秋实，大多数植物，还是按照这一规律生存的。今摘我认识的几种在夏天开花的植物缀记之，以消长夏。

紫薇

紫薇在时下的都市里最常见，尤其是像西安这样的北方城市，夏日，漫步在公园里，街衢间，常能看到紫薇的影子。那树干是伶仃的，叶是舒朗的，花则鲜艳欲滴，紫的红的，如一堆火焰，在枝头燃烧。让人常在心中嘀咕，这么细小的树，怎么会开出这么繁盛的花儿？小时候，在乡下生活，尽管乡间草木众多，但我却从未见过紫薇，自然也不认识这种植物。我认识紫薇还是在西安工作以后，一夜闲读，偶然于汪曾祺先生的文章中，得知有这么一种植物，还得知了白居易写过"紫薇花对紫薇郎"的诗句，从此，便把这种植物记在心间，留心去找，终于，在一年的夏天，于西安植物园里，觅得了这种植物的芳踪。一见之下，喜欢得不得了。西安植物园内的这棵紫薇，就伫立在牡丹园的北边，少说也有五六十个年头了，树干有碗口粗，树枝若鹿角，花叶还算繁盛。自从认识了这棵树后，每次去植物园，我都会在其下驻足，用一种好奇的顽皮的心态，用手去搔搔它的枝干，看其是不是像书上记载的那样，花叶会颤动。不耐痒树的名字是否属实？但轻搔的结果是纹丝不动。也许这棵紫薇树太老了？

我原以为，紫薇都是长不高的，顶多也就两三米吧。但去年夏天到蜀地出差，我才知道，我想错了。在都江堰的二王庙内，我见到了数丈高的紫薇，干粗叶茂，花开得那个繁哪，把那一片天空都染红了。

紫薇也叫百日红，花期可长至三个月。在夏日万物皆绿的时节，这样的植物，很容易让人心生喜悦。

牵牛花

这是乡间最常见的一种花。夏日，行走在田间地头，常可见到这种花，收割过麦子，已播种上苞谷的土地中尤多。牵牛花的叶是碎碎的三角形，花则如小喇叭，粉红的粉白的，牵牵连连的，寂寞地开着，如一痕淡淡的梦。牵牛花在我们那一带称为打碗花，因牛特别喜食这种植物，故又称为牵牛花。小时候，大人们常常告诫我说，少揪扯打碗花，否则，吃饭时候是会打破碗的。我想，这是大人们惜花的缘故吧，怕小孩不懂事，随意糟践花草。以上所说都是野生的，其实牵牛花也有人工培育的，无论花叶，都比野生的大了许多，花多为紫红色，也有红色的，常常长在人家的院落，或缘树而生，或缘篱笆而生，都是很好看的。

牵牛花也是画家的爱物，画花卉者，鲜有不绘牵牛花者。白石老人当年就喜绘牵牛花，其题词也妙。如在一幅画上，就有如是跋语：邻家牵牛花大如碗，余撷其一朵以绘之。今天的画家，亦少有这种雅趣。

合欢

合欢花我打小就认识，我的家乡就有，就生长在我们的小学校里，共有两棵。这两棵合欢树无论树干，还是树冠，都很大。树身有小桶粗，树冠则可荫蔽两三间房屋。小时候，花开时节，我们常到合欢树下玩，看红绒绒的花儿开在枝头。也捡拾落花，将其带回家，泡水喝。干合欢花放到锅里煮开，再放入白砂糖，凉饮，败毒去火，是消暑的妙品。在家乡生活的那些年月，我没有少喝母亲煮的合欢花水。但母亲不叫它合欢花，而称其为绒线花。不但母亲这样叫，我们那一带都这么叫，我觉得既形象，又好听。因此，尽管我离开乡间多年，也见到过无数的合欢花，但我仍固执地称其为绒线花。因为母亲这样叫，因为我的乡人这样叫。

夏日无事，偶翻旧书，见孙犁先生《晚华集》，随便翻读，见内夹风干的绒线花一朵。看看购书时间，为1983年。那是我在西安翠华路一所学校求学期间，一日中午，和三两位同学，去小寨新华书店购买的。当时为大暑，林荫道上，蝉鸣一片。书买得后，当日下午适逢无课，即在学校花园内，寻找一幽静的所在，坐下捧读。正在我读至酣处时，风吹树动，一朵绒线花飘然落下，恰好落在我的书页上。我蓦然一惊，便随手将其夹入书中。不想，时过三十年，这朵绒线花还在。可惜的是，孙犁先生已去了。

木槿

　　小时候，我最喜欢的花，莫过于木槿了。祖父的外甥重生伯家在我们的村西，名曰上红庙，涉过清浅的小峪河即到。重生伯有三个儿子，其中最小的名叫学选，和我的年纪相仿。每次去重生伯家，学选都陪我尽情地玩。我们去村外的小溪里捉螃蟹，去稻田里钓黄鳝，去树林里找蝉蜕……但最有意思的事儿，还是在木槿花中捉蜜蜂。重生伯的前院里有三棵木槿，每年夏天花发时节，都会开很多花，紫红的，白色的，开开谢谢的，直到早秋，还有花儿俏立枝头。盛开的花儿，吸引了很多蜜蜂、蝴蝶，在树周围流连、蹁跹，有时，甚至还有红蜻蜓、蓝蜻蜓飞临。我和学选在木槿树边玩，眼瞅着蜜蜂嗡嗡地飞着，落到木槿花上，然后钻进花蕊中，采蜜。我们蹑手蹑脚地摸到花边，用手把花聚拢了，揪下，便听到受困的蜜蜂，在花里面嗡嗡地叫。有时，动作稍慢了点，没有聚拢住花，蜜蜂就会逃逸出来，甚至，蜇了我们的手。玩累了，我们会放了蜜蜂，然后把木槿花吃掉。木槿花有一点淡淡的甜味，很好吃。我们快乐地玩着，无数的岁月，便悄然而逝。直到多年后，我们已长大成人，回忆起往事，才觉出那时的快乐、多趣。

长夏无事，卧读《植物名实图考》，在《群芳》条中看到："木槿，《日华子》始著录。今唯用皮治癣。江西、湖南种之，以白花者为蔬，滑美。"日华子为唐代本草学家，原名大明，著有《日华子本草》，收录植物六百余种，可惜此书已佚，今仅能从后代各家本草中，如《本草纲目》等，窥见其一些佚文。读着这样的文字，想起昔年在木槿花下玩耍，捉蜜蜂，吃木槿花的事，不觉会心一笑。

石榴

　　石榴在关中农村多见之，过去的大户人家，花园里，后院里，多有种者。即便是柴门小户，在庭院里也有栽种的。夏日，开一树红花，秋日，结一树浑圆的果实，煞是好看。我想，人家种此，主要是为观赏，其次，才是为品尝吧。

　　我家祖屋的院中就有一棵石榴树，在我的记忆里，足有两米多高吧。不过，这棵石榴树好像不怎么长似的，我幼小时是这么高，我长大后外出求学，直到参加工作，期间也有十多年吧，似乎还是这么高。花倒是开的，而且开得很繁密，就是坐果少，不大结石榴。每年开花时节，那花儿起初是一个个通红的小宝瓶，不久，瓶口就裂开了，吐出一束束火焰，绿色的石榴树仿佛被点燃了，连整个院落都亮堂了许多。每每此时，祖母总爱搬了小凳子，坐在石榴树下做针线。她戴上老花镜，边用针缝衣服，边在头发上一下一下抿针的情景，至今储存于我的脑中。多年来，每每见到石榴树，我就会想起祖母慈祥的面容。可惜的是，祖母离开我已有三十多年了，如今，随着农村城市化进程的加快，连坟头都被平去了。我无法再到坟地去凭吊祖母，每年清明节，只能在心中寄托思念了。

我家院中的石榴树不大结果，但邻居张大妈家的石榴树可是果实累累。我家院墙的北隔壁是张大妈家，她家院中有两棵石榴树，临墙而生，长得枝繁叶茂，而且很高大。院墙有一丈多高，这两棵石榴树，都冒出了院墙很多。张大妈寡居，有一个独生儿子名叫军平，军平比我大七八岁，平时不大和我们在一起玩。张大妈和我们不同队，我们是七队，她是八队。两家人也不在一条巷子住，但关系很好，见了面，总是客客气气的。张大妈，村人叫她张代表，因其在土改时，当过贫协代表，故村人都这么叫。久之，连她的大名也无人再叫。我至今都不知道张大妈叫什么名字。张大妈家的石榴树开花了，结果了，我急切地盼望着，盼着石榴快一点成熟。终于，秋风起了，石榴成熟了。我和同队的小伙伴们，趁着两家都无大人，偷偷爬上墙头，摘取几颗石榴，一饱我们的馋吻。这样的事儿做了多年，直到我长大成人，一年和母亲灯下闲聊，谈及幼年时的荒唐事。母亲笑着说："张大妈心疼你们，知道石榴是你们这帮崽娃子摘的！"

汪曾祺先生以为，食石榴是得不偿劳，吃了满把的石榴籽，结果吐出来的都是渣。其实，吃石榴吃的就是个味儿，酸的，甜的，哪里能像吃饭一样，往饱里吃呀！秋天，买上几个石榴，剥开皮儿，闻着石榴皮上散发出的苦涩的味儿，看着满握晶莹剔透，形如红宝石似的石榴籽，然后慢慢享用，你会觉得，连日子都有了些味道。

雪忆

　　也许是环境改变了，也许是别的什么原因吧，一个规避不开的事实是，近十多年来，西安这块地方，每年冬天，是愈来愈少下雪了。去年冬天尤甚，整个漫长的冬季里，就没见过一片雪。气象部门今天报说明天可能有降雪；明天报说后天可能有降雪，市民们望眼欲穿，但连一滴知了尿也没有落下。失望之余，干脆不看电视台播出的天气预报节目。尽管无雪，马年还是不管不顾地来了。要说西安这地方也神奇，就在人们全都不再盼雪的时候，雪却无声无息地来了。大年初五夜，先是一阵的北风，初六早晨一开门，哦，下雪了！不觉间，一股喜悦就涌上了心头。"干冬湿年！"我们的先人就是总结得好啊！

　　落雪了，可以到原野上去踏雪，可以到古刹里去寻梅，可以到公园里去赏雪，也可以一个人坐在家里，温一壶酒，或者沏一杯茶，慢慢地啜饮。"绿蚁新醅酒，红泥小火炉。晚来天欲雪，能饮一杯无？""寒夜客来茶当酒，竹炉汤沸活初红。寻常一样窗前月,才有梅花便不同。"品饮着茶或酒,在心中默诵着古人的诗词,会感到别有一番情趣。当然,也可忆旧,譬如想一想自己这一辈子,曾经经历过的落雪。

仔细回想起来,我经历过的落雪,何止数十次。但真正让我能记忆深刻的,还是在乡下经历的那些落雪天。

我的家乡在西安城南的樊川,距城区三十多公里,过去是京辅之地,汉代属于皇家的上林苑,有唐一代,则属于达官显贵的居住区。这里风景秀丽,它南揖终南山,北倚少陵原,西连神禾原,川内河网密布,土地肥沃,草木茂盛,鸟飞兽走,是一个宜稼宜居的好地方。历史上,有很多诗人,都曾在此卜居,如杜甫、杜牧,即在此居住过多年,并留下很多诗篇。小少时代,我曾在这里生活了十多年。可以说,我对家乡的一草一木都熟悉,都热爱,这里面,当然也包括落雪。记忆里,故乡每逢下雪时,天空总是阴沉沉的,平日清晰可见的终南山,也隐藏在一片云气里。天阴着阴着,就飘起了雪花,起初是一片两片的,不久便成了风搅雪,成了漫天大雪。顿时,天地为之一白。下雪了,我和小伙伴们欢呼着,在风雪中疯跑,一任雪花飘落进我们的脖子,吹打在我们脸上。但这还不是让我们最兴奋的,最兴奋的是在雪后,我们可以领上狗,到田野中撵野兔。一天一夜的大雪,雪霁后,原野上白茫茫一片,积雪足有半尺厚,踩在上面,如踩在海绵上,发出一种吱吱的响声。太阳出来了,阳光照射到雪地,雪光返照,雪地显得更白更亮了,刺得人连眼睛都睁不开。但我们不管不顾,六七个人,还是义无反顾地奔向了旷野。大雪天,落雪覆盖了原野，兔子夜间出来觅食，便会在雪地上留下一溜溜足迹。尽管兔子也进行伪装，在兔子窝附近反反复复地跑，雪地上，足迹如麻，纷乱不堪，但如仔细搜寻，还是能找到兔子的藏身地。如果实在找不到，兔子胆小，还可以点响炮仗吓唬。在"嘭——嗵——"的二脚踢声中，兔子终于绷不住，"嗖——"地跑出了窝，像一支离弦的箭，向前蹿去，身下腾起一股白色的雪雾。说时迟，那时快，在孩子们的惊呼声中，身边的狗，已像一道闪电，向兔子蹿出的方向驰去。不用急，雪厚，兔子腿短，跑起来拖泥带水，跑一阵子，便会力不从心，只有在雪地上踉踉跄跄，胡乱蹦跳的份儿了。果然，工夫不大，狗就撵上了兔子，而且一口把兔子叼住，调头跑回来。我们从狗嘴里取下兔子，将其放进提前预备好的布口袋里，又继续向旷野深处走去。

　　落雪天值得一记的事情还很多，譬如到冻住了的河面上去溜冰；像闰土一样，在院子的雪地上扫出一块空地，撒上稻谷，用筛子罩麻雀；堆雪人，打雪仗；正月天，在雪夜里玩灯笼……一年一年，我就这样过着，直到慢慢长大，进入西安城里。

　　在西安工作生活的这些年月里，我唯一能记住的落雪，大概要算是1995年的那场了。那时，我在小南门里的一家单位上班，妻子则在自强西路上的果品冷库上班，女儿只有五六岁，在送变电公司幼儿园入托。为了照顾妻女，我只好把家安在纸坊村。纸坊村是一个城中村，在小北门外，距北城墙也就五百米的样子。每次回长安老家探望父母时，我都要和妻子领了女儿，从纸坊村出发，步行穿过陇海铁路，穿过环城北路、护城河，到达小北门。然后,顺着环城公园,边走边玩,到达北门,从北门内乘车回长安乡下。而途经环城公园的这段时光,则成了我们一家人最开心的时刻。尤其是女儿,尤为兴奋。那时,环城公园已整修完毕,公园内环境很好,花木扶疏,芳草满地,曲径通幽,游人稀少,在熙攘喧闹的城市里,实为一难得的清幽之地。我们在里面慢慢地走着,女儿则像一只欢快的小鹿,一不留神,就跑入了旁边的草地或树丛中,我们在后面追赶,留下一路欢乐的笑声。

这年的冬天,我们再次回乡下,待返城时,天空却落雪了,飘飘洒洒的雪花,像满天飞舞的蝴蝶,工夫不大,便让大地披上了银装。见雪下得大,父母亲劝我们第二天走,但这怎么能行呢?明天我们都要上班。没办法,我和妻只好冒雪返城。好在还顺利,下雪天乘车人少,坐长途车,倒公交车,一个多小时的样子,我们就到了北门。下车,沿环城公园往家走。没想到,进入环城公园后,平日冷清的公园里,却显得出奇的热闹,许多孩子在里面打雪仗、堆雪人、溜冰。见此情景,原来走的好好的女儿,闹着也要去溜冰。可她技术实在太差,一上去就连摔几跤。惹得我们又好气又好笑。无奈,我和妻只好一人拉着她的一只手,牵着女儿向前滑,她则像一只秤砣似的,两脚着地,身体下沉,吊在我们臂间。女儿大呼小叫,显得异常开心。就这样,一路向前走着,滑着,不到半个小时,就到了小北门。可女儿显然没有过够溜冰的瘾,她不愿回家。怕她感冒,我们只好答应明天下午下班后,再带她来玩,这样,才好歹把她哄回了家。次日,我们没有爽约,真的带女儿又去溜了一次冰,而这也几乎成了我对西安雪天的唯一记忆。

　　时光如流水，不觉间，女儿已长大工作，我也在渐渐老去。岁月则把我对雪的有关记忆，剪辑成一帧帧剪影，每当飘雪的日子，便来回在我的脑中回放，而时间愈久，情景便愈加的清晰。

说梅

我对梅花并没有特别的喜欢，但遇到了，总要驻足看看。

西安不像南方，可观梅的地方不多，除了环城公园、兴庆公园等一些公园外，别的地方并不易见到。梅花的品类也比较单一，除了黄色的蜡梅外，红梅、白梅很少见。我不知道别人见到过没有，在西安生活了三十多年，反正我是没有见到过。黄色的蜡梅倒是时不时能见到，公园里，人家的宅院中，还有古刹道观中，多有。2006年正月十五，我应朋友刘珂之邀，去他的家乡户县看社火，在他供职的单位户县文化馆，不期见到了两树蜡梅，那也许是我此生见到过的最大的蜡梅树。那天，在钟楼广场看完社火表演，刘珂让我去他办公室坐坐，喝杯茶。我欣然同意。我刚一踏进文化馆的大门，便闻到了一股清幽的香气，我问这是什么香，其笑而不答，把我让进了他的寒素的办公室中。烧水，净杯，喝茶，闲谈甚欢。待茶淡话稀时，他突然说："要不到外面转转，透透气？"我当然愿意。我知道，他们办公的地方，其前身是户县文庙，虽然后经翻建，但大模样没有变，留下了很多古物，也有很多文物。我们一同来到院中的大殿前，刘珂笑着说："你刚才问是啥东西散发出的香气，看，就是它们！"我顺着他的手指一望，我的天，好大的两棵蜡梅树！七八米外，在大殿正门旁的两侧，两棵蜡梅树静静地挺立在天宇下，每棵主干都有碗口粗，老干虬枝，无声地开满了黄色的花。那花繁盛得呀，就像有无数的小精灵在枝头吵闹；又好像是一股股燃烧的黄色的火焰，争先恐后地伸向天空，都要把天空点燃了。我来到它们的面前，闻着它们的馨气，目不转睛地望着它们，连呼吸都要屏息住了。

"这两棵树有多少年月了？"我问。

"我也说不清楚，但总有二三百年了吧。"刘珂说，又补充道，"梅树生长很慢的！"

我颔首。

我们一起在两棵梅树前，足足站立了二十多分钟，然后，才去看一些过去的碑石。

其实，西安还有几处看梅的好所在，一处在环城公园朱雀门段，一处在西安电子科技大学老校区，一处在长安区少陵原畔的杜公祠。前两处，每处都有数十棵蜡梅，可称为梅林。后一处，只有一丛，但均有可观处。前两年，在小南门里上班，中午休息时，我常到环城公园里散步，小南门和朱雀门相毗邻，一在西，一在东，相距也就半里地，环城公园朱雀门段是我散步时的必去地。故这里的梅林我常见，不管是花开时，还是叶茂时，梅的风姿，我多有领略。西安电子科技大学老校区内的梅林亦然，原因嘛，我家居校园附近，闲暇时，时常在校园内锻炼、漫步。而杜公祠中蜡梅，我则仅见过两三次。两次是在花发时节，一次则在夏季，正是枝繁叶茂时候。杜公祠在少陵原畔，是纪念唐代大诗人杜甫的所在，据史料记载，明代已建成，据传，那丛蜡梅也属原栽。如果是真，那也是有了年月的老物了。我见到时，主干不粗，但长得很高，足有七八米的样子。这些梅树，均为蜡梅，如鲁迅先生所言，开的是磬口的蜡梅花，花是黄色的，蕊则是紫红色的。人们常说的，猪心蜡梅，我不知道是不是这一种？

　　偶翻闲书，读到上世纪初一些到中国来的外国传教士的记述，他们似乎对中国的文化也颇有兴趣，比如梅花，他们在书中也多有谈及。不过，他们把杏花也当作了梅花，称为杏梅。想一想，也颇为有趣。

　　先师李正峰在世时亦喜梅，曾读过作家贾平凹记述李先生的一篇文章，说一年冬天，他去西安城内办事，走到南门外环城公园附近时，看见一人披一件呢子大衣，于雪地中赏梅。他不知是谁这么有雅兴，好奇心突发，想看个究竟。结果走近一看，是李正峰先生。贾平凹所言不虚，前几年，在先师逝世十周年纪念会上，我曾见到过其亲绘的一幅红梅图，枝干遒劲，花开灼灼，虽尺幅不大，却似一团火，燃烧了观者的心。

　　因梅花品高，自宋林和靖以后，文人画士鲜有不喜梅者，这一点，有历朝历代大量的咏梅诗为证，也有大量的梅画为证。梅尽管性清，为人所喜，但历史上却发生过因梅杀人的悲剧。据清人李伯元的《南亭随笔》记载：

> 彭刚直擅画梅花，其带长江水师时，人多往求画梅，一概允之。然随意应酬，亦无不为世所珍重也。其后画梅愈多，声价益重。有某哨弁，往往假刚直名号私画梅花多幅，向人求售，人不疑其非真笔，亦尝以重价相购。一日，刚直至某处，见悬挂己画梅花甚多。细阅之，皆非己之真笔，力诘主人促言假托之人。主人不敢隐，遂具以购置来源相告。刚直大怒，回营即传假托之某弁质诘，随即将某弁及同谋二人分别杀割。一时传者，莫不嗤其视梅花重于人命。

所谓彭刚直者，即彭玉麟也，其生于1816年，卒于1890年，号雪琴，清湖南衡阳人。咸丰年间洪杨军起，曾国藩治水军于衡阳，彭玉麟曾和他人分统之，后官至兵部尚书，卒谥刚直。其一生喜好画梅花，所绘梅花画不下万幅，且在每幅画上都盖有"一生知己是梅花""伤心人别有怀抱"等印章，相传是为纪念他少年时爱恋的女子梅姑的。就是这样一位视梅花为知己，看似有情的人，却因区区十数张梅画而杀人，其人品性可知。而梅之和人无关，亦可知矣。

至于我，对梅谈不上特别喜欢。我以为，梅和所有花木一样，都有自己的清芬在。若说我喜欢梅，也是因为先师李正峰的缘故，因为他喜欢梅。这里面，我想，感情的成分当更多一些吧！

里花水的花事

　　里花水在西安西南方,距市中心约十五六公里,南三环、西三环在此交会,原来应是一个村庄吧? 但如今已没有了村庄的影子,不唯高楼矗立,道路笔直,就连车辆、行人也渐渐地多了起来。在西安工作生活了三十多年,我从未听说过里花水这个名字,也不知道偌大的西安地区,有这么个地方。我第一次听说里花水,当在前年吧。这年的五月初,单位搬迁到此,我才得知有这么个地方,并在其后的日子里逐渐地熟稔起来。里花水这个奇怪的名字究竟是怎么来的? 其中的含义是什么? 有什么传说和故事?我先后问过好多人,都说不清楚。我也就只好糊里糊涂地在此工作着。好在这里比较僻远,还未完全跟上城市化进程的脚步,人少,街宽,路边的绿化又好,上下班无事,行走在这样的道路上,吹着不同季节的风,看着植物的变化,连心也觉得宁静了许多。尤其可喜者,这里的植物,你方开罢我登场,好像一年四季,都在开着花,花事繁盛,让人感觉是生活在花海里。

里花水的植物很多,人工的,野生的,少说也在二三十种。这些植物,有的开花,有的不开花。单说开花的植物。

大多数植物,应该都在春天里开花,而最早开放的,应是迎春吧。里花水地区迎春不多,零星的迎春多分布在一些单位的院落里;南三环的绿化带中,似乎也有一点,但就是这些有限的迎春,花开时节,金黄灿烂,还是让人的眼睛一亮。迎春在二月开放,花季很短,还没有咋看,就谢了。到了三月份,就热闹了,各种花儿次第绽放,争奇斗艳。玉兰算是较早踏着春风的足迹绽开的,白色的玉兰花,如一只只洁白的鸽子,扇动着翅膀,"扑棱棱——"在蓝天下翱翔。它刚刚飞翔累了,要歇息一下了,广玉兰就上场了。广玉兰的花有些近似于粉红色的郁金香,在春风里招摇起来,样子也很迷人。和玉兰同时节开花的还有红叶李,红叶李花极碎,粉粉的,没什么看头,不过一排树同时开,花便有些像海洋,那阵势也很壮观。接着有金黄的连翘,有白色的梨花,有胭脂色的桃花,暗红色的碧桃花,它们也在此时开放。

好像是一夜间的事儿,紫荆还带着去岁的刀形果实,就大刺刺地怒放了。紫红的花朵,挨挨挤挤的,开满了铁色的无叶的枝丫,把周围的天空都照亮了。丁香和刺玫,也是在这一时段开放的。丁香花大放时宛然一梦,白的,紫的,碎碎的,一团一团的,浮在鲜嫩的绿叶间,香气浓郁得能让人背过气去。不过,若在月明之夕,隔着一段距离,又恰好有微风吹过,丁香的浓香得以稀释,呼吸一下,那种香味,还是很醉人的。我总觉得丁香花香得有些过分。我不知道戴望舒当年写《雨巷》时,何以会写出

"撑着油纸伞,独自/彷徨在悠长、悠长/又寂寥的雨巷/我希望逢着/一个丁香一样地/结着愁怨的姑娘",难道他不嫌丁香花有些浓腻?也许江南多雨,早已把丁香的香气过滤掉了一些吧?刺玫花鲜艳无比,它们都是一朵一朵的,如酒盅般大小,虽也伴着绿叶开,但刺玫花好像是一个个羞涩的姑娘,多藏在绿叶下,半遮半掩,欲言又止的样子,实在令人爱怜。三月底四月初,最值得一记的是樱花。里花水的樱花树很多,锦业路上,多植有樱花树,花发时节,粉红色的樱花灿烂如霞,行走其下,抬眼一望,美艳得叫人喘不过气。人言西安城里赏樱要去青龙寺,或去交大校园,我则以为那里人比樱花多,在里花水赏樱,其实也不赖呢。

春天里,里花水的地面上,野花也很多,碎米粒状的白色的荠菜花;金黄色的,如一个微缩葵花的蒲公英花;蓝色的如宝石般的巧合蛋花……还有许多不知名的野花,都让我迷醉。它们让我想起远方的故乡,想起春天原野上的风,想起蔚蓝色天宇下的风筝,以及许多的人和事。"春到溪头荠菜花",故乡的田野上,这个季节,也该开满荠菜花了吧?孩童们的柳笛也该吹响了吧?

夏秋时节的里花水,花事虽不似春日里繁盛,但也没有完全沉寂下来。这里的路边,多月季,多木槿,多紫薇,多韭叶兰,多牵牛花,偶尔,还能见到合欢的影子。花是开开谢谢的,但一直不断;色彩也繁富,红的,粉的,蓝的,紫的,让人目光总不闲着。这里面,还要数紫薇开花时间最长,也最好看。紫薇又叫不耐痒树,据《曲洧旧闻》载:"其花夏开,秋犹不落,世呼百日红。"此言不虚,我去岁十月底,就曾在锦业路上看到,有紫薇花俏于枝头,尽管已是凉风飕飕,但花红仍一如火焰。

到了冬天,里花水唯一可赏者,便只有梅花了。这里的梅花属于蜡梅,不多,我仅见过四五树。在冷凝的空气里,蜡梅无声地开着,黄色的花瓣,紫色的蕊,幽幽的香气,让人的心里觉得暖暖的。梅花是高洁的,历朝历代诗人多有赞咏者,但也有人揶揄。记不清是在哪一本书里,曾读过一首写梅花的诗:"红帽哼呀绿帽啊,风流太守看梅花。梅花忽然开言道,小的梅花接老爷。"梅花一下子变得那么的势利,那么的下贱,让人忍俊不禁,简直是和梅花开了一个玩笑。

夏日蝉声

　　《庄子》有句:"蟪蛄不知春秋。"年轻时读此句,不知其意。一翻注解,明白了,原来就是寒蝉。寒蝉春生夏死,夏生秋死,自然不知春秋了。不过,这里的"春秋"须说明一下,它并非我们常说的春季秋季,而是指一年。春蝉寿命短,当然不知"一年"是怎么回事了。我自小生活在长安乡下,长安属于关中,在秦岭以北,比较寒冷。在我的印象里,我们那一带似乎没有春蝉,有的只是夏蝉和秋蝉,夏蝉尤其多。夏日正午,或者黄昏,天晴时节,行进在山间小路上,或者川地的河滩边,便可听到盈耳的蝉声。那真是蝉声的海洋,各种各样的蝉声,高的低的,长的短的,尖细的粗犷的,一波一波,你方唱罢我登场,不绝如缕,把人的心都能叫乱。昔人用"蝉声如雨"来形容,我以为是再恰当不过了。

　　也许是自小生活在乡下的缘故吧,我喜欢听各种虫鸣鸟叫,尤其喜欢听蝉声,觉得那简直是天地间最美妙的音乐。尽管我已离开故乡多年,但这种爱好,一直未改。每年的夏秋时节,我都要抽空回老家看看,在家乡住上几天,喝一喝家乡的水,吃一吃家乡的饭,自然也会到家乡的田间地头走走,看看那些熟悉的人、熟悉的田土、熟悉的河流小树林,也顺便听听蝉声。在我的记忆里,蝉声是和天气有关的,若天气晴好,蝉鸣便会异常的响亮、悦耳;如天阴或者下雨,蝉儿的叫声就会发闷,甚至有些嘶哑。尤其是大雨前的闷热天气,蝉声简直有些歇斯底里。我喜欢天气晴朗时的蝉声,天气晴朗时,高卧故乡老屋南窗下,听蝉儿高一声低一声地吟唱,那简直是一种享受。在樊川中学读高中时,暑假里,我常常爱一个人带一本书,溜溜达达走到小峪河边,躲进小树林里,脱掉鞋子,把脚伸进清凉的水里,边听蝉鸣边读书,那是我少年时期最旖旎的梦。可惜,这种梦现今已经不再。

听蝉声最好是在寺庙里,环境清幽,蝉声也愈加的清越,如箫管,若长笛,若丝竹,随你怎么想,都不为过。其间,如有一二老衲,趺坐蒲团上,不念经而打盹,那情境,似觉更妙。十多年前的一个夏日,我在终南山南五台的圣寿寺,就曾见到过这一情景。时值正午,蝉声如潮,充满了整个山谷,而一位居士就坐在寺门口的石墩上,安然地打盹。他双手间长长的念珠串,也一动不动,垂挂于地。我当时想,这么热闹的蝉声,也不能惊醒一个清修者的梦,他难道心中真的是无牵无挂吗?那时的圣寿寺尚是一个废寺,没有院墙,亦无大殿,除了一个破败的山门,数间破屋,两座隋塔,就是几棵参天古槐,还有无尽的蝉声。如此境遇,能安之若素,这位清修者该是多么的高洁呀!我没有打扰那位清修者,只是轻手轻脚地在废寺里转了转,触摸着历经千年风雨的砖塔,一瞬间,我的心也清静到了极点。听蝉声还宜于水滨。水流潺潺,蝉声绵延,水声和着蝉声,婉约有致,亦妙。当然喽,山谷中也很适宜听蝉声。那须邀一二挚友,于盛夏最热时,不急不慢地行进在山间小道上,有风吹过,林木沙沙,而蝉鸣时断时续,飘入耳中。身临其境,便会洒然有出世之想,足以忘忧。去年秋天,游滇池,登西山,闻蝉声,我就曾有过这种感觉。所不同者,那次听到的是秋日蝉声,而非夏日蝉声。

有人说,蝉儿鸣叫,是雄蝉用鸣声吸引雌蝉来交配,也许吧。但我从中体味出的只是自然的和鸣,是大地的欢歌。还有人说,蝉是害虫,吸食树木的汁液,会造成树木死亡。我想,这也只是人的想法。若从蝉儿的角度来讲,没准儿还认为人是害虫呢。"饮风蝉至洁,长吟不改调。"我们还是学学苏学士,学学古人吧,相信蝉是餐风饮露,是高洁的,尊重自然,尊重造物,这样,我们在炎炎长夏,才会不觉得寂寞,在清亮如水的蝉声里,才会过得更有滋味。

螃蟹

读《梦溪笔谈》,见有如下记载:

> 关中无螃蟹。元丰中,予在陕西,闻秦州人家收得一干蟹,土人怖其形状,以为怪物。每人家有病疟者,则借去挂门户上,往往遂差。不但人不识,鬼亦不识也。

深以为怪。以沈括这样的博识君子,又在陕西当过官,何以竟武断地说关中无螃蟹呢?其实,关中自古就有螃蟹,只是沈括不察而已。关中在秦岭的北麓,秦岭峪口众多,河出峪中,蟹出河中,是再自然不过的事情。即以我的家乡长安王莽乡稻地江村而论,小时候,我就曾在村外的小峪河里,无数次地见过螃蟹,也捉过螃蟹。惜乎家乡人不解食蟹,吃螃蟹者,率多为我们一帮小毛孩罢了。我过去在乡间曾听到过一个谜语:"小子胖又胖,背个大草筐,剪子有两把,筷子有四双。"谜底分明说的就是螃蟹。这也从另一个方面佐证了沈括之说的不正确。

　　小时候,每年的盛夏时节,我都要和左邻右舍的孩子,到小峪河里去玩水,去捉螃蟹。正午,当太阳朗照大地时,我们便会穿着短裤,光着脚丫,提着小洋铁桶,顺着稻田田埂,奔向河滩。此时的田野上,水稻生长得正茂盛,稻叶在炽烈的阳光照晒下,发出青绿色的光芒。间或有荷田散落其间,荷叶青青如盖,亭亭玉立于水田中,有粉红的、粉白的荷花无声地开着,有宿露在荷叶上闪亮。蛙跃水田中,蜻蜓满天空。行走在光溜溜的田塍上,时不时会惊起一群群的蚂蚱,哄然乱飞,一颗少年的心,就会随着头顶的白云,飘向远方。村庄距离河滩,也就二三里路的样子,溜溜达达地,不觉间就到了。那时自然环境好,不似今天的河污水浊,让人痛心。河滩上沙亮石白,且多的是小树林,鸟儿在树林中啁啾,蝉儿在枝头欢唱,它们都试图想留住我们的脚步,我们却不为所动,急急忙忙地下到清清的小峪河里。河水真清凉啊,像一双双温柔的小手,划过我们的小腿,连心也清凉了许多。水中的鱼儿很多,一群一群地围着我们的脚丫子转,小嘴不断地轻撞着我们的脚面、脚脖子,痒痒的,有一种说不出的舒服。间或鱼儿泼刺一声跃出水面,溅起的水花,会弄湿我们的脸,我们也毫不在意,只一门心思地弓着腰,低着头,在水中的石头下捉着螃蟹。清水中的螃蟹还是比较好捉的,用双手轻轻搬开石头,如下面有螃蟹,螃蟹就会惊慌地四散逃走,不用急,伸手到水中,猛然一抓,螃蟹就会被紧紧抓住,动弹不得。然后丢进洋铁桶里,铁桶中就会发出沙沙的响声。起初,捉住的螃蟹少,桶中仅有沙沙声,随着时间的流逝,所捉螃蟹增多,桶中除了沙沙声外,还会发出螃蟹喋沫的吱吱声。也就一顿饭的工夫吧,小洋铁桶中已是满满当当,盛满了螃蟹。盖好桶盖,在河中的深潭里再游一会儿水,我们便提着螃蟹桶回家了。晚上,这些螃蟹就会成了我们的盘中餐。也许是因为我们那一带螃蟹小的缘故吧,家乡人吃螃蟹并不讲究吃蟹黄、蟹膏什么的,实际上,他们仅有一种吃法,就是将螃蟹去其盖、脐,去其嘴部组织,然后用清水淘洗干净,上锅油炸。炸出的螃蟹黄亮亮的,油汪汪的,吃起来嘎巴嘎巴,酥脆香,很好吃。当然喽,大人们是很少吃这种东西的,他们只是在我们大嚼时,有时禁不住眼馋,偶尔吃上一只两只的。那些油炸螃蟹,绝大多数情况下,还是被我们吃掉了。

在乡间,捉螃蟹还有一种方法,那就是借光捉法,这须等到黑夜。螃蟹是趋光虫儿,晚间,打上火把,或者揿亮手电筒,沿河游走,螃蟹见光,就会悄然爬过来。用火光或手电光照定了,螃蟹就会一动不动地伏在水底,用手一捞,它就会湿淋淋地进了鱼篓。小时候,我和小伙伴们,曾不止一次地在夜间捉过螃蟹。那也是极有趣的事。傍晚,吃过晚饭,几个要好的伙伴,借着夜色,打着手电筒,说笑着行进在溪畔。此时,四周虫声唧唧,夜色如墨,远山如黛,天空挂着几颗如拳的星星,沐浴着清风,呼吸着大地散发出的带有草木味道的气息,望着点点流萤,听着阵阵蛙鸣,心中顿然间便充满了无限的快乐。不过,晚间捉蟹,须得十分小心,一要防止毒蛇,二要防止跌落水中。上大学期间,有一年的盛夏,我回故乡,一次心血来潮,晚上和堂弟去河里捉螃蟹,就曾遇到过蛇。好在我们早有准备,提前预备了棍子,将其赶开了事。即便是这样,也让我吃了一惊。

读古书,得知古代苏杭一带曾出现过"蟹厄",那几乎是和蝗灾一样可怕的事。蟹灾过后,大批秧田被损害殆尽。这也就是汪曾祺先生之子汪朗所讲,古人食蟹,是缘于憎恶的原因了。不过,我们的家乡,也许是地处北地的缘故吧,还未曾听说遭受过蟹灾。

螃蟹的品类很多,据《蟹谱》和《蟹略》所言,少说都在十多种。而名字就更杂了,竟多达一二十个,什么彭越、长卿、郭索、无肠公子等等,不一而足。而最有名者,莫过于郭索和无肠公子。郭索者,一言多足貌,二言爬行貌,三言形声貌,指螃蟹爬行时发出的"郭索郭索"的声响。宋人高似孙和明人王立道还写过同名异趣的《郭索传》呢,那实在是两篇妙文,从中亦可看出古人之情趣。至于无肠公子,那是古人究物不细,对螃蟹的一种误读。其实,螃蟹是有肠子的,其肠常带黑色,从心脏下面一直通到肚脐眼,不过细而直,不易被察觉罢了。但这又有什么关系呢,我们今天在诗文中,依旧称螃蟹为无肠公子。这种叫法,反倒让人觉得亲切、有趣。一提到这个名字,我们就仿佛看到螃蟹张牙舞爪,"怒目横行与虎争"的样子。

螃蟹也为历代文人画士所爱,即以诗人黄庭坚为例,他不但嗜蟹,而且还写下了许多咏蟹的诗歌。与他同时代的高似孙亦是,其一生不仅写就了《蟹略》《郭索传》《松江蟹舍赋》,而且还写就了十余首咏蟹诗，较之于毕卓的怪诞和饕餮，对螃蟹可谓更加一往情深矣。画家就更不用说了，古今多有画蟹名手。今人齐白石所绘之螃蟹，更是让人爱不释手。其题画诗亦妙，"但将冷眼观螃蟹，看你横行到几时？""老年画法没来由，别有西风笔底秋。沧海扬尘洞庭涸，看君行到几时休。"余生也晚，憾不见其风致。但观其画，味其诗，亦足解渴慕之情。至于螃蟹性躁，用心不一，这一点颇与时下的许多人相类，不免让人浩叹。

人物

草色青

    1974年暮春,正是麦子扬花时节,父亲突然接到了王莽公社的通知,让他和县上另外两个同志,去海南岛学习杂交水稻育秧。父亲和母亲说了一声,便借了路费,上路了。这一去就是漫漫的七个月,期间,父亲来了好几封信。我那时刚上小学二年级,母亲太忙,又要去生产队上工,又要照顾一家人的吃喝,根本没有时间回信。我便按照母亲的吩咐,给父亲回了几封信。没想到,就是我这歪歪扭扭的字,半通不通的句子,竟然得到了父亲的称赞,夸我进步大,让我以后多给他写信。大约是当年的11月份吧,一天傍晚,我正和小伙伴在打谷场上玩,隔壁的小宝来喊我说:"快回家去,你爸回来了!"闻听此言,我把正滚的铁环一丢,一口气跑回家。父亲就站在院子的中央,母亲和弟妹们也在,周围还有许多左邻右舍的乡亲。父亲晒黑了,显得有些瘦,但精神看上去很好,眼睛很亮。不知怎么搞的,我喉头滚动了一下,一声憋了好久的爸字终于没有喊出来。见状,父亲抚摸着我的头说:"半年不见,长高了!"随后,回到房中,掬出一捧椰子糖,放到我兜起的衣襟中,对我说:"分给他们吧!"我一回头,我的四五个玩伴,正站在我的身后呢。看见糖,他们的眼睛忽然都亮了一下。多年后,我到海南岛出差,一日无事,专门去超市,购买了各种椰子糖,但我却怎么也吃不出当年的那种甜。

农村孩子,没有什么娱乐,就爱看个野台子戏。有时甚至不是为了看戏,而是图了那份热闹。我爱看秦腔,大约就是出于此吧。上世纪七十年代中期,我常随村里的大人,随大一点的孩子,不惮路远,往周围的村庄里,撵着看戏。为看戏,我曾从树上掉下来过,还曾坐在麦秸垛上,看着看着,睡着了。直到夜露打湿了头脸,我才醒过来,揉揉惺忪的睡眼,慢慢向家里走去。见我迷戏,父亲想方设法,让我到西安易俗社,看了两场大戏。至今忆之,情景宛然。1975年的冬季,一天下午,我刚下学,回到家里,父亲让我穿暖衣服,跟他走。到了大队部门前,我才知道,父亲让我随他去西安看戏。我们随村干部登上一辆大卡车,坐在车厢内的长条椅子上,一路向西安开去。路上,尽管天气很寒冷,大家冻得瑟瑟发抖,但还是兴高采烈地谈论着。那晚,看的是新编秦腔戏《红灯照》,舞台华丽,灯光音响很好,舞台旁边还配有字幕,尽管是现代戏,但还是让我这个乡下孩子开了眼,过足了戏瘾。那晚看完戏后,我还东寻西找,搜罗到了一本连环画《小刀会》,和所看过的戏对照了看,终于弄清了它们中间的一些渊源,为此,还高兴了一阵子呢。另一次是1977年夏天,易俗社上演秦腔《周仁回府》,父亲带我去看了。那天出演周仁的演员是秦腔名家李爱琴,她的婉转苍凉的唱腔,尤其是其饰演的周仁悲痛欲绝,来回甩头发的情景,至今历历在我眼前。由此,我也知晓了什么叫艺术,什么叫真正的艺术家。值得一记的是,那晚戏毕,父亲还带我到街头的小吃摊上,喝了一碗馄饨,吃了一笼小笼包,其汤鲜肉香,让我至今难忘。

1982年秋天,我考上了西安的一所师范学校。接到录取通知书后,父亲高兴得一连几天合不拢嘴。乡亲们也替我高兴。那年月,大学难考,大学生也金贵,一个村庄,三两年间,难得能考上一个。乡亲们让父亲请客,尽管家境不裕,但他二话没说,还是卖了槽头的猪,买了两瓶竹叶青,割了两三斤肉,热热闹闹地把乡邻们款待了一顿。当年的九月一日,我到学校去报到,父亲执意要送我。事实上,我那时对西安一点也不熟悉,仅从通知书上知道,我要就读的学校坐落在翠华路上。没有父亲送我,我还真的胆怯,怕找不到。于是,我用网兜提了脸盆牙具等,父亲扛了被子,我们搭乘长途汽车,一直到小寨,然后,步行到学校报了到。报完到,父亲怕我对周围的环境不熟悉,还带我出去逛了逛,我记得,我们游览了大雁塔,游览了寒窑,似乎还到小寨新华书店转了转。中午,我们吃了一顿面。父亲说我正长身体,需要营养,给我要了一碗荤面,他自己则要了一碗素面。当时,一碗素面,仅一毛五分钱。

祖父晚年,身体尽管还很康健,但已严重佝偻,走路需弯着腰。就这样,他还不闲着,不是劈柴,就是割草。没办法,一辈子在土地上劳碌惯了,闲下来难受。不知从什么时候开始,祖父迷上了抹花花牌，得空了，和三两个老哥们，偷偷玩，彩头也不大，也就三分五分的。别人把闲话说到了父亲跟前，他沉默了一下，说："没啥！我爸忙了一辈子了，该歇歇了。"说闲话的人，很无趣地走了。从此，隔三岔五地，父亲会偷偷给上祖父五毛一块的，让他玩。

我和妻子有了女儿后，最初的两年里，没有精力带，把女儿放在老家里，让父母亲带。每逢周日回老家，在村头的路边，父亲总是把女儿架在脖子上，痴痴地等我们。见到我们，总是笑眯眯地说："回来了！"然后，一块儿回家。

2007年8月25日中午，我正在家里休息，突然接到了母亲的电话。我的第一感觉是，父亲可能不行了。因为，怕影响我的工作，母亲从来没有主动给我打过电话。果然，电话接通后，母亲平静地说："你回来一下，你爸怕是不行了！"三年前，父亲突发脑溢血，后经抢救，命算是保住了，但从此缠绵病榻，其间还有过反复。卧病期间，我和妹妹回家看他，曾经那么刚强的一个人，见了我们，却常常流泪。别人也许会说父亲因病伤情，独我知道，他老人家是在自责，恨自己的病还不好，拖累了亲人。我回家后，父亲已经深度昏迷。我和弟妹坚持要往医院送，医生和母亲都不让，说人已经不行了，就让他在家里走吧。我们在父亲身边守了一夜，直到他安然离开这个世界。入殓时，想到在人世上，从此再也见不到父亲的身影了，我的心仿佛被锐器刺穿了一样，痛彻心扉。

六年了，一个人的时候，我常常在心中默默想念父亲，也曾猜想，父亲如果活到现在，该是一种什么样子。我曾多次到父亲的坟头去过，他的坟头已被青草覆满。诗曰："谁言寸草心，报得三春晖"，虽是对慈母而言，但对父亲来说，何尝也不是这样呢？我能报答父亲什么呢？除了思念，还是思念。

温暖中的疼痛

　　冬至一过，年就悄然向我们走来。先是街上的人，明显地多了起来；再就是有了零零星星的炮仗声。打工者开始返乡。一些客居西安的异地人，也候鸟一样地返回故里。还在上班的人，心里也开始有了慌慌的感觉。但我却是无动于衷。我早先不是这样的，和所有的在外工作者一样，每年到了年关将至的时节，心中也是急切地盼望着，盼望着能早日回到故乡长安稻地江村，闻闻那里的炊烟味，看看一些熟悉的笑脸，尤其是亲人们的笑脸，我的心里就得到了莫大的慰藉。三十年间，我回家乡过年的行为，一直没有中断过。但三年前，自从父亲在那个秋天的日子里，遽然离我而去后，我的心里一下子变得空落了许多，过年时，迫切回家的心情，也逐年变淡。我不知道我回家去干什么？故乡是我的出生地，我理应眷恋。但从一个更深层面上讲，它是因了父辈们的存在而有意义的。

　　心中虽然彷徨着，可记忆深处所隐藏着的那一丝温暖的情愫,却如涌泉,时时泛起。那涟漪,也是一轮一轮的。

父亲在世时,每年的年三十夜,他老人家总要亲自下厨,做几个菜。然后,一家人围着桌子,边吃年夜饭,边看春晚。父亲最拿手的菜有两个,一个是麻辣豆腐,一个是板栗烧鸡块。每年,他几乎都要做这两道菜。豆腐是父亲做的,鸡是自家养的,至于板栗嘛,是父亲到杜曲集市上买的。父亲过去是不会做饭的,关中男人也没有下厨做饭的习惯,每年的除夕夜,他之所以要亲自下厨,全是因了我和三个弟妹,他想让我们高兴一下。父亲学会做饭,纯属一个意外。大约是1971年吧,父亲受公社的派遣,远赴海南,学习水稻改良,一去七个多月。起初,他们在当地吃派饭,后来几个人嫌老麻烦老乡,就决定自己动手,轮流做饭。一来二去,父亲竟然学会一套不错的厨艺。当然,最初,他也是受了一番苦的。听母亲讲,父亲刚学做饭时,实在是一头雾水,没奈何,第一顿饭,竟给同伴做了只有跑山人才做的老鸹头。酒是要喝的,一和我们喝酒,父亲一下子变得和蔼了,没有平日的严肃了。酒实在是好东西,它拉近了我和父亲的距离,让我觉得这个家更加的温暖。

一般情况下,大年初一早晨的五点钟,父亲就起床了,他和母亲一起,要为我们包饺子。而此时,我和弟妹们,则还在香甜的睡梦中。睡梦中,有此起彼伏的鞭炮声,还有父亲当当地剁饺子馅的声音。待我们起床后,一碗碗热气腾腾的饺子,就端到了我们的手里。那饺子真香啊,汤里还漂着许多香菜末、葱花什么的,一望就让人馋涎欲滴。吃罢了饺子,我一般会到村中转转,和村中的老者，兴致勃勃地下几盘象棋，而父亲呢，也常会笑眯眯地站在一旁看。有时，一端详，就是一上午。直到我兴尽离去，他才离开。

初二吃过早饭后，我和父亲母亲都要带上礼物，涉过清浅的小峪河、太乙河，去到舅舅家做客。舅舅家在我们村西的新南村，村庄西倚神禾原，南面终南山，也是一个风景秀丽的小自然村。舅舅和父亲关系很好，每年过年时到舅舅家去，父亲都会喝得微醺。而回家时，舅舅都会一送再送，直到把我们送出村，送到太乙河畔，才依依不舍地分手。待我们过了河，回头一望，舅舅还站在河的那一端，向我们招手呢。父亲则会隔了河嘱咐，让舅舅一过初五，就上我们家中来。那几乎是关中农村，舅舅给外甥送灯笼最早的一天。

如今，这些场景还有，但父亲却没有了。每想及此，我的心中就如长了乱草，慌慌的，还有点疼痛。

苗圃里的爱情

我上中学是在樊川中学，现在已改名为西安市长安区第二职业中学，不过，那时叫樊川中学，或长安第八中学。学校在兴王路（兴教寺至王莽村）上，南面一里处，就是日夜流淌不息的小峪河。小峪河自秦岭北麓发源，从东南流出，一路向西北流去，横穿整个樊川，最后注入潏河，流入渭河。小峪河像一条长长的藤蔓儿，沿途所经过的村庄，则似挂在这根蔓儿上的瓜。王莽村和我所出生的稻地江村，便是这样的两个瓜。而樊川中学呢，虽然不是村庄，但实际上也是挂在这根藤上的一颗小瓜，每天，四周八村上中学的孩子，都会向这里汇聚，如饥似渴地吸纳着各种知识。这些孩子里，自然有我，还有我同村的一些孩子，比如我的邻居小宝。

小宝是一个女孩，和我不但是同村，还是同队，而且，从小学到中学，一直是同学。不同的是，上小学和初中时，我们是同班；上高中时，则不在一个班，我学的是文科，她学的是理科。我们从小到大，关系一直很好。下学了，或者放寒暑假，常在一块儿玩，也一同到野地里去打猪草。我们两家人的关系也很好，她的父亲是村里的一名电工，我们家电灯坏了，有线广播不响了，都是她的父亲帮助修好的。这家人的人缘，在村里很好。小宝有一个姐姐，还有一个弟弟，他们都酷爱文艺，尤其是小宝和她的姐姐，一直是我们小学文艺队的主力演员，在学校演出过许多节目。有些节目，还代表全公社，到县里演出过，譬如《狐狸与小白兔》，我至今还能记住里面的许多戏词，小白兔："春天里呀多美好，多呀多美好，我们早晨起得早……"狐狸欺骗小白兔："篱笆墙快倒了，看，我是在修理。"等等。可见我对她们演出的节目记忆之深。小宝和她的姐姐都长得很俊俏，也都是我们村的名人，名人都有"绯闻"，她们也不例外。在校园里，常常能听到姐妹俩跟哪个男生相好的消息，这些男生则都是校文艺演出队的。相好的事儿固然有，"绯闻"却谈不上，这些，不过都是我们这帮孩子在那个年月里的穷开心而已。

小宝十六岁了，小宝上中学了，她出落成了一枝花，人见人爱。每天，从我们村庄通往樊川中学的沙石公路上，上学或下学途中，都会有村里的一些男生，不远不近地跟在小宝的身后。小宝则做浑然不觉状，和同村上学的一帮女生，嘻嘻哈哈地边走边说笑着，像一群叽叽喳喳的麻雀。不知不觉中，一年的时间过去了，眼见着，再有一年的光景，就要高考了。人人都铆足了劲，准备迎战高考。要知道，在上世纪八十年代初，这几乎是农家孩子跳出农门的唯一出路。但在紧张的上下学路上，却渐渐少了小宝的影子。大家纳闷了半天，终于发现了秘密：小宝恋爱了。原来，我们上学的途中，要经过一处小苗圃。苗圃的主人叫明明，严格来讲，明明也算是我的一个同学，不过比我高一级而已。他和我不是一个生产小队的。明明上完初中后，因家境贫寒，家中缺少劳力，主动不上了。他回村后，因读过几天书，便有点心高气傲，不愿像老辈人那样，面朝黄土背朝天，一心一意伺弄庄稼，修理地球。好在那时政策已经活泛，已经允许私有经济存在，他便在生产队上承包了二十多亩土地，搞起了苗圃。这自然是好事，但当时却不被村里人看好，人们说他是怕吃苦，胡成精。怕吃苦也好，胡成精也罢，他最终还是独自一人，在村外把苗圃艰难地办起来了。苗圃建在公路边，它的东面紧邻着一片坟地，我们都叫它老坟。老坟里坟冢累累，有的坟堆上，墓木已长到小桶粗，数丈高。上下学的学生，无论男女，走到这里，都有点害怕。尤其是下晚自习后，途经此处，但见残月在天，墓地里影影绰绰，呼吸便会变得异常的紧迫，尽管大家结伴而行，可步履都是匆匆的。也难为了明明，敢在这样的鬼地方结庐而居。起初，我们上下学的途中，常常能见到明明站在路边，笑望着我们，热情地和我们打招呼。日子一久，大家也就习惯了，也都知道他寂寞，一天里难得能找到一个说话的人。但突然间，路边就不见了他的影子，起初，我们没有在意，待我们意识到时，我们才知道他和小宝恋爱了。爱情的烈火是猛烈的，它烧毁了小宝，也烧坏了她的大学梦。一年后，小宝高考落榜回家，并不顾家人反对，执意嫁给了明明。小宝就像一个种庄稼的人，夏收时节，尽管因各种原因,没有收到麦子,却收获了足够的麦草。她收获了自己的爱情。

三十年的时光一晃而过。在这些年月里,我曾无数次地回归过故乡,当然,也曾多次途经明明的苗圃。他们的苗圃已蔚为大观,不但苗木多,且已成林。但我很少见到小宝和明明,也许他们在苗圃里忙着吧?听说他们为了这个苗圃,受了无数的艰难,人都比同龄人显得苍老了许多。他们的一双儿女,我倒是在路上见过,个个长得眉目如画,惹人怜爱。有了这样的儿女,不管他们今生吃过多少苦,受过多少累,我想,他们都会欣慰的。是呀,人这一辈子,谁又比谁能好到哪里去呢!

小菊

　　小菊是我的一位小学同学，和我同级，但不同班，我是二班，她是一班。我们从小学一年级开始，一直上到五年级，尽管彼此认识，但从未说过话。小菊长得很好看，圆圆的脸蛋，红是红，白是白，粉嫩得好像能弹出水来。一双大眼黑若着漆，眼睫毛一眨，仿佛会说话。尤其是那一头秀发，黑若锦缎，有时剪成齐耳短发，有时扎成两根排发辫，有时长长了，又随意地披在肩上，一任风儿抚弄，显出万种的风情。小菊很爱干净，她的衣服也是光鲜洁净的，尽管是普通的布衣。这一点，和我们不一样，我们整天混打混闹，像个泥猴似的。小菊腼腆，就连笑也是羞涩的。

　　小菊有一个形影不离的好伙伴小玲，她们两家住在一块儿，在小峪河的南岸，那里远离村庄，离我们村子的最南头还有四里路，只有三四户人家居住。居处的东边有一条洋峪河，也就三四丈的距离，河水清浅，满河滩的白石。两岸有高杨大柳，有小树林,有青草地,还有遍地的庄稼。清晨,在鸟儿的啼叫声中,小菊睁开眼睛,到洋峪河里洗把脸,对着河水,照一照自己姣好的面容,做个鬼脸,自己笑一回,然后回家,叫上小玲,一起去村里上学。她们沿着溢满青草气息的田间小路,踩着草尖上的露水,向北一直走到小峪河边,然后,顺着用大石头堆成的列石,蹦跳着走到河的对岸,再沿着机耕路,走上二里地,便来到了位于村南的稻地江村小学。学校建在村中的关帝庙里。庙坐北面南,自成一个小院,小院里除了三间关帝庙大殿,还有两排瓦房,住着十多位老师。院中有冬青树,还有一排柏树,一棵合欢,一棵枇杷树。出小院门,便是操场,操场的南面是一座清代建成的戏楼,那是在旧年月里,每逢农闲,酬神唱戏用的。沿戏楼的两边建了几排房舍,这便是我们的教室。每天,小菊和小玲相伴着来到这里,便坐在戏楼东面的一座教室里上课。下课了,在操场上追逐、嬉戏,或做课间操。下学了,两人又相伴着回家。日复一日,只有寒暑假,才能在田间地头,见到小菊的影子,她要么是在打猪草,要么是在拾柴。夏收秋收时节,小菊则和小玲挎了筐篮,到地头和路上捡麦穗稻穗。捡够了一篮,然后提到生产队的打谷场上,交到队上,换点零花钱。这些钱,一学期用来买本子文具,足够了。小菊就这么快快乐乐地过着日子,从来不知道啥叫忧愁。一晃就是五年,小菊已出落成一个亭亭玉立的大姑娘了。这一年秋天,她十六岁,上初一,终于和我分到了一个班。幸运的是,我们小学属于戴帽学校,初中三年也在这里上,可以不离村。

开学了，小菊和小玲依然结伴来上学。她们像一对快乐的小鸟，整天在教室里飞进飞出，老师和同学们都很喜欢她们。尤其是小菊，由于长得好，又学习好，更得大家喜爱。我也很喜欢小菊，但只能在心里，从来不敢正面看她，就更别提和她说话了。大约是1975年的秋天吧，一连落了三天三夜的雨，小峪河水暴涨，不但冲毁了通往邻村的便桥，还冲毁了河堤，我们村南几个生产队的稻田，也被无情的洪水毁掉了很多。看到即将成熟的水稻，倒伏在稻田里，被泥沙埋掉，村里很多人都落了泪。我自然也心疼被毁坏的庄稼，但我更关心小菊和小玲。因为，自从发洪水以来，她俩已有四五天没到校。洪水在一周后方落下，我焦急地等待着小菊小玲来上学，但到校的只有小玲，没有小菊。老师说，小菊病了。十天过去了，一个月过去了，三个月过去了，小菊依然没有来上课。学校里来了公安，许多老师被叫去谈话。与此同时，村里有了风言，说小菊被人糟害了。我不知道"糟害"是啥意思，去问大人，大人们严肃地说："小孩子家的，不好好念书，问那么多干吗！"说完，叹一口气。我隐隐觉得，小菊遇到了不好的事。再后来，邻村一个卖肉的恶汉被法办了，听说就是他在那个秋天的一个雨夜，敲开了小菊家的门，最终糟害了小菊。据说，小菊妈是那个恶汉的相好，恶汉常给小菊家送肉吃，没想到，在那个贫穷的年月里，竟发生了这桩不幸的事儿。

小菊辍学了。但不久，听说她又进了校门，通过亲戚，在邻村的一所学校读书，我们都替她高兴。然而一个月后，她又回到了村庄，彻底不上学了，原来，她被糟害的事，又传到了邻村的那所学校。每每小菊在操场行走,总有师生在身后指指点点,风言风语。小菊受不了,最终含泪离校。小菊变得沉默了,没了笑容,有了戚容。她除了家里人,很少和外人来往,也很少与村里人说话,就连她昔日的同学也不例外。几年后的一个秋天,小菊悄然远嫁外县一个鳏夫。那天,一天的风雨,满地的黄叶……

凤翔哥

　　按理我应该叫他凤翔叔，因为他和我父亲的年龄差不多，好像还比父亲大着几个月，但父母亲都让我喊他凤翔哥，他自己见了我，也让我这样叫他。后来，我才闹明白，这是村上的规矩，照辈分叫，老话："人穷辈分大。"我家辈分大，我和他属于同辈，自然得这样叫他。不这样叫，就瞎了规矩，乱了辈分。而在乡间，是最讲究辈分的。

　　听村人讲，凤翔哥是旧社会过来人，因家里穷，十四五岁时，就随村里的大人跑南山砍过柴，割过条子。南山也就是终南山，属秦岭山系长安县一段的北麓，山大沟深，路险坡陡，野物众多，那年月，还时常闹土匪，一般人家，若非揭不开锅，是断不会当跑山人的。那几乎是在拿命挣饭吃。凤翔哥随村人砍了柴，或挑到引镇，或挑到杜曲，在集市上出卖。凤翔哥的柴很好卖，原因嘛，他砍的都是青枫木，青枫木火力硬，禁烧，一般老买家都愿买。加之，他又是一个孩子，一些买主同情他，因此，他的柴，比别人的都走得快。若割的是条子，就麻烦一些，无论是黄栌条子，还是水曲柳条子，还得先挑到家里，费上四五天时间，把它们编作筐篮，然后再挑到集市上去卖。卖了钱，籴些米谷，这样，他和寡母十天半月的嚼谷就有了。凤翔哥没有父亲，他的父亲多年前已死去，死于年馑。他也没有兄弟姐妹，只有一个堂伯，但来往也不密。日子如流水，虽然艰难，但还在一天天往下过。而凤翔哥在这平淡、艰难的日子中，也在慢慢长大，一如他家门前的那棵钻天杨树。

在凤翔哥还闹不清是咋回事时，中华人民共和国成立了，接着便是土改。因他家是赤贫，他和其他两家人分到了本村财主的一座大瓦房。他家分得了东面的一间。虽是一间，但高敞明亮，门窗带雕花，台阶是青石的，屋内青砖铺地，比他家那一间半草房好多了。凤翔哥大喜过望，和寡母笑盈盈地搬进了新居。好事还没有完，不久，凤翔哥居然被本队人选作了贫协主席。于是乎，日夜开会，组织发动群众，斗地主，搞生产，忙得活像一只陀螺，在村里村外滴溜溜乱转。凤翔哥瓦片翻身，成了队上的红人。他在驻村工作组的撮合下，还找了邻村一个姑娘做媳妇，红红火火地过起了日子。他逢人就说："还是新社会好啊！"

但凤翔哥高兴得好像有点早，就在他说过此话几年后，便遇到了"大跃进"，接着又是三年困难时期，村人刚刚有些油水的肚子，又迅速瘪了下去。凤翔哥也不例外，他也是饿得两眼发花，走起路来，好像地上铺了棉花，老踩不实。让他更难过的是，他的寡母由于体弱，受饿不过，在一个雨夜去世了。凤翔哥几度哭得昏死过去,最后都被村人救醒。短短数日,他就瘦得脱了形,人也变得萎靡起来,没有了先前的精神……

我能记得凤翔哥时已经到了1969年前后。那时我刚五岁,常到他家所在的院子去蹦弹球。他家的院子和屋内一样,也是青砖满地,光洁平整,特别适合蹦弹球。加之,他还有一个女儿彩萍,和我们年龄相仿,也能玩到一块儿。我们蹦弹球时,时常看见凤翔哥急匆匆地穿过院子,进出家门。若是春夏秋,则戴着一顶蓝色的单布帽,那布帽也不知经过了多少年月,已褪色发白,连帽舌都是软塌塌的;若是冬天,则戴着一顶火车头式的棉皮帽,帽前是毛的,已看不出是什么兽物的毛,但颜色还能看出来,是褐色的。两片护耳的帽扇,则永远顺帽檐竖起来,但又不系着。这样,他一走路,两片帽扇就不断地上下忽闪,活像一只在天空鼓翅飞翔的老鸹。每次看到这种情景,我都禁不住想笑。那时,我们并不知道他在忙些啥,直到多年后方知晓,"文革"来了,他在忙着闹革命。造反,揪斗地富反坏右,搞阶级斗争。一个夏夜里,我曾亲眼看见他带着民兵小分队的人,把一个在城里工作,下夜班骑车回家,途经我们村的人拦住,又是搜查,又是盘问,后来,还把那人吊到大队部的房梁上,打了半宿。因为村里当时丢了几袋化肥,他们怀疑那人是小偷。那个工人挨打时凄厉的惨叫声,多年后,还时常在我的耳畔萦绕。那段年月,凤翔哥风光无限,连走路腰板都挺得直直的。但他好像也得罪了不少人,同队的人很少和他来往。就连我的父母亲也呵斥我,禁止我到他家的院子去蹦弹球。他的女儿彩萍也很落寞,很少有小朋友和她玩。时常，我们在街道或打谷场玩耍时，便会冷不丁地看见，彩萍孤零零地站在不远的地方，用右手食指顶着下嘴唇，呆呆地看着我们玩。

后来"文革"结束了，包产到户，凤翔哥再次成为一个正经庄稼人。村里人也渐渐原谅了他过去所做的一些荒唐事，每逢人家有婚丧嫁娶，也能见到他的影子了。那时，我已到西安上学，接着是工作，每每节假日回家碰到他，他都会热情地和我打招呼："兄弟，回来咧，拿了啥好烟，给老哥尝尝？""兄弟，啥时候吃你的喜糖，可不敢忘了你老哥呀！"我一边客气着，一边急忙给他敬上一支烟，并帮他点上。他深深地吸一口烟，半天才吐出来，连说："好烟！好烟！"我便不失时机地又给他递上一支，他夹到耳朵上，然后笑眯眯地走了。过不久，我结婚时，他和老伴儿果真都来了，忙前忙后的，帮了很大的忙。事后，我还专门去了他家一趟，送了一些酒菜，以示答谢。

好久没有回老家了，也没有见过凤翔哥了。听说他现在迷上了打麻将，每天除了下田干点活外，都要和几个老伙计五毛一块地搓几圈，不论输赢，图的是个乐和。他的女儿彩萍已出嫁，且已有了外孙。听说女儿很孝顺，时常来看他。人生一世，尤其是一个庄稼人，晚境能有几天滋润的日子，也就是最大的福分了。

四个小板凳

　　我家里有四个小板凳，它们每个长不过一尺，宽仅半尺，也就一拃来高，全漆成橘红色，看上去普普通通，但它们却是我的爱物。我进城快三十年了，而这四个小板凳跟随我，少说也有二十五六年。在西安寄居的这些年月里，我曾城南城北，城东城西的，搬迁过好多次家，也曾扔掉过许多旧家具旧家电，就是我顶喜欢的书籍，我经过挑拣，也当作破烂，卖掉过一些。但我从来没有动过这四个凳子的念头。不唯我不能动，也不允许家里的人动。尽管这四个凳子经过岁月的磨损，已有了些许破旧，原来结实的卯榫，已有点儿松动，原来光洁的凳面，一些地方油漆已剥落，显得有几分斑驳，但我依然喜欢它们。原因么，这四个小凳子是我父亲亲手为我打制的。

　　时间回溯到1987年。这年春天，我结婚了，婚礼是在老家举行的。我虽然刚到单位工作了两年，时间不长，但单位的人很好，还是在职工宿舍里，给我腾出一间房子，做了我的新居。一年后，我有了自己的女儿。一次，父亲跟几个乡亲进城办事，顺路到单位来看我。中午在家里吃饭，饭菜做好了，小饭桌也支起来了，但凳子却不够。我急忙到隔壁的同事那里去借，一连跑了三四家，才好不容易借到了几把椅子。那顿饭就这样凑合着吃完了，我也把这档子事给忘了。大约过了半个月吧，一天傍晚，我正和妻子抱着女儿在单位办公楼前的花园里散步，一位同事老远喊我："小高，你还不赶紧回去，你爸来了，拿了很多东西，在你家门口，进不了门。"我急忙回家，三步并作两步，上到三楼，果然父亲就站在我家门口。其时正值盛夏，楼道里很闷热，他正拿着一张折叠的报纸扇风呢。而他的脚旁边，则是一个大拉链包和串起来的四个崭新的小板凳。我开门，赶忙把父亲让进屋，并埋怨他说："爸，这么热的天，您还跑？来时也不打个电话，我好去接您！"父亲说："我能走能行的，要你接干啥？再说，你吃公家的饭，出来接我也耽误事。我来也没啥事，上次到你这儿来，看着没有坐的，我回家做了几个小板凳，给你送来。"

四个小板凳就这样落户到了我家。在最初的几年里，我总觉得这些凳子有些土气。我甚至觉得父亲有点多事，也不征求一下我们的意见，问一下我们需要不需要，就整了这些凳子过来。我想，如真的需要的话，我们自己会去买的。事实上，后来，我和妻子真的在商店里，买了两把电镀椅子。电镀椅子座位的面子是用红条绒布做的，看上去既新潮又喜庆。另外，椅子还是能折叠的，用起来很方便。从此，我就把四个小板凳摞到墙角，一任灰尘降落，一心一意地用起了电镀椅子。可是，好景不长，就是我顶喜爱的电镀椅子，却出了事。那年月，还属于改革开放初期，餐饮业还不像现在这样发达，人们习惯于在家中请客。一夕，我在家里招待几位要好的同事吃饭，饭间，一人起身敬酒，待他落座时，那把椅子却散了架，把同事摔了个仰八叉，弄得我很没有面子。不得已，只好又把那四个小板凳拉出来用。你甭说，这些小板凳坐上去既结实又稳当，凡坐过的人都说舒服。从此，这四个小板凳就成了家里用得最多的东西，几乎天天用，吃饭时用，喝茶时用，洗衣服晾衣服时用……小女渐渐长大，这些小凳子，还成了她的玩具，她常常把它们并排放在一起，口里唱着从幼儿园学来的儿歌，当火车开。而我呢，也用久生情，逐渐地喜欢上了它们。我一看见它们，就想起了远在长安老家的父母亲，也渐渐明晓了父亲对我的那颗拳拳的心，那份殷殷的情。

时光流逝，如今，我的头上已有白发滋生，而父亲也在五年前的那个秋天，永远地离开了我们。夜深时，我曾在梦中无数次梦到过父亲，但醒来后发现，这不过是尘世一梦。我明白，此生我是再也见不到他老人家了，此后要想感知父亲的气息，只能借助这些小板凳了。于是，闲暇时，我常常一个人搬一方小凳，坐在阳台上，喝喝茶，读读书，想想心事。而每每此时，我都会感到有隐隐的目光落到我的身上，这目光有几分深情，也有几分忧伤，如静静流动的水，覆没我灵魂……

两位先生

　　早就想写一下我的两位初中老师，因素材平淡，且又稀少，故而一直未曾动笔。但多年来，我对他们却又割舍不下，想想，还是写写吧。他们是高忍厚、高稳绪两位先生。其中，高忍厚先生已于七八年前作古，现今墓木怕已成荫了。而高稳绪先生虽健在，也已年近七十了。

　　说起来，他们和我还是同宗，都姓高。我们村在秦岭脚下，也就是关中平原上一个极普通的村庄。村庄很大，有十四个生产小队，约三四千人。如按旧时划分，最少能分成四个社。事实上，村中现在还保有过去的遗风，每年耍社火时，就是分作东南西北四个社的。每个社有社旗，有锣鼓家伙，但已无社公和社祭，因为中华人民共和国成立后破四旧，这些东西早就不时兴了。两位先生都是第九生产队人，属于西社。我家在七队，属于南社。我们离得不远，中间隔着一个八队，也就一里半路的样子。而两位先生家，离得就更近了，是比邻而居。高忍厚先生家在东面,高稳绪先生家在西面,两家之间,就隔着一堵一人高的土坯墙,墙的顶上苫着稻草。而两家所种柿树,就枝丫交错着,越过土墙,互相伸进对方的院中。鸡声狗声的,也就互闻了。两位先生关系很好,尽管来往不密,却保持着彼此间的客气和敬重,见了面,点点头,打个招呼,然后就各自忙各自的事去了。他们都有一点矜持。

他们都是民办老师。不过,多年后,两人都转成了公办老师,吃上了公家饭。这是后话。而那时,我已考上大学,离开家乡多年了。两位先生都教语文,且都给我带过课。其中,高忍厚先生还给我当过多年的班主任。他们带学生都有一个特点,就是一茬一茬地带,一直从初一教到初三,直到初中毕业。然后,又返回身,再从初一带起。这样的教学法,那时在农村极为普遍,有些像种庄稼,一季一季的。优点是师生间彼此熟悉,容易教。缺点呢? 如碰上一个吃干饭混日子的老师,这一个班的学生就算是毁了。好在那时的校方好像还没有昏头到这种地步,一般这样带学生的老师,都是经过挑选的,不唯德行好,业务也很强,否则,也不敢随便把一个班的学生,轻易交出去。若真是那样,家长中也有明白事理的,还不炸了锅? 俩先生教课各有特点,忍厚先生说话语速快,且声音洪亮,讲课时声情并茂,激动处,还往往辅之以肢体语言,学生很爱听。譬如,他讲猴子掰苞谷时,模仿猴子掰一穗丢一穗的情景,惟妙惟肖,至今仍刻在我的脑里。而稳绪先生讲课时则慢条斯理,有板有眼,有些老学究的味道。他的课,学生也爱听,尤其是课文分析课,可以说是条分缕析,让学生听得明明白白。照理,忍厚先生是我的班主任,我是无缘听到稳绪先生课的,但我上初二那一年,忍厚先生因为身体有病,请了一学期的病假,我们班的语文课只好请稳绪先生兼代,这样,我才有幸得到他的教海。

因是民办教师,课余和农忙季节,他们也伺弄庄稼。在家乡读书的那段年月里,每逢夏收秋忙季节,我常见两位先生拉着架子车,往返于田间和村庄。车上有庄稼,也有粪土。而他们的老伴儿、孩子,也时常跟随车子左右,做他的帮手。夏日插秧时节,他们也偶尔高挽了裤腿,赤脚下到水田里,耙田插秧。俩先生的农活干得都不赖,完全称得上是庄稼把式。队上人和村里人都很敬重他们,没有谁敢讥笑他们。因为,村中的大人小孩,多是他们的学生。

忍厚先生除了好读书外,似乎没有爱好,而稳绪先生则好写点小文章,有时还给西安的报刊投投。有一次,听别的老师讲,文章发表了,我们好奇地找来报纸看,发现署的并非先生的名字,而是高望云。不明白,一问他人,原来是笔名。起初不知此笔名的含义,多年后方悟出,先生那时父亲刚去世,取的是“望云思亲”之意。稳绪先生还能拉二胡,春秋黄昏时节,我去校园中玩耍,曾多次见其搬一把椅子,坐在办公室门前,咿咿呀呀地拉二胡。此时,他的神情是专注的,也是淡远的。二胡声音如水,便氤氲了整个黄昏。

1982年秋,我离开故乡,到西安读书,从此,和两位先生见面的机会,一下子变得稀少起来。仅有的几次见面,也是我回故乡期间,在路上碰到的。遇到了,有时打声招呼,有时则会站在路边,很亲热地说说话。忍厚先生后来调到了我们县教育局,有一次在西安工作的同乡聚会,也邀请了他,我有机会又见过一面。先生那天很高兴,喝了不少酒,他依旧健谈,但已有老相。不意,这次见面,竟成了永诀。当年的秋天,就在我去四川出差期间,一位同学打来电话,告知我先生去世。我当时呆了呆,心中顿时就长满了荒草。

场院

　　风从南山上吹来,有时细细弱弱,有时强劲有力。但不管如何,它们都要在场院上逛荡一圈或无数圈后才离去。风是多情的可爱的,它把场院当成了它的孩子,来回地抚摸,场院便被梳理得干干净净,有时简直连根草棍都没有,这让我们一帮孩子很高兴,因为,我们可以在场院上尽情地玩耍,翻三角,滚铁环,玩弹球,斗鸡……当然还可以疯跑。这种时候一般是在春季或秋收以后,这时,场院上再也没有了农事,没有了禾稻堆积如山的情景,没有了大人们忙碌的身影,它一下子变成了我们小孩子的天地,也变成了我们的乐园。

　　场院其实就是我们生产队的打谷场,位于我家的南面,和我们家隔了一条小溪。它叫场院的原因无他,只因它的四周,都住有人家,这样,它虽说是一个农场,却更似一个大院子,于是,它便被大家称作了场院。场院不大,有六七亩地大的样子,可它当时在我们的眼里,已经是很大的地方了。场院一年中被用得最多的时候是夏秋两季收获季节。每当这两个时节,生产队里所有田地上出产的东西,便被全部搬到了场院上。这时,场院上便像召开了一个庄稼的博览会,有麦子,有水稻、谷子、苞谷、大豆、红薯,等等,不一而足。这里面,除了麦子是夏季作物外,其余都是秋季作物。有了这些庄稼,场院便不再寂寞,它日夜释放出来的都是热闹的说笑声,以及电碌碡、脱粒机的轰鸣声。这样的场景也就持续一个月左右,场院便又复归沉寂。而此后呢,场院里便有了麦秸垛或稻草垛,便成了鸟群呼啸出没的地方,自然,还有我们这帮孩子。不过,有时我们玩,鸟群也在快乐地觅食;有时我们疯闹,鸟雀便被惊得四散逃离,它们只能远远地飞开,栖息于场院边的树上或者人家的屋脊上,唧唧喳喳地叫着,惊疑地打量着场院和在场院中玩耍的孩子们。

幼年,我曾无数次看见父亲带领乡亲们在场院里忙碌。父亲是生产队队长,每年的夏忙季节,他都会做碾场的事,好像这件事是给他固定的一样。正午,炎炎的烈日下,我总见他头戴一顶草帽,脖子上搭一条被汗水浸湿的毛巾,戴一副墨色石头镜,穿着短裤背心,斜拉着电碌碡,在场院里碾场。一场院金黄的虚泡泡的麦子,在电碌碡反复地碾轧下,逐渐变得平复。之后,一些社员用杈将这些平复的麦子一杈杈挑起,来回抖动,待到麦粒撒落到地面上后,然后放下麦秸,再挑下一杈。原来平复的麦子,在社员们一杈杈的挑抖下,又变得蓬松起来,这样,喝够了水,歇过了劲的父亲,便又拉开闸刀,让电碌碡在场院里奔跑,直到把这一场麦子碾干净为止。而父亲歇息时喝的水,大多是我从家中的老井里汲出的清凉的井水。我每次看父亲喝完水后惬意、满足的样子，心里都会升腾起一股甜蜜。

如今，场院已不复存在，上世纪七十年代，它先是被一个大园子所取代，园子四周加筑了夯土的围墙，园子里盖有豆腐坊、粉坊、猪场、磨坊、碾坊。后来，园子被拆毁，它又变成了村人的宅基地，场院的上面盖满了房屋，成了人家的院落。而我所挚爱的父亲，就在两年前，也已离我而去，静静地躺在了家乡的原野上。只有南山上的风，还一次次地吹进村庄，吹到人家的屋檐上，但却怎么也找不到它所熟悉的场院。

豆腐坊

　　从我家的大门口出发,横穿过街道,穿过一道小石桥,便进入了一个四五亩地的大园子,园子的东面一溜儿排列着四间草棚房,其中靠南的两间住着我的小伙伴喜子一家,靠北的两间便是我们生产队的豆腐坊。豆腐坊和喜子家,中间有一道土坯墙隔开着。豆腐坊的所在地,其实就是我们队上过去的打谷场,后来打谷场西移,它的四周被砌上围墙,便成了一个大园子,园子里有生产队的磨坊、碾坊、粉坊,有养猪场,还有豆腐坊。除了这些建筑物外,还有一大片空地。夏收以后,土豆下来,生产队开始做粉条,这片空地上,便时常会竖起一些一人多高的木头架子,架子上挂满了白花花刚漏下来的粉条,阳光下,闪着亮亮的光。下学后,我们到园子里去玩耍,时常会假装着从晾粉架下过,趁大人们不注意,偷偷撕下一把两把粉条,装进衣服口袋里,迅速逃离,然后到园外去分享。刚漏下来的粉条还没有干透,吃起来软硬刚好,还有一丝淡淡的香味,很好吃。但生产队漏粉,也就那么短暂的二三十天,不像豆腐坊,天天里面都是热气腾腾的,灯火闪亮。因此,相比较而言,我最爱去的还是豆腐坊。

豆腐坊其实离我们家很近,说穿了也就隔着条三四米宽的路,和路下一条一米多宽的小溪,可以说一抬脚就到。小溪的水一来自于村南的小峪河,二来自学校里的一口曳水泉,两股水在关帝庙门前相会,然后北流一阵子,向西一转,流经我家的门前,一路向西,一直流向村西的稻田里。溪水清泠,里面有鳝鱼、鲫鱼,运气好的话,有时还可以在里面捉到老鳖。溪岸边多高杨大柳,春夏时节,一街道的绿荫,鸟雀在树间欢叫,人在街道上行走或者歇息,都会觉得惬意。最有意思的是,夏日的晚间,端了饭碗,坐在门前的大石上纳凉,萤火虫就在溪边飞来飞去,尾灯一闪一闪,有时竟会飞到人的面前,栖息在人的碗沿上。每当此时,大人们则会用筷子将其掸落,小孩子呢,则会把萤火虫捉住,放进一个空玻璃瓶里,睡觉时置于床头,梦里便有萤火虫在亮着萤灯飞翔。豆腐坊里做豆腐用的水,就取之于我家门前的这条小溪。

在豆腐坊里做豆腐的是四爷。四爷姓付,那时也就是五十岁的样子,但头发已经开始斑白了。我不知道四爷叫啥名字,只听大人们叫他成叔,大约他的名字叫付什么成吧。常常我和一帮小伙伴在门前玩耍,突然看见四爷佝偻着腰在溪边用竹笼淘豆,就知道,"四爷又要做豆腐了,我们就会冲四爷甜甜地叫一声:"四爷,淘豆哪!"四爷就会闷声说:"是呀,又要做豆腐了,你们一会儿来吃豆腐锅巴吧。"我们便会答应一声，然后继续玩耍。我们知道淘洗干净的黄豆，还得放到石磨上，由小毛驴拉动石磨，将豆子磨成浆，把豆浆放进添了水的大锅里，之后用麦秸火烧开，用卤水或石膏点了，这才能变成豆腐，而把这一切做完，最少也需半个时辰。因此，我们并不着急。又玩了一阵子，等到估摸着豆腐锅快开了，我们才呼啸着奔进豆腐坊。果然，豆腐锅上，已经热气腾腾了。四爷正俯身锅上，用一根竹棍揭豆腐皮。见状，我们也围住锅，折了小竹棍，在锅里乱挑豆腐皮吃。新出锅的豆腐皮油油的，有点咬头，好吃极了。待到三遍豆腐皮揭过，豆腐也已在锅中结成了块。四爷便吩咐帮手，张开豆腐包，把豆腐块带水，一瓢一瓢地舀进豆腐包里。豆腐包是用细纱布做的，放在一个大瓦盆里，瓦盆下面是一个木制的井字架，架下是一口半人高的老瓮。经过豆腐包的过滤，豆腐留在了纱包里，豆腐浆水则顺着盆沿，流进了下面的瓮里。等到包里的豆腐满了，四爷便会和帮手扎紧豆腐包口，然后，在包上再倒扣一个和下面一样大的瓦盆，这样，一个豆腐就做成了。只等热豆腐冷凝后，第二天解了纱包，就可以运到集市上去卖了。我们最急切等待的是四爷扎紧了豆腐包那一刻，这时呢，四爷便会把锅里剩下的豆腐和铲下的锅巴分给我们吃。豆腐锅巴上有很多细细的眼儿，吃起来有一点焦煳味，味道很特别。至今，我还能记得我们吃焦煳了豆腐锅巴时常爱说的一句话："吃焦锅巴，拾银子呢！"

我爱去豆腐坊还有一个原因，就是可以到喜子家院子里玩。喜子家的门朝东开，豆腐坊的门朝西开，两处虽共用四间草棚，但却并不相通。喜子家住在园子外。喜子家院落很大，院中有六七棵高大的槐树，树下有一平坦的大石，我们常在院中打扑克、玩跳房子。尤其是五月，槐花盛开时节，万花浮动，轻风吹过，甜香满院，人如在梦里。每每此时，我便看见喜子瞎眼的妈妈，静静地坐在门前，白净的脸上，挂满平和、慈祥，如一幅动人的画。

岁月悠悠，如今豆腐坊已荡然无存，就连四爷和喜子的妈妈也已作古，他们的坟墓上，也早已是草色青青。但豆腐坊里所散发出的豆腐的香味，以及喜子家院中槐树上所散发出的幽幽花香，却时常在我的梦里萦回。它们似南山上的远岚野烟，又似时不时涌上我的心头，让我挥之不去的淡淡乡愁……

马房里的麻雀

　　我们村的小学在村南,每天上课的时候,我们都能听到牛马的叫声。尤其是春天,正值牲口发情时节,驴马的叫声便异常的尖锐、响亮,有时简直称得上是响彻云霄了。这不奇怪,因为我们的学校就临着生产队的马房,隔着一条路,马房就坐落在学校的西南方向,不远,也就是百多步的样子。这个马房是我们生产队的,我们村上共有十四个生产小队,我们队是第七生产小队。马房由东西向四间庵间房组成,门朝北开,正西是两间土棚,土棚里一年四季储满一人多高的干土,那是用来垫牲口圈的。牲口也需要一个干爽的起卧的地方,牲口不能总卧在自己的粪便里,那样,它们会生病的。马房的正面是一个不小的空场子,那里常常堆满牲口粪,每年的冬日和春日,我常看见本队的女社员围着巨大的粪堆,用镢头将大块的干硬的牲口粪捣碎,这些捣碎的牲口粪,随后会被身强力壮的男社员,一架子车一架子车拉向田野,撒进冬天的麦田里,或者刚收割过麦子的麦茬地里。这些上好的肥料,将会使大地变得更加郁郁葱葱,也会使村民们心里显得更加踏实而充满喜悦。马房里有十七八头牲口,计有十头牛,还有七八头驴骡马,这些高脚牲口被人们亲切地称为大牲口。我们在课堂上所听到的叫声,大多是这些大牲口发出来的,它们比牛欢实。牛们比较沉默,也很老实,牛们顶多发出来的是一些低沉的哞哞声。这声音听起来有些凄清,有时还会让人没来由地感到一丝淡淡的哀伤。

马房的饲养员是二叔。二叔是大人们叫的,我们叫二爷。其实二爷年纪并不大,也就是四十七八岁的样子,只是因为在村里,他家辈分高,我们才按辈分这样叫的。乡人有言:人穷辈分高。这话一点不假,二爷直到三十岁上下才娶上了二婶(按说应叫二奶,但大人都让我们这样叫,也许是二婶年轻的缘故吧),并接连养下一对儿女。

饲养员不是一般人能当的,也不是谁想当就能当的。在那个大讲阶级斗争的年月里,要做一个饲养员首先需根红苗正,政治上可靠。如果政治上有问题,譬如家庭出身不好,是地主或者富农,那是根本当不了的。就是你想当,人家还不放心怕你搞破坏呢。这一点,二爷没有问题,由他算起,他家祖上三代都是贫农,他本人在中华人民共和国成立前还要过饭呢。其次,当饲养员得能吃苦,每天铡草、垫圈、喂牲口不说,还得长年累月住在马房里。牲口是很辛苦的,也是很娇气的,它们每天凭的就是那口夜草,有道是:马无夜草不肥。说的就是这么个理儿。这就要求饲养员天天前后半夜,得起床给牲口喂料。牲口不能吃时间过久的草料,那些草料已经疲了,牲口吃了不好消化,容易积食生病。这些,二爷也能做到。可以说,二爷是我们生产队上最佳的饲养员人选。马房里的活儿是这样的多,因此,二爷当了饲养员后,尽管他住在村里,马房离村庄又不太远,但二爷却很少回家。每个月有限的几次回家,大多是到村里磨坊给牲口磨饲料时,抽空回家看看。他一天三顿饭,都是由二婶或一对儿女给他送过去的,风雨无阻。要说不同的话,晴天丽日,是用碗端过去的;雨雪天气,则是用一只陶罐送去的。二爷从不挑食,送啥吃啥。而且,他的胃口极好,每顿送过去的饭,他都能吃个干干净净,从来不剩。二爷一心扑在马房里,扑在牲口身上,对家里的事管得极少。好在二婶能干,屋里根本不要他帮啥忙。而一对儿女也都是十五六岁的人,可以顶半个人用。这样,二爷在家里成了一个真正的甩手掌柜的。而在生产队里,则成了一个年年拿奖状的好社员。

二爷个儿不高,光头,小眼睛,见谁都笑眯眯的,又没有脾气,因此,我们一帮孩子特别喜欢他,也喜欢到马房里去玩。我那时大约九岁的样子,上小学一年级,正是能疯闹的年龄,加上课又不重,便常逃课,和三两个要好的小伙伴去马房里瞎混。我们帮二爷拉土垫圈,用大扫帚帮着刷洗骡马,看驴儿打滚,到槽边帮着喂牲口。玩厌了,便到马房周围田野里逛荡。马房的东南西三面都是田地,东南面种着水稻,西面则是一大片荷田。六七月间,荷叶田田,蜻蜓满天空。微风过处,花叶摇曳,香气沁人心脾。我们有时在田塍上捉黄鳝,抓青蛙;有时则直接下到荷田里捉蜻蜓，或者摘了荷叶顶到头上当帽子，而后者，往往遭到二爷的呵斥。二爷说，摘了荷叶，雨水会灌进残留的荷梗里，莲藕便会变坏。是真是假，谁也说不清，但从此，我们便不再摘荷叶玩。

马房里最有意思的时光在冬天，尤其是在落雪的日子里，此时，空气冷凝，大地一片银白，而马房里则温暖如春。我们坐在烧得热腾腾的炕上，有滋有味地打扑克、玩三角，或者下到地上，帮二爷给牲口拌料。牲口到冬天比较可怜，它们没有青草可吃，只能吃一些铡好的干麦草或者干青草。这些干草没有多少养分，吃久了，牲口会掉膘，这时呢，就要给草料里撒一些磨好的精饲料。这些精饲料大多是磨碎的黑豆，有时也有磨碎的豌豆、黄豆，有了这些东西，牲口吃起来便异常的欢快。但这些精饲料，也引来了贪嘴的麻雀。它们呼啸着从门窗、椽眼里钻进马房内，叽叽喳喳地叫着，在马槽里跳来跳去，和牲口争抢饲料吃，一点也不惧怕牲口。偶尔，牲口晃动一下脑袋，或者打一个响鼻，它们则扑棱棱飞起，但旋即又落到马槽边，伺机再下到槽里啄食。只有人能阻止它们，但谁又能长久地立于马槽边呢。二爷奈何不了这帮麻雀，我们却有的是办法。待到马房里的麻雀成了群，我们一帮小男孩便会一人拿上一把大扫帚，悄悄地移动到门窗边，把守住麻雀的退路，然后一起呐喊，并挥舞着扫帚在空中乱抽。受惊的麻雀东碰西撞，纷纷被我们抽中落下。往往一场捕杀下来，我们能猎获一二十只麻雀。这些麻雀随后会被我们用湿泥裹了，放到火里烧熟了分吃掉。每次分吃麻雀时，我们都会给二爷拿上一两只，二爷不吃不说，还时常劝我们说：

"以后莫再打杀麻雀了,它们土里寻食,不妨害谁,也是一条命呢!"但我们那时年纪尚小,根本不把二爷的话当回事。

大约是1970年吧,我们那一带秋季遭受旱灾,再加之上面瞎折腾,庄稼大量减产。第二年的春天,家家粮食普遍不够吃,闹起了春荒。虎穷了搜山。有人突然举报说,二爷偷了生产队的马料。于是,一伙人拥进二爷家,不由分说,一阵乱翻,居然搜出了半斗黑豆。二爷百口莫辩,被打成了挖社会主义墙脚的坏分子,饲养员当不成不说,还遭受了大会小会上的批判。二爷受辱不过,便在一个无月的夜里,含恨跳进了村西的一口曳水泉里。等人们发现他时,他已死去多时了。二爷的遗体后来被运回了村里,下葬那天,大雨滂沱,平地积水成渠。在送葬的归来的路上,我突然想到了温暖的马房,想到了那些叽叽喳喳鸣叫的麻雀,想着从今往后,这世上再也没有二爷了,不由泫然泪下。

自此,我不再捕杀麻雀,也不再去马房。至于村西的曳水泉,自从二爷跳进去自尽后,我也再没有去过。时光荏苒,经过数十年的淤塞,曳水泉为乱花野草所覆,怕早已成了荒滩了吧。

园林场往事

　　每年大雁开始南飞时，我都要随叔父去村里的园林场玩。这个时节，园林场里可谓花事繁盛，美不胜收。先是杏花开放，随后桃花、苹果花也次第开放，或粉白，或嫣红，吸引得蝴蝶在花丛中流连，吸引得蜜蜂不分昼夜奔忙采蜜，也吸引着我在果园里疯跑。园林场是我们村的一个大果园，在村庄的东北角，北邻大峪河，有千亩之巨。它的最北边的界线，就是大峪河的河堤。河堤是由脸盆大的石头垒砌的，有一人多高，由西向东，随了河的走势，蜿蜒而去。丽日晴空下，像一条白龙，或者，巨大的长长的手臂。而园林场就静静地躺在臂弯里，如一个憨憨的婴儿，一年四季，做着彩色的温暖的梦。叔父是园林场里的一名技工，上过几个月县里举办的果木培训班，很爱果木园艺。说是技工，实际上他什么活都干，冬天给果树上肥、剪枝，春夏给果树打药、浇水，秋天看守果园、摘果。总之，一年中是手脚不停，忙得像一个陀螺，在季节这根鞭子的挥舞下，滴溜溜乱转。我那时年纪小,还没有上学,便时常随了叔父,到园林场去玩。

园林场里有许多好玩有趣的事。譬如,冬天叔父给果树剪枝时,我便围在他身边,看他一手把住树枝,一手执剪,咔嚓咔嚓,动作流畅地修剪树枝。在如音乐般美妙的剪刀声中,果树的荒枝、败枝,纷纷落下,我便把这些剪下的树枝,帮助叔父捡起来,归拢到一块儿。有时,遇到较高的略大的枝条需要剪断,叔父就会爬上人字形的矮梯上,用一把手锯,慢慢地锯。这时呢,我便不失时机地用双手扶住矮梯,以防梯子不稳,将叔父摔下。每每此时,叔父总要回过头来,爱怜地看我一眼。那目光里有慈爱,有期许,但更多的是欣慰、怜惜。除了给果树剪枝,冬天如果太冷,叔父和工人们还会给果树的主干刷上石灰水,或者,用稻草拧成粗草绳,把半截树干缠绕起来,以此给果树保温,以免果树被冻死。

夏天呢,园林场里则是墨绿一片,由于水、肥、光照充足,果园里显现出一派生机,桃树碧绿,苹果树粉绿,梨树翠绿,一眼望去,棵棵果树都宛如绰约美少女,风致可人。果园中有金龟子在树间嗡嗡地飞,有知了在叫,有蝴蝶在缠绵起舞,还有色彩斑斓的瓢虫静静地伏在果树叶上。但千万不可被眼前的美景所迷,更不可粗心大意。因为,此时正是各种害虫猖獗之时,也是果树易受旱魃侵害之时,这两项,无论遭遇哪一项,果树都会减产。唯一的办法就是打药防虫,给果树勤浇水。这时呢,工人们就会配置好波尔多液,用喷雾器给果树打药。叔父告诉我,波尔多液是用硫酸铜、生石灰和水配制而成的,它是由一个名叫米亚尔代的法国人在波尔多城发现的,因此叫波尔多液。工人们一年中要给果树打三四次波尔多液,果树刚落花后要打,果树刚坐果时要打,多雨时节也要打,主要给苹果、梨树、葡萄打,可预防果树落叶病、烂心病、果锈病等。桃树是不用打的,桃树对铜过敏,如给桃树喷波尔多液,便会把桃树喷坏。整个孩提时代,我曾多次随叔父给果树打过波尔多液。如果打药那天,我恰好穿的是白衣服,我的衣服上便会有星星点点淡淡的蓝色,而回家后,这个秘密也总会被母亲猜中。母亲总是温和地问:"又给果树打药了?"我起初弄不明白母亲是怎么知道的,还以为是叔父告诉她的。及长,我才明白,母亲也曾给果树打过药,她知道波尔多液是天蓝色的。

时令进入六月,园林场里的果树已普遍挂果,且已逐渐变大,有了一些淡淡的味道。为防孩童和牲畜进园糟蹋,须有人来看管。从这时开始,一直到秋末果园净园,叔父便很少回家,他吃住大多都在园林场里。这段日子,我也很少去园林场,因为场部有规定,不准闲散人员进园,我只能眼巴巴地盼着叔父回来。尽管有规定,但叔父有一次还是破例把我带进了园林场,而且在果园里住了一夜。那次,我除吃了一肚子桃子、苹果、梨、葡萄外,还难得地在搭起的高架棚上做了一次守夜人。我起初随叔父到果园里巡视了一圈,随后便回到高架棚上,边看夜景边和叔父瞎唠嗑。果园里的夜晚棒极了,夜风吹着,看满天如拳的星子眨巴着眼睛,听着各种昆虫的合唱,你会觉得这样的夜晚真是美妙极了,也神秘极了。唯一让人不耐的是蚊子太多,这些蚊子都是荒草中生出的饿蚊子，遇人猛叮，一叮一个大红疙瘩，特厉害。但叔父有的是办法，果园就建在河滩地上，多的是蒿草。把蒿草刈倒，晾干，拧成火绳，临睡前在高架棚下点燃，会散发出一种辛辣味，蚊子一遇到这种烟味，便会四散逃窜。这样，我和叔父也就不惮蚊子的叮咬了。

1982年，我离开家乡到西安上学，从此，便再没有去过园林场。只是在偶尔回家时听叔父讲，村里把园林场承包出去了。后来，园林场几经易手，因承包人只顾产出，不进行投入，又疏于管理，园林场变得越来越不成样子。先是果树大量死去，后是承包人看到种植果树利润不大，干脆把部分果园毁掉，开挖成鱼塘，建成采石场，这样，园林场便几乎被毁坏殆尽。叔父每次提及园林场被毁一事，常常痛惜不已。2010年春天，正当桃花满天红的时节，叔父却因病悄然离开了人世，静静地躺在了家乡的蛟峪河畔。得到叔父谢世的消息，我想到幼年随叔父到园林场的那些往事，不由怆然泪下。叔父的墓地在村南，尽管离园林场很远，但幸运的是，墓地的西边却有一片他一生挚爱的桃林，想他在另一个世界里，也不至于太寂寞吧？

稻地江村小学

我正在打谷场上和小伙伴们玩，母亲让妹妹把我喊回了家。她不由分说往我手里塞了根粉笔，让我把一至十个阿拉伯数字写在地上。看我在橘黄色的灯光下，歪歪扭扭地把这些数字写完，母亲的脸上露出了笑容。这是1972年夏季里的事，我记得很清楚。那天晚上，等我写完了字再出去玩时，萤火虫已挑出了它的灯笼；蛙鼓已在村庄周围的稻田中响成了一片。而黛蓝色的天幕上，已是繁星点点。

这一年的秋天，我被父母亲送进了学校。我当时很懊恼，深悔自己在小姑面前显摆，学写了从大孩子那里认得的数字。小姑嘴长，告知了母亲。因以后再不能无拘无束地玩，报过名后，我一连几天都不开心。母亲用手摸了摸我的头，问我是不是病了。我摇了摇头。母亲满眼疑虑地去做她的事了。

学校临着一条小溪，建在一个高台上，是用一座庙宇改建的。这座庙宇名叫黑爷庙。黑爷据说是南山里的一条乌龙，专司我们村祸福吉凶的。听老辈人讲,这神很灵验。村里过去有一个练武的拳师,不信这一套。他和人打赌,把庙里的一个大石窝(据说是黑爷吃饭的碗)搬回家去,给自家的猪做猪槽,结果,也是巧了,他家养一头猪死一头猪,养两头猪死一双,一连死了十多头猪。这位拳师吓坏了,赶紧把大石窝送回,并备下香烛及三牲礼,到庙里认了错,祈求黑爷原谅,这才使槽头得以平安。黑爷的灵验(也可以说是霸道)由此可见。为此,村人不仅在村南给它盖了庙,还在南山的嘉五台上,也给黑爷盖了庙。不过,那都是以前的事。中华人民共和国成立后破除迷信,移风易俗,村里人改信政府,黑爷庙便被废弃。刚好,村里要建学校,便将其做了学校。起初,村里人读书的少,庙里尚能容纳下上学的孩子。十多年后,等到我们上学的时候,黑爷庙已显出拥挤,容纳不下要上学的孩子了。村里人便把原来的庙做了教师的宿舍和办公地点,而把庙南面戏楼边的空地圈了一大片,经过铺垫,修了两排房屋,做了学生的教室。这样,我们村的小学就分作了南北两个跨院。那时因为年龄小,我最愿意在南院活动,最不愿去的就是北院。我总觉得北院很阴森,有些怕人。原因除了院里生长有很多柏树、合欢、杨、槐等高大的树木外,还有很多狰狞的神像没有搬走,就堆积在大殿的一角。我常常疑心会从这个院子的某个角落里跑出鬼呀神呀什么的。

上学的日子是快乐的。除了上课,还有很多别的活动,诸如学工学农学军,"批林批孔",参观阶级斗争教育展览馆等。记忆最深刻的是学农劳动。夏季干旱时节,我们便拿了桶、盆,去帮生产队抗旱,浇灌玉米。抗旱期间,可以尽情地玩水,老师除禁止我们下泉游泳外,一切听之任之。我们便在浇完地后,下到河里捉鱼,并且偷偷地游泳。这时节,瓜果已下来,偷了桃,偷了瓜,可一股脑倒进小峪河的深潭里,边戏水边吃瓜果,那份高兴的劲儿,至今回想起来,还不觉神往。不过,这些事儿都不能让老师发现,发现了要么第二天被拎到课堂上罚站;要么当下便被老师抱走了衣服,害得我们上不了岸。

　　参观阶级斗争教育展览馆也是一件很有意思的事。我们家乡位于樊川的腹地,西面是神禾原。翻过神禾原便又是一片川地,名叫王曲。曲是有水的地方,在历代典籍记载中,广袤的长安大地上,共有五曲,除曲江、韦曲、杜曲、郭曲外,就是王曲。王曲中华人民共和国成立前有一个姓郭的大财主,他修建了十一院房屋,娶了三房老婆,占有大量土地,并在西安等地开有十个商铺,当地有谣云:下了王曲坡,土地都姓郭。可见其富有。但据说这郭姓财主很不仗义,除压榨佃户,欺负乡邻外,还害死了一个长工。事情到底是什么样子,我们年纪小,不得而知,反正当时就是那么宣传的。郭财主1949年去世了,他家的房屋便做了阶级斗争教育展览馆。为了使我们这些祖国的下一代不忘阶级苦,牢记血泪仇,学校除组织大家吃忆苦思甜饭外,便三天两头地让我们到王曲马场村参观。教育没受多少,倒是那十一院迷宫样的房屋和房屋内稀奇古怪的陈设,以及郭财主逃跑时的暗道,让我兴奋不已。一次参观时,趁讲解员不注意,我和其他几位男生翻过拦挡线,凑到暗道口看了看,里面黑乎乎的,什么也看不见。为此,还受到班主任老师的一顿批评呢。

有趣味的事儿还有,这就是可以时不时地上戏楼玩。据老辈人讲,这座戏楼建自清代,是为酬神而建的。戏楼仅底座就有一人多高,台边用青石条砌成,戏台中央下面埋有两口大瓮,上面覆盖上厚木板,这样,唱戏时,声音就可以传送得很远。戏楼分作两厢,前厢是戏台,做唱戏用;后厢则是演员休息的地方。与前厢不同的是,后厢还建了一个阁楼,阁楼东西均有木制楼梯可上下。坐在阁楼上,可以喝茶,还可以远眺终南山。幼年,我就曾见到我们学校的一位语文老师,站在阁楼上,边眺望南山,边吟咏王维的诗:"太乙近天都,连山到海隅……"但当时并不知道村西南面的翠华山,就是王维诗中所写到的山。整个戏楼雕梁画栋,顶部有飞檐,有鸱吻,墙上有精致的砖饰,看上去富丽堂皇,巍峨壮观。课间休息,或者下午不上课时,我们常到戏楼上捉迷藏。夏季里天气最热的时候,干脆就躺到戏楼上乘凉。凉快够了,又到台下去疯跑,或者聚集到戏楼西面教室门前的乒乓球台打乒乓球。当然,也不是每天都有好玩的事,我的一个好伙伴(也是我的同班同学)的父亲,因为家庭成分是富农,就曾多次被押送到戏楼上进行批斗。不止一次,我见到他为此偷偷地哭泣。多年后,我这个同学性格变得越来越孤僻,终于遁入空门,到福建出家当了和尚,回想起来,大概和那场史无前例的浩劫有关吧。

在我的欢乐与忧伤中,八年时光悄然过去。我在这个有庙宇有老戏楼的学校上完了小学,读完初中,直到考上了樊川中学,才和这个名叫稻地江村小学的地方作别。在其后的岁月里,我曾无数次地梦到这个地方,梦到这个地方的景物,以及人和事。去年春天,正是油菜花飘香的时节,我趁探望父母回村之际,专门到学校去了一趟,留有我温婉记忆的学校已不复存在,黑爷庙被拆毁,老戏楼也被拆掉(都是"文革"末期遭的殃),教师居住的小院里,曾经让我产生过恐惧的所有树木已荡然无存,除了后来修建的一座钢筋水泥戏楼外,这里已成了一片荒凉的空场。有鸡鸭在里面觅食,有野草在里面滋生、蔓延,还有春天的风来回在里面逛荡,时不时地卷起地面上的纸片、草屑。就连那座后来修建的戏楼,随着"文革"的结束,很少再派上用场,经过二十多年岁月的侵蚀,也已变得破败、老迈,似乎稍有电闪雷鸣,就会坍塌。就连那个我年少时叫溜了嘴的校名,如今也已更改,变为王莽乡中心小学。校址迁到戏楼以南,那里,曾经是大片的稻田荷田,夏夜里,有青蛙鸣,有萤火虫飞,还有阵阵稻香荷香,被南山上的风送入校园,送入村庄。不过,这一切只能留在我的记忆里了。

一个会种蘑菇的同学

　　小时候，我最喜欢去的几个同学家，除了赵恩利家外，就是孟养利家了。赵恩利家在村北偏东赵家巷，其家有三间庵间房和两间厦房，两房相接处有个小天井，上面是一架浓荫蔽天的葡萄。那时流行打扑克，我便常和赵恩利在他家的天井里打牌，无论春夏秋冬，当然以前三季为多。尤其是夏日的午后，院子里静悄悄的，唯有蝉儿在榆树上长鸣，我们坐在天井里，微风吹着，头顶是碧绿的葡萄叶和晶莹剔透的葡萄，长夏无事，足可玩个畅兴。孟养利家在村十字西，门前临着一条小河，河水来自村东，清泠无比，一年四季，长流不息。到他家去，便需跨过一道小石桥。他家是四间厦房，东西各两间，中间是一个正方形的院子。因少人走动，院子里便时常结着一层薄薄的绿苔。若遇连阴雨天，绿苔便会缘滴雨石，爬上台阶，很有一些古意和诗意。他家因两个姐姐已出嫁，家中唯有父母亲和一个弟弟，加之家中少人来往，因此显得异常安静。这种静，有时竟会让人感到一丝无端的胆怯。好在他家还有一个后院，足有半亩地大，里面除种有榆、椿、槐树外，还栽有柿树、杜梨和两株山药，这里，便成了我们的乐园。玩三角、蹦弹球，秋天摘了拇指蛋大的山药蛋煮熟了吃。总之，一切都是随着我们的性子来。

在家中玩厌了，我们会相约了到村外或邻村的同学家去玩。我们最爱去的地方是小峪河滩。暮春四月，杂花生树，麦苗已秀，雉鸣声声，我们沿着开满野花的田间小径，迤逦来到河滩边。那时，小峪河还没有被污染，河水清澈，水中鱼虾繁多，加之沙白石洁，野芦遍地，绿树成荫，行走其间，确实让人心旷神怡。我们在河畔散步，在林荫下读书，在河水里濯足，谈学习，谈理想，当然也谈各自心目中的女孩。至于夏日的傍晚，到小峪河边去散步，则是更惬意不过的事了。在河边走累了，随意找一个深潭，脱了衣服，在潭中戏水，此时，虫鸣如雨，洒落在苍茫的夜色中；萤火虫在我们周围飞，萤光一闪一闪，倏忽而东，倏忽而西，有时则静静地伏在石头上或草丛间，让人觉出夏夜之神秘与美妙。我们半躺半坐在水中，谈着心事，心如天边的云彩，已逸奔到了远方。而孟养利决心高中毕业后回家种植蘑菇的事，就是在那时，他告诉我的，我当时还惊讶了好半天呢。

转眼间，我们就高中毕业了。赵恩利考上了西安的一所邮电学校，我也考上了西安的一所师范院校，只有孟养利没有考中，不得不回到了父辈们生活的村庄。好在他早有心理准备，便乐呵呵地奔他的生活去了。孟养利是一个很有主见的人，他当年夏天回到村里，立刻就着手搞起了食用菌种植。他又是拜师，又是看书，不到三个月，有关食用菌种植方面的事，就搞了个清清楚楚。买棉花籽，买锯末，买菌种，买塑料袋……腾出东边的两间厦房做养殖地，经过一番折腾，一切准备就绪，单等一个月后蘑菇长出。在上世纪八十年代初的农村，搞食用菌种植还是一件新鲜事，最少，在我们村庄，还没有人种植过。孟养利搞食用菌种植的事，立刻成了村庄里的重大新闻，村里许多人都跑到他家来看稀奇。就连我也于周末休假时，骑着自行车，奔波四十多里地，从西安赶到老家，关注他的种植情况。也许应了好事多磨这句老话吧，孟养利种植蘑菇并没有他预想的那么顺利，一个多月后，除了少数培植的菌棒长出了蘑菇外，大部分菌棒，没有长出蘑菇。惆怅之余，他干脆把这茬蘑菇采摘了，并于一个周日，约上我和赵恩利，以及他的家人，把这些蘑菇全部享用了。然后，他仔细寻找第一次失败的原因，重打鼓，另升堂。此番的种植便异常的顺利，一个多月后，蘑菇大获丰收。他将这些蘑菇采摘了，然后，用自行车带到集市上全部售卖，赚到了他步出校门后的第一笔钱。得知他赚了钱，我当时还替他高兴了一阵子呢。此后，孟养利就开始了大面积种植，养殖房不够用，他干脆和父母亲商量，将后园毁弃，在上面建了四间大瓦房，而房间里，便全部做了蘑菇种植地。

　　光阴如梭，不觉间就是几十年，在城市里生活惯了，我回乡日稀，和孟养利交往也愈来愈少，有关他的一些情况，也所知甚少。只隐约从母亲口中得知，在孟养利回村的最初几年里，他种植蘑菇赚了一些钱，后来，搞种植的人多了，蘑菇越来越不好

人物　　237

卖,他便不再种植蘑菇,而是学了油漆,每天走乡串镇,给人家油漆家具。日子虽清苦,但似乎还过得去。去年过年,我回老家看望母亲,初一晚无事,我去他家找他,见了面,彼此间谈了一些各自的近况。他告诉我,他刚在村西路边盖了一院新房,年后就准备搬家。我听了,由衷地为他高兴。我问他见到过赵恩利吗,他说没有。其后,便无话,便是一段长久地沉默,我们都感到有些尴尬,有些压抑。我知道,我们之间变得生分了。这不怪我,也不怪他,在时光面前,一切皆可改变,包括少年时的友谊。

我起身告辞。走在回家的路上,孟养利的身影不断在我的脑中浮现,我翻检着我们年少时的那些旧事,不觉有点淡淡的感伤。此时,远村近郭,不断有鞭炮声响起,抬头望望天空,不见月亮,只有几点散淡的星光。风很硬,夜色如墨⋯⋯

两个拳师

　　我们村过去有两个拳师，一个姓程，一个姓赵。姓程的我不知道他叫啥名字，也不知道他长什么模样，在我能记事时，他已生病死去了。不过，村中一直流传着他当年习武时的一些逸事。诸如，徒手打跑几名入村抢劫的土匪等。他有三个儿子，受其父影响，均会一点拳脚，尤其是老大老二，能打小洪拳，能舞枪弄棒。在我六岁时的一个夏夜，我曾随大人到村北的一个农场里，亲眼看到过这哥俩给村人演示小洪拳和刀技。当时，村里围观的人很多，这哥俩也很卖力，一套小洪拳打得如行云流水，让人眼花缭乱。而大刀也舞得呼呼生风，最紧要处，观者只见一团舞动的白光，而不见了人体，让人不由倒吸一口凉气。那天，他们还表演了扔石锁。一块三四十斤重的石锁，被他们向空中扔来扔去，他们则是变着法子在地下接，有时从前，有时从后，有时侧，有时卧，总之，接法多样，让人眼目迷乱，不由在心中暗暗替他们捏一把汗，总担心那凌空飞起丈余高的石锁，不小心砸将下来，又恰好没有接住，而伤了他们。但那天，这一幕始终没有发生，我便在心中好笑着我的闲吃萝卜淡操心了。

至于老三程建利，后来成了我的同学，从小学到高中，我们都是一个班，一直到中学毕业，才彻底分开。在刚进校门的最初几年里，我和班里同学总疑心建利也会打拳，又因他是拳师的儿子，还有两个会打拳的哥哥，都有点怵他。事实上，他的腿踢得很高，能高过自己的头顶；劈叉也做得很好，劈叉时两腿着地，几乎不露缝隙。这一点，别的孩子根本做不到。但过了很长一段时间，大家发现，他也不过就这两下子，同学中便开始有人欺负他。建利人黑个小，又很瘦削，见有同学欺负他，起初还反抗一下，看看反抗无用，也就认命了。一些促狭鬼见他好欺负，还编了歌谣嘲笑他："黑瘦黑瘦，上树不溜。杀了没血，吃了没肉。"这歌谣原来是说蚂蚁的，如今用到了他的身上，他听了，也是一笑置之。建利人很聪明，学习好，象棋也下得好，少年时代，我俩常在一块儿下象棋玩。我们之间关系很好。这种友谊，从小到大，近乎四十年，至今还保持着。我从西安回乡下看望母亲，偶尔还能在村口或路口碰到他。遇到了，还在一块儿聊聊。他数十年间好像没有什么固定的职业，一会儿种地，一会儿跑小买卖，眼下又在跑保险。但无论哪一种职业似乎都干不长，也干得很累，日子也过得紧巴。前一段时间碰到他，他一脸苦相，告诉我，媳妇也跟别人跑了。目下，自己一个人养活着三个女儿。"好在大女儿已长大，已开始到外面打工，可以帮衬家用了。"他说，脸上难得地露出一丝笑容。我则从他的笑容里，看出了许多的恓惶。

　　另一个拳师叫赵逸民。他是程拳师的徒弟。赵逸民个儿高挑，留着分头，穿着讲究，看上去有点油头粉面，加之他有些游手好闲，在上世纪七十年代的农村，颇遭人指责。但他好像对别人的指指戳戳无所谓，仍我行我素地在村里生活着。他好喝酒。在村庄的街道上，我常见他手里提着个酒瓶，醉醺醺地在街道上跟跟跄跄地走，且边走边喝。他的身后，则跟着一大群孩子，嘻嘻哈哈地在看热闹。赵逸民老婆死得早，膝下留有一女两男。他的女儿赵玲玲也是我的同学。记忆中，赵玲玲长得很清秀，就是不爱学习，不爱说话，有些忧郁。她的两个弟弟一个叫山豹，一个叫山熊，都很顽劣，时常打架斗殴。这没有办法，他们没有母亲管教，父亲又整日在醉乡里，懒得管他们。这样，他们就像极了荒滩上的野蓟，尽管生长得很茂盛，也结出很好看的花，但浑身却生满了刺儿，人们根本不敢靠近他们。在我的记忆里，山豹山熊似乎就没有进过学堂，或者进过学堂又很快辍学了。赵玲玲则是和我一直上到小学毕业才退学的。因为，她要回家照顾她的弟弟和父亲。大约是1974年前后吧，赵逸民和村上的一位妇女好上了，不久，事发，这在当时是了不得的大事。结果，二人被以流氓罪逮捕，并由公社出面，召开了批斗大会。会后，赵逸民被判刑十年，那位妇女也被判了两年刑。

　　1984年春天，我在西安上学，一次周末回家，在村西的沙石公路上，我突然看见久违了的赵逸民和那位妇女扛着锄头在路上走，我掐指一算，恍然，原来他刑满出狱了。那时，赵玲玲已出嫁,山熊山豹也已是十六七岁的小伙子,整日在周围的村庄里游逛得没有个影儿。赵逸民便只有一个人寂寞地生活。他依旧好喝酒,但身体是眼见着垮了,人黄瘦不说,还有些病病歪歪的。也就是在当年的冬天吧,村里一户人家给儿子过满月,他去喝喜酒,结果大醉。当晚,就死在了家里。死时,他的身边没有一个人。他的两个儿子,听说后来都不学好,其中一个,因为盗窃被公安机关逮捕了。赵逸民生前还收过一个徒弟,也没有多大出息,只有一点三脚猫的功夫。自从赵逸民死后,我们村便再没有了拳师。

又是二十多年过去,程拳师和赵拳师坟头的墓木怕已高可遏云了吧?年年春草绿,岁岁衰柳黄。风吹动着野云,在田间乱飞……

护秋人

　　乡下一年中最好的时光要数秋天了,尤其是中秋前一段
日子,更是好得不能说。秋虫不分昼夜地在田间地头,在人家的
房前屋后鸣叫,如琴如瑟;路边田畔,野菊花开得如火如荼,金
灿灿黄亮亮的,如星星,似眼睛,这儿一簇,那儿一堆,馨香得能
让人背过气去。此时,秋庄稼也即将成熟,散发出一种淡淡的清
香。天高云淡,秋风送爽。行走乡野,其乐可知。而对这种欢乐
体验最深的,莫过于护秋人了。他们日夜吃住在田间,游荡在地
头,看护守卫着庄稼,以免即将成熟的玉米、大豆遭人盗窃,遭
野物糟蹋。工作轻松,没有太大的压力,心如头顶之云,倏忽而
东,倏忽而西,没有羁绊,简直赛过神仙。唯一让他们难受的是,
无人说话,有些寂寞。但在奇妙无穷的大自然面前,这些又算得
了什么呢? 护秋人有的是办法化解这种寂寞。譬如,吹吹口哨,
看看蚂蚁打架,听听蝉鸣,或者在田边的小溪里洗洗脚,摘两把
野菊花插到草庵前……总之,一切是那样的有趣味,日子也便

如流水般的，清亮亮地，一日一日地朝前过着。

我们生产队的护秋人叫培民。他是一个光棍。光棍日子恓惶，出来进去都是一个人，队长看他可怜，发善心，便让他做了护秋人。而这一护便是七八年，直到他离开村庄，从我们村庄消失，才算结束。

培民和我同姓，他原本不是光棍，有父有母。他的父母亲是老来得子，就守着他一个独生儿子，十亩地里一棵苗，宝贝得不得了。这种过度的溺爱害了他，也害了他的父母。培民从小就不知孝敬父母，和父母亲争吃争喝。稍长，便开始打骂父母。父母亲受不了，便常到大队和公社去告状，但告状的结果，换来的是晚间遭到更大的虐待和毒打。培民的母亲有哮喘病，冬天里，整个人喘得像一部风箱。培民嫌他母亲告状，就常在灶房里烧辣椒秆，老人不出屋吧，喘得不行；出屋吧，外面小刀风刮着，冷得不行。这样日夜糟践，培民的母亲终于如其所言，到老坟里顶了墓疙瘩。母亲一死，培民又开始加倍折磨父亲。他常常在夜间把父亲吊到房梁上打，打得父亲低一声短一声地长号。队上人实在看不惯，便联名将其告到了公社，要求严加处理。公社书记一看，这还了得，就安排召开了一场批斗会，培民被民兵小分队五花大绑押上台，给美美地批斗了一顿。这样，培民虐待父亲的行为才有所收敛。不过，他从此在村庄里也成了名人，村里人都知道他是一个逆子，教育孩子，都拿他做反面教材。培民二十一二岁的时候，他的父亲也离开了人世。这样，他便成了一个光杆杆。出门，一把锁；入门，冰锅冷灶。他一下子感到了人生的艰难。他似乎有了悔意，人们发现，他无事时常爱到父母亲的坟上去转，有时坐在坟前发呆，且一坐就是半天。队上人看他可怜，安排活路时也有意照顾他，这样，他就常干一些诸如给生产队的牲口割草，到集市上去卖豆腐之类的轻省活儿。在这些活路里，当然也包括护秋。

护秋人一般在庄稼地边搭一高架棚，以便望远。高架棚大多搭建在路边或溪水边，图的是个取水和出行方便。但也有搭草庵的。这种草庵大都搭成人字形，一面留口，三面覆上稻草，稻草用草绳拉住，再在上面压上湿树枝，以防大风起时，劲风吹跑了稻草。这样，一个能防风雨的草庵就搭成了，人住在里面，既干爽、暖和，又不怕夜露。培民护秋时，住的就是这种草庵。他因为家中就他一个人，无人给他送饭，便在距草庵一丈远的地方堆起三块石头，简单地垒了一个灶台，上面架起一口小锅，这便是他烧饭烧水时的家伙了。那时候，我们一帮孩子常爱到他的草庵里去玩，要么打扑克，要么玩三角，或者斗草，或者捉蟋蟀，一玩就是一天，常常到天黑了才恋恋不舍地归家。见我们中午不回家，培民常偷着摘了毛豆，掰了嫩玉米，给我们煮熟了吃。煮时，他给锅里放点盐巴，煮熟的毛豆和玉米便格外的好吃。有时，他还怂恿我们到邻村的红苕地里偷来红苕，给我们烤熟了吃。时过数十年，我至今对那时的情景，对那些清香的食物不能忘怀。

大约是1975年秋季吧，培民又被生产队派去护秋，一日薄暮，他一个人百无聊赖地在地头转，突然发现一个二十多岁的女子昏倒在小路边，他慌忙将其抱进草庵里，做了饭，烧了水，把她救醒。据那女子讲，她是北原上人，逃婚出来的。她的父母亲贪图村长家的彩礼和权势，硬要把她嫁给村长家的痴呆儿子，她不愿意，便逃了出来。当晚，那女子就宿在了培民的草庵里。第二天第三天，她还没有走，直到她家里的人找来，硬把她从草庵里拉走，村里人才知道，培民在草庵里收留了一个女子。那女子走后，培民像丢了魂似的，一个人在地里胡转。原来爱说笑爱和我们玩的他，也一下子变得沉默了。终于，在一天夜里，他一个人悄然离开了村庄。

培民离开村庄后，从此再也没有回来。有人说培民到北原上做了人家的上门女婿，还有人说他因伤心去了新疆。培民家的房屋后来因长期无人居住，上面长满了瓦松和猫儿草；院墙也因风雨的侵蚀，无人修葺，颓败不堪。后来，生产队见他久无音讯，在一次调整庄基地时，干脆把他家的庄基地划给了邻家。

秋风又起……

也不知培民还在不在人世。如在，他怕已有六十开外了吧？

八月的庄稼地

我记忆里的八月和散发着泥土气息的青玉米有关,和香气氤氲的瓜果桃豆有关,更和葳蕤蓬勃发疯一样生长的野草有关。蝉鸣林荫,河水潺潺,丽日当空,田野静寂,整个大地像一位端庄的孕妇,一眼望去,让人觉出一种无尽的妩媚和欢悦。而父亲就是在这个季节里去的,去了另一个永恒的世界,这让我对八月更加记忆深刻,难以释怀。

从安然素朴的村庄出发,沿着一条白杨树夹道的机耕路,带着烧纸,带着对逝者的思念,我和弟妹们头缠白色的孝布,向村南走去。道路两旁是大片的稻田,水稻已垂下了沉甸甸的头颅,泛出金黄的颜色。有蚂蚱在脚下蹦,一只两只的,扑棱棱,银色的翅翼在阳光下闪光。有鸟雀在树上叫,叽叽喳喳,叫成一团,仿佛树木自己在说话。阳光很好。我们边走边聊,但话多和父亲无关。谁愿把失去亲人的疼痛和对亲人的怀念常挂在嘴上呢?那种心灵深处的隐痛,只有无人的时候,只有一个人静处的时候，或者耳闻目睹到什么与此相关的事情时，才会如水一样，慢慢地洇浸过心头，让人难过、垂泪。其实日常的时候，这种怀想和疼痛，更多的是埋在心底里的。它就像我面前的树木，一年一年地生长，根须也愈来愈粗壮，愈来愈伸向土地的深处，伸进我们心灵的深处。一如我们面前的远山，一如天空的白云和田野四处流浪的清风，是永远的。

　　但在这样的环境里，我还是想到了父亲，这是不由人的事。究竟，一年前的今天，父亲是怀着对人世的无限眷恋，怀着对这片土地的无尽挚爱和对亲人的挂念，静静地离开我们的。那天，天还下起了淅沥的小雨。这也是这个秋天里的第一场雨。我想到了父亲的音容笑貌，他清癯、慈祥，面如紫铜。他爽朗的笑声，仿佛还在他耕作过的土地上回荡。而他的身影呢，似乎就闪现在玉米地里，出现在水稻田里，有时我甚至疑心，他劳作累了，或许就坐在某一条田塍上，有滋有味地抽烟，歇息一会儿，风正像一个顽皮的孩子，恣意地吹皱他充满汗香味的衣衫。

　　很快便走到了清澈的小峪河边。这是一条伴随了父亲一生的河。孩提时代，父亲曾无数次地带了我在河里摸鱼逮蟹。记忆中，夏日的夜里，吃过晚饭，拿上手电筒，提上鱼篓，我们便踏着月色出发了。此时，四野虫声唧唧，蛙鼓阵阵，而萤火虫也挑出了它们的小灯笼，在夜色里游荡。那忽明忽灭的萤光，和天上如拳的星星交相辉映，使夏夜显得更加的神秘、美丽。顺着乡间小路，工夫不大，就到了河滩。我们揿亮手电，往水潭中一照，嗬，水中的鱼蟹真多！鱼儿趋光，光到之处，它们便摇头摆尾地游了过来,聚集于手电光圈下,拥挤着不肯离去。用自制的竹网猛然一抄,就可以捞出许多。不过,我们还是把它们放回了水中,鱼儿不是太大,吃了伤生。我们的主要目标是螃蟹。夜间,螃蟹仿佛一下子成了呆子,手电光下,一动不动,用手往水里一掏,便被水淋淋地抓上来,丢进了鱼篓中。于是,空寂的鱼篓顿时就变得热闹起来。大约不到一个时辰,便可捉到满满一篓。有时运气好,还可以捉到老鳖……

"爸爸,你想啥呢?"我正在胡思乱想,走在我一旁的女儿突然问。

"我想你爷爷的一些事儿,"我说,"还记得小时候爷爷教你的一首儿歌吗?"

女儿一脸茫然。

"你得记住。"我说,并随口读出了那首歌谣:

一根草,

顺地跑,

开黄花,

结蛋蛋,

名字叫个歪蔓蔓。

"儿歌蛮好听的嘛。爷爷教过我这首儿歌了吗?那是一种什么植物?"

"不但教了,当时你还背得很熟,可惜你现在忘了。那首歌谣所描述的植物叫蕨藜草。"

女儿有些不好意思。我不怪女儿,女儿在乡间由爷爷奶奶带着时,只有两岁,如今她已出落得亭亭玉立,成了大学生了。

说话间,已来到了一大片玉米地旁。这里是父亲的埋骨之地,一年前的八月二十五日,父亲便被葬到了这里。当时,我和乡亲们给父亲挖墓时,玉米已生长得密不透风,并且结出了粗大的棒子。我们不得不砍倒了一大片即将成熟的玉米,才给父亲腾出了一块墓地。那天,被砍倒的玉米散发出来的清甜的气息,浓烈至极,至今还时常在我的记忆里萦回。拨开茂密的玉米丛,费了一番劲,我们终于找到了父亲的墓地。仅仅一年的工夫,父亲的坟头便已长出了半人高的野草,成了真正的青冢。我们那一带乡俗,生前行善的人,他谢世后,坟头会长满青草;反之,则会生满荆棘。见此,我的心里生出无限的欣慰。

面对坟头,用棍子在地上画一个半圆,点上蜡烛,祭过酒,我们齐刷刷地跪下去,给父亲化纸钱。当纸灰如黑色的蛱蝶在晴朗的天空中飘飞时,我似乎感到了父亲从天界注视我的深情的目光。我的心不由颤了一下。父亲长眠之地,东边不远是一条机耕路,南面是一年四季长流不息的洋峪河,河边是一大片树林,树林里时常有斑鸠鸣叫,再往南,则是清荣峻茂的终南山;西边是庄稼地,紧接着是一个大桃园;北边脚下,便是一条清泠泠的小溪,沿溪是两排高大苍老的树木,再往北就是我们祖祖辈辈生活的村庄,还有少陵原。春有花,夏有月,秋有虫声可闻,冬有瑞雪相伴,想他老人家一定不会寂寞吧。

喜欢八月,喜欢八月的原野,更喜欢八月原野上的庄稼地,因为它和我的一个亲人有关。尽管,它曾让我椎心蚀骨的疼痛过。

绒线花静静地开

刚来西安最初的几年，因单位没有住房，我曾在小北门外的纸坊村租住过一段时间。出小北门，过陇海铁路，工农路两旁，挨挨挤挤地盖着一片小二楼，这就是纸坊村。进村，小街小巷曲里拐弯，如蛇行斗折。居民多为当地土著，但也有如我一样的外来户。久居古城的人，都知道这里属于道北(铁道以北)，风气不好，闲人多，混混多，打架斗殴多，街痞小偷多，有道是：出了北门上北坡，闲人要比好人多。说得虽有些刻薄，但也是事实。这种社会现象的形成，既有历史的原因，又有现实的原因，不谈也罢。前几年，西安有位作家写了部电视剧《道北人》，替道北人说了很多好话，收视率也很高，但地道的西安人，似乎还是对道北人从内心深处存有偏见。

我赁居这里还有一个原因，这就是能照顾上妻子女儿。妻子当时在纸坊村附近的一家企业上班，怕她辛苦，租房就租得离她单位近一些。女儿当时只有四五岁，小脸粉嘟嘟红扑扑，正是如小猫小狗般人见人爱的时候，就送到了附近变电器厂幼儿园。那是当地一家很不错的幼儿园，价钱虽贵一些，但老师好，园里设施也好，十多年过去了，我至今还时常记起到幼儿园里送接女儿的情景，还记着一位名叫孙燕的老师，感念着她对我女儿的培育。

日子如水流沙石上，虽清澈见底，但清贫中却不乏诗意。上班下班，读书看电视，买蜂窝煤，购贮大白菜，周日到街上转转，蹲在野棋摊边，和不相识的人下几盘象棋；到纸坊村十字东南角的报刊亭边，和卖报刊的老太太拉几句淡话，买几份报刊；骑自行车接送女儿……日子看似平平淡淡，但却如秋日里田野中的大豆，粒粒饱满。有意思的事儿还有，冬日回故乡，返城后到北门里下车，和妻子领着女儿，步行从环城公园回家。公园内雪压林梢，小路上积雪成冰。女儿耍赖，不肯走，我和妻子一人牵着女儿的一只手，拉着她在地上溜冰，二里多长的路程，一路笑个不停，连路边的行人都被感染了，扭过头好奇地观看。这种快乐的游戏，以致让女儿上了瘾，后来每每到了商场里，她也借故不走路，让我们拉着她在光滑的地板上溜。至于春日里领着女儿到城墙上放风筝，到环城公园里寻找桑树，摘一捧桑叶，为女儿养几条蚕，至今忆之，心里仍有一种说不出的甜蜜与欢欣。

一年夏天，适逢周末无事，我拿了本书，早早地赶到环城公园，想找个僻静的地方，静静地坐着读会儿书。那日阳光很好，早早地就如顽皮的孩子，爬上了树梢，爬上了古城墙。公园里人不多，有一些在遛鸟，还有一些在散步，在晨练。我穿过一片核桃林，再越过一片石榴林，尽量往人少的地方走。不意，在护城河边的荒坡上，发现了一树绒线花。那绒线花绒绒的，粉红若霞，一大朵一大朵的，似乎刚刚，或者正在无声地开。而羽状的叶子，也在舒缓地展开，上面似乎还带着残露的气息。我被眼前的一切惊呆了，足足目不转睛地看了十多分钟。一时间，我想到了生我养我的故乡，那里的原野上，夏日也常常开着一树一树绒线花的，而且树大花繁，远望如霞光彤云，盛开时，引无数蜜蜂日夜嘤嘤着采蜜。绒线花是开开谢谢的，开时鲜艳至极，败时枯黄如干菊，随风飘落于地。那枯花是夏日里败火去暑的佳品。记忆里，幼小时候，每年母亲都要拾了枯萎的绒线花，用水熬过，加白砂糖，放凉，让我们饮用。那种涩涩的、甜甜的，又略带点药苦味的绒线花水，其香醇至今留在我的脑际。那是十多年前的旧事了。而今，母亲已老迈，额头已有深深的皱纹，头发也已花白，而乡间的绒线花树也日渐稀少，几近绝迹。倒是城市里，绒线花树反而多了起来，夏日走在南院门粉巷大街上，随时可见到绒线花婀娜的身姿，在风里招摇。行走其下，我常默默地观望。脑中偶尔会无端地蹦出十四世纪日本歌人西行的几句诗："赏花，为彼美之无端，心疼痛。"我也时常地为无端而心痛吗？我说不清。

绒线花是乡里人叫的，它的学名叫合欢。但我至今只叫它绒线花。因为我的母亲就是这样叫的。

玉兰

　　尽管从小生活在乡下，但我认识玉兰却很晚，原因很简单，我们村庄没有玉兰树；抑或村外原野上、人家的庭院里有，我没有发现。大约是我十五六岁那一年夏天吧，趁暑假无事，我到堂姑家去玩，这才知道了世间还有这样一种令人心醉的树。

　　堂姑是二爷的女儿，是我们门中父亲这一辈人中的老小，比我大十多岁。我去她家那一年，她已出嫁五六年了，而且有了自己的一儿一女。堂姑出嫁的村庄叫清禅寺，在我们村庄东南方向，离我们村庄有十六七里路，村南不远就是秦岭山。清禅寺坐落在一处高岗上，岗下就是溪流纵横、稻花飘香、花木郁茂的樊川。樊川是一个很古老的地名，春秋战国年间就有了这一称谓。汉代，因又是刘邦的大将樊哙的封邑，这一地名得以继续沿用。到了唐代，樊川又成了达官显贵的后花园，成了许多诗人的歌吟卜居之地，大诗人杜甫、杜牧都曾经在此长期居住过。杜牧干脆就将他的诗文集命名为《樊川集》，可见其对樊川这一钟灵毓秀之地的喜爱。唐代又是一个佛教兴盛的朝代，风景秀丽的樊川大地上，佛寺遍地，往少里说也有十多处，著名的有兴教寺、香积寺、华严寺、净业寺、天池寺等七八座，堂姑家村庄所在的清禅寺，大约也是在这一时期建成的吧。据说，起初建寺时，并没有这一村庄。后来寺成，人家依寺而居，才逐渐形成了这一村落，而村落也因寺而得名。后来寺废，村庄袭其名，至今不曾更改。

我是在堂姑家村西废寺的遗址上见到那棵玉兰树的。其时，我并不认识也并不知道那就是玉兰树。只觉得那树很高大，枝干很粗壮，枝叶很繁茂，似乎很有一些年头了。是堂姑告诉我那是一棵玉兰树，且已有了一千多年的历史的。经她这一说，我一下子对这棵玉兰树产生了兴趣。我上前搂抱了一下，没能搂住。树的确有了年岁，树身粗糙不说，还有许多节疤，望去显得有些丑陋。但它的枝叶却出奇的繁盛、茂密，椭圆形的巨大的叶子绿得发黑，连正午的阳光都穿不透。偶尔有山风吹过，树枝婆娑起舞，浓荫才被撕破，地下才筛下一些斑驳的光影，让人看了很是着迷。而树的北面，被树荫遮盖的地方，一眼清洌的泉水在潺潺地流，千百年间，这里的百姓便赖了这股水的滋养而存活。

"这树开花吗？"

"开！春天开，你明年春天来就能看到。"

"什么颜色？"

"白色。"

我想象不出这么大一棵树全缀满了白玉似的花是一种什

么景象,我无端地觉得那一定很美。可惜现在是夏天,花事已过。我看不到花开。但我却一下子记住了玉兰这个名字,而且记住了堂姑告诉我的一句话,玉兰树开花时特别好看,花也特别的繁盛,可惜就是花期太短。

自在堂姑的村庄认识了玉兰树后,我又去过她家几次,但都不在春天,自然还是没有见到玉兰花开。可我从此却留了心,果然,在随后的岁月里,我有幸看到了几次玉兰树开花的情景。一次是在植物园,一次是在青龙寺,还有两次也是在寺庙里。(我至今纳闷,寺庙里为何爱种玉兰树,是此花莹洁如玉能昭示佛的神圣庄严吗?)

记忆里最深刻的还是在青龙寺那一次。大约是上个世纪九十年代吧,一年春天,我和几位朋友突然来了兴致,相约着到青龙寺去看樱花。那天上午阳光很好,杨柳风呼啦啦地吹,吹得人浑身暖洋洋的,似乎连骨头都要酥了。天空虽蓝得不甚分明,但有许多风筝在飘,便显得很有诗意。我们是骑着自行车去的,一路说笑着,不觉间就到了青龙寺。青龙寺蹲踞在乐游原上,它像一位世外的高人隐居在市廛中,匿身在红尘之外。寺里很清幽,尽管是春天,正是人们踏青春游的好时节,却没有几个人,这正合了我们几个人的意。寺里有很多樱花树,但我们来早了,樱花还没有开。便在寺里闲转,那树玉兰就是在我们转过一丛竹林后,蓦然撞入我的眼帘的。这棵树并不高,充其量也就是两丈多高的样子,可那满树的繁花却把我震撼住了。放眼望去,一大朵一大朵白色的花,层层叠叠,堆满枝头,仿佛是用玉雕刻出来的一样，美丽极了。春风过处，花枝乱颤，似乎是无数白鸽子在飞，又似乎是数不清的玉蝶在舞。我突然便想到了堂姑家村头的那棵千年玉兰树，它到每年春天开花时，该又是一种什么样的热闹情景呢？是像幼儿园里无数孩子那样闹闹嚷嚷地开呢？还是无声的寂寞地在风中开呢？我不知道。我只知道自己已经多年没有见过堂姑了。听说她生活得并不好，是因为她那个好赌的丈夫呢？还是别的什么原因？我说不清。

我只清楚我很想念她，还有她家村头那棵玉兰树。

进山

三十多年前，我在长安乡下生活的那些年月里，每逢春天树木刚刚发芽时节，常见村里人，带了干粮，打了绑腿，腰里别了斧头，扛上扁担，扁担上挑着一挂绳索，或谈笑着，或嘴里哼着秦腔，一溜带串地进山去。他们要进的山叫南山，也叫终南山。进山干什么？砍棍。他们出发一般在鸡啼时，有时是鸡叫二遍时，有时是鸡叫三遍时。这个时候，天还未亮，外面还是黑乎乎的一片，只在东方的天边，有那么一丝亮光，但也不十分亮，也就那么淡淡的一痕。进山人吃过了饭，在家人的叮咛声中，冒着早春还有些料峭的寒风，披星戴月，在生产队长的率领下，踏上了离开故乡的路。离开了温暖的家，离开了朝夕相处的亲人，冒着危险，走进未知的深山，此时，他们在想些什么呢？心中有无一丝苦涩泛起呢？

我们的家乡叫稻地江村，在樊川的腹地，北倚少陵原，南揖南山。虽说抬眼就能望见南山，但若真正走起来，也有十五六里路呢。因此，村人进山必须起早，赶天亮就得走到峪口。到了峪口，虽然也算进了山，但距他们砍棍的地方，还有老长一段距离呢。浅山里哪有棍可砍呀？如有，也早被人砍光了。砍棍人进山后，还得沿着崎岖的山路，走上那么十里二十里的，然后舍了官路，进入旁逸斜出的小山沟，才能找到他们需要的东西。听进过山的人讲，他们砍棍，多在小峪、白道峪和石砭峪。这几处峪口都在我们的村庄附近，进山可以少走许多冤枉路。峪中又山大沟深，树木茂密，是砍棍的理想地方。但这些地方也很危险，经常有熊、豹子、山猪等野兽出没，弄不好，就会受伤或坏了性命。这就是砍棍人为何要结伴进山的原因，一旦有风吹草动，好有个照应。

进沟后，他们约好见面的地点、时间，就分头散入谷中，寻找适合做棍的树枝了。山谷中，立刻便传出了清越的砍斫声，还有树木、树枝的倒地落地声。空寂的山谷中，顿然就显得不再寂寞，有了活泛的气息在流动。砍棍人下力气地砍着，两三个时辰过去，周围已堆下了很多的树枝，他们擦一把额头的汗，喘口气，把这些树枝捡起，堆积到一块儿，然后，斫去梢枝，一根根棍便出来了。接下来就是埋锅造饭，搭建窝棚，准备过夜。砍棍人的饭食比较简单，他们一般爱做老鸹头，烧一锅清水，揉一团软面，待水滚后，用筷子把面团夹成一小疙瘩一小疙瘩的，直接下进滚水锅里。然后用猛火狠煮，直到把面疙瘩煮熟，再放进一把带来的蔬菜，老鸹头就做好了。这样的老鸹头有面疙瘩有汤有青菜，盛进碗里，调上辣子蒜汁，调上油盐醋，呼噜呼噜吃上两大碗，养人又耐饿，是跑山人最爱吃的。因其夹出的面疙瘩，形似老鸹头,故名之。除了老鸹头,他们有时也下点汤面条,吃两方锅盔馍了事。饭足汤饱,天也就有了暝色,便给窝棚口笼一堆篝火,抽两袋烟,聊一会儿天,随后酣然而眠。夜间,他们有时会被冻醒,有时会被野物的叫声惊醒,但他们不以为意,翻个身,又会沉沉睡去,梦依然香甜。他们明白,他们是安全的,篝火会帮助他们吓退野兽,也会驱走山中的妖魔鬼怪。

山里的天比山外亮得晚,但终于还是亮了。开始有了鸟儿的叫声,有了野物的跑动声,砍棍的人也醒了。洗一把脸,吃点干粮,喝点烧开的山泉水,然后又开始了新的一天的劳作。此番的劳作也就半天,再砍一会儿棍,然后把棍捆绑好,吃顿饱饭,便用扁担把棍挑了,艰难地踏上了归乡的路。他们的脚步是沉重的,但心中却是喜悦的。这些棍挑回村后,再经过浸泡、去皮、用火烘烤后,使其变直,就可以作为上好的权把、铁锨把、镢头把了。这些经过加工的棍,除了供应本生产队用外,剩余的,还会被村人挑到集市上,变为现钱,作为生产队里的一项副业。整个早春的时节里,我们生产队的精壮男劳力,都会进南山,周而复始地干此种营生,直到仲春时节,树木发芽,并逐渐成荫才罢手。但在1974年春天的一次进山中,作为砍棍人的有生伯,因为迷路,却再也没有回来。有人说他被熊糟害了,有人说他被山魈迷住了,谁说得清?有生伯的家人哭了一场,便在村外的老坟里给他建了一个衣冠冢。

至今,那个衣冠冢还匍匐在村外,荒草葳蕤,墓木茂盛,如一道伤疤,但却再也刺不痛人们的眼睛。

年灯

　　打我懂事起,我一年中最盼望的日子就是过年了。过年除了可穿新衣服,吃好东西外,最吸引我的,则是可以有一盏两盏灯笼。我有五个舅舅,正月初六一过,他们就先后到我家来,给我送灯笼。送的灯笼虽然很多,但我却不能一个人独享。这些灯笼里,也有弟弟妹妹的份儿。有些贵重的灯笼,比如莲花灯、玻璃灯、珠子灯等,母亲还不允许我玩,她要挂到房屋下,挂一年,待到来年新灯笼送来后,这些灯笼才能取下,收藏到阁楼上。我玩的都是一些最平常的火囵囵灯。这种灯类似浑圆的宫灯,有足球那么大,中空,上下各有一个圆孔,下孔有一个活动的方形或圆形的木块,木块上有一个小洞,用以插蜡烛;上孔有一根灯系,灯系上有一根小棍,孩子们就是点上蜡烛,然后挑上这根灯棍,而四处游走的。冬夜里,一个个火红的灯笼,在村边,在街巷里,晃动,流动,伴着孩子们童稚的说笑声,很是喜庆。我也在这支欢乐的队伍里,喜悦是无以言说的。

如果是有雪的夜晚，那情形更加好看。雪花如漫天蛱蝶，在灯笼的周围，翩然而飞。在暗红色的灯晕下，地上的雪，显得异常的宁静、温暖。夜色也显得更加的迷离。我们欢快地在路上走着，体味着雪打灯的韵味。突然，谁的灯笼不小心着火了，大家先是一阵惊呼，随之便是一阵快活的笑。在我幼小的记忆里，我每年都因不小心，或者顽皮，烧掉三四盏灯笼。有一年，我甚至烧掉了六盏灯笼，没有灯笼可打，我便要赖，向弟妹们要，结果遭到了母亲的一顿呵斥。

能有啥办法得到一盏灯笼呢？晚上，睡在滚烫的热炕上，我翻来覆去地想。我的不安静被祖父发现了，问明了原委，他安慰我说："快睡觉吧，爷明天给你买！"果然，第二天，等我一睁开眼，祖父便领着我，走了十里路，来到杜曲集市上。嗬，这里卖灯笼的真多，简直是灯笼的海洋，有的把灯笼挂在搭起的架子上，有的挂在人家的屋檐下，但更多的人，则是给自行车后座上，绑上几根竖起的棍子，一个个灯笼就像糖葫芦一样，穿在棍子上，煞是好看、壮观。我随祖父在集市上转了半天，吃了蜜粽子，吃了糖葫芦，自然，还买了一盏火囵囵灯。然后，高高兴兴地回家。

夜幕降临了，我又有灯笼可打了。雪花无声地落着，我的心里却是暖融融的。这暖意，如同解冻的春水，数十年间，即便是在祖父谢世多年后，还在我的心中不停地流动，流动……

马车

　　四十多年前，我在乡下生活的时候，常常遇到赶车人。我遇到他们，往往是在鸟雀归巢的傍晚，或者新月初上的晚上。

　　春日的晚上，我们在农场玩耍，斗鸡，滚铁环，跳房子……于朦胧的夜色中，于微凉的夜风里，隐隐地听到一阵阵"吱扭……吱扭……"的叫声，我就知道，有马车过来了。果然，没有半袋烟的工夫，便听到了骡马喷鼻的声音，便见到有马车，从农场边的路上，一路响着走过。赶车人呢，大多疲惫地斜坐在左边的车辕上，要么打盹，要么默默地抽着烟。而马车的车厢里，则大多是空着的。也有脚步沉重地走在车辕边的，他们也沉默着，不出一言，偶尔咳嗽一声，声音在黑暗中，便会显得很大，传得很远。这样的赶车人，车上必是装了重物，他们心疼骡马，怕把这些哑巴牲口累着了，宁愿自己走着，也不愿坐到车辕上，再给骡马增加负担。我当时在心里想，这都是一些可怜的人，劳累的人呢，和我的父母亲一样，在不分昼夜地为生计奔忙着，为把日月过到前面去奔忙着。

我想着他们的辛苦，心里同情着他们。但实际上，我还是把他们的劳累想少了。待我知道了这些赶车人，一年四季，不分春夏秋冬，刮风下雨，每天鸡叫二遍就得起床，装好车，天才麻麻亮就得上路时，我的心才痛了一下，真正知道了什么叫累苦。我的同学小菊的父亲就是个赶车人。这是个文静的女孩，有一双忧郁的哀伤的眼睛，她不像别的女孩，整天叽叽喳喳，似噪窝的麻雀。她不爱说话。我看见她，多数情况下是在教室里，要么上课，要么枯坐在凳子上发呆。她好像没有玩伴。她过去不是这样的，爱说爱笑，像只小喜鹊。她变成这样，难道和她的父亲有关？她的父亲有一年秋天，在给生产队送公粮时，由于过度乏累，坐在车辕上打盹，骡马惊了，结果把他从车辕上颠了下来，载满粮食的马车，无情地从他的胸膛上碾了过去。他当时还清醒着，但等村里人把他拉到村口时，便断了气。父亲死了，小菊哭了好久，此后，就变得寡言少语起来。一年后，她离开了学校。

那是1975年的事，当时我十一岁，但还不知道悲伤是什么。

景物

地名志

小峪

　　小峪在西安城东南三十五公里处，是终南山里一条风景秀丽的小山谷。据《南山峪口考》载，其初名为孝义谷，因谷内旧有一孝义亭而得名。乡人口口相传，久之，谬为小义谷，今则称为小峪也。峪中多流水，多乱石，多树木、藤蔓、走兽，亦有人居焉。春日，杂花生树，但见桃红柳绿，杏花粉白一片；有喜鹊叫，有柳莺鸣，亦有游人欣然而入，欢然而返。夏则绿树翁郁，山峦叠翠。秋日则红叶满山，一片绚烂。至若冬日，有时林寒涧肃，有时雪拥山川，而后者，外人不得见，只有长居此地的山民知之。

　　余家居樊川，距小峪仅十数里地，故常得一往。往则沿峪口迤逦而行，观溪水潺潺而流，观四周旖旎的景致，心乐之，辄游至薄暮而归。有时独游，有时与人俱，均觉有良多趣味。游渴时，至山民家讨水饮之；饿则掏钱于山民家沽酒买饭，临轩细嚼慢饮。当此时也，山风吹着，百鸟鸣着，翠竹在眼，青山满目，默诵陶靖节诗文，顿有悠然归隐之志。偶忆及少年时入小峪砸石头劳作事，则兴时光匆匆之叹。而更令人一叹者，昔则山民思外居，今则城里人思山居。攘攘红尘，世事反复，孰为难料。能料者，能不变者，唯有山间皓月长明，林下松风长清，及余乐山喜水不染尘之心耳。

清水头

清水头为一村庄名。村在小峪口外，距峪口有二里地。小峪水出山，绕村东而西行。峪水清泠，白石满河川，村有孟浩然"绿树村边合，青山郭外斜"诗意。村庄周围多老树，柿树、板栗、榆柳杨槐，桃李杏梨，各色杂树，应有尽有。树多则鸟多，麻雀、斑鸠、喜鹊、黄鹂……不一而足。每至春晨花夕，鸟雀啁啾之声不绝于耳。冬日，树叶落尽，辄见成群的麻雀栖于柿树枝上，劲风吹过，羽毛逆翻，如花开枝头，而喊喳喧闹之声，如逢庙会。至于春秋，则是村庄一年中最好的时日，此时，树木荫翳，百草丰茂，瓜果不断，先是樱桃，继之猕猴桃、苹果、梨，后则有柿子、板栗、枣、拐枣等，外乡之人至此，惊奇之余，不免大快朵颐，直至鼓腹而去。前数年，乡人又在村东北遍植清水莲，有千余亩之巨，花放之日，吸引万千游人，麇集周围，观荷赏花，使村庄日日如集市。而荷香亦使乡人变得更加安静，使村庄变得更加美丽。

妻子老家在清水头，暇时，我常陪其前往。至则喜在荷田边徜徉，在果园、树林里流连。便奢想，何日得闲暇闲钱，在此卜得一地，结茅屋数间，品茗读书，邀友林下夜游，终老是地，也不失为一种自在呢。而此，亦怕是今生之一梦耳。

蛟峪山

蛟峪山在西安东南方向，西邻翠华山。其山为一土山，不甚高，实为终南山下一丘陵。山上昔年有一龙池寺，现更名为天池寺。寺今已荒废，唯余一宋塔和一处大殿、几间僧房。不过，隋唐年间，此寺却为皇家寺院，山道石铺，寺院恢宏庄严，煊赫如李世民者，也曾多次登临。及今山下五里处留有一村庄，名唤汤房庙村，即为当年皇戚显贵登临时的歇脚地，可见昔年寺庙之盛。距寺东北一里地有一隋塔，名为二龙塔。相传曾有二恶龙缠斗于此，搅得蛟峪山周围鸡犬不宁，后造此塔以镇之。

蛟峪山在我家正南方向，小少时，我曾于晨昏间无数次翘望此山，亦曾闻得从寺里顺山风飘来的隐隐钟声。尤其喜看夏日夕阳下披一身余晖，如巨人般矗立山头的二龙塔。每次看到，我都有一种想要攀登的冲动，但因年少，直至离开家乡时，我一次也没有登上去过。

是前年春日吧，我忽发思乡之情，至家，站在故乡的原野上南望，我一下子便望见了二龙塔，遂想，何不趁这个春日，去游玩一下蛟峪山呢？便寻得一个晴好的日子，约上一好友，乘车前往。登山，游寺，乐不可遏，又辗转至二龙塔下，正欲细细观赏，忽然四周阴云密布，雷电交加，有铜钱大的雨滴砸下，遂慌忙下山。至土门峪，天始霁。但见田间麦苗更加鲜绿，沟中山桃花经春雨之沐，开放得更加灼灼，遂吟《桃夭》诗以归。

杨峪口

我们家乡人说哪个人差劲，常说："那是个杨峪口的孬（读pie）棱！"幼年，我时常听到这句话，但不明白这句话的含义，也不知道杨峪口在哪儿。及长，我才知道杨峪口在家乡东南方向，距我们村庄不远，和清水头是邻村，在清水头西，是一个极小的山村。也明白了乡人所说的那句话的含义，其无非是说，杨峪口地不平，多大石，且石头棱水（也就是棱角，但我们家乡人称为棱水）不好，既不能砌墙，也不能垒地基，近乎无用。因了这个缘故，我时常在心中猜想，杨峪口是一个啥样的地方呢？什么时候有空，一定要去该村看看。但这一晃就是四十多年，直到头上滋生出白发，我才得偿夙愿。

去年仲春的一天，我和画家马卫民、于力、张健君同游终南山，因漫无目的，我忽生念头，何不到杨峪口一游呢。和大家一说，皆欢然愿往。

其实，杨峪口村是一个风景极其秀丽的小山村，村东傍一条杨峪河，河水一年四季长流不息，河水清澈，河中多乱石，石下多鱼蟹。而村庄及其周围则古树参天，果园成片。我们去时，正当桃花烂漫时节，但见一片嫣红，处处新绿，整个村庄如漂浮在一个魅人的梦里，让人欣悦不已。村人质朴可爱。村庄周围及河滩中，到处可见散卧的大石，如伏虎，如蹲黑，如脱兔，如卧犬，如卵如钵，如枕如杵，让人惊讶不已，难怪乡人有上述说。我突然想，孬棱其实是对杨峪口石之一种赞美呢，是言其村之石奇也。

　　杨峪口或言因村人多杨姓而得名，或言因峪口多杨树而得名。甚者，还有称为洋峪口者，盖因峪中亦多洋槐也。或杨或洋，连村人也闹不明白。我则以为以杨峪口为佳，原因么，无论村中多杨树或多杨姓，皆为土产，且时日久远，绝非洋字可限也。杨峪河水流至我们村庄（稻地江村）南头并入小峪河，小时候，我曾无数次在两河交汇处玩耍戏水，摸鱼捉蟹，至今忆之，已觉惘然，仿佛是言他人之事。时光使许多美好珍贵的记忆淡远、幻灭，实在让人恨恨。

吴家沟

　　吴家沟在蛟峪山下，东为江沟，西为马鞍岭，村庄嵌伏在两道土岭之间，不大，仅百余户人家而已。就是这么个小村，童稚时代，却是我最常去最爱去的地方之一。原因吗？我祖母娘家在此，那里有我的一帮表兄弟。

　　我舅爷家住在村东头，宅院南北西均为小溪稻田所围，唯宅西和村庄相连，但也有一小溪由南向北而去。溪畔多为高杨大柳。夏日正午或傍晚，蝉声不绝，蜻蜓满天空，让人耳不暇听目不暇接。而最让我流连者，莫过于秋日越过小溪，沿着宅东小路，走过将熟的稻田，惊起蚂蚱在草丛中乱飞，下到蛟峪河里游戏。我们可在河滩上的大石间蹦来跳去，也可下到清澈的河水里摸鱼捉蟹，至于在深潭中游泳，那是再自然不过的事了。在河里疯闹够了，还可以爬树，河畔多柿树、核桃树，都有小桶粗。爬上去摘早熟的柿子吃，摘青皮核桃吃，那种滋味，那种快乐，至今难忘。

可惜，随着舅爷、祖母的谢世，我们表兄弟间来往日稀，以至于无。回想起来，我已有近三十年没有去过吴家沟，也有近三十年未曾和表兄弟们谋面，不知他们还记得当年的欢乐吗？有时，亲情也如远山的野烟，时间愈久，便会愈淡。每念及此，我的心头便会有冰凉的水，流过。

二里村

沿清水头向东，穿过一片树林，蹚过小峪河，便见到山脚下坐落着一个小山村，这便是二里村。二里村，顾名思义，距山口二里远。在华夏大地上，很多地方的名称，都和距离有关，如陕北的三十里铺，西安的八里村，自然也包括我们家乡的二里村。这些地名，大多和旅人有牵连，里面包孕着风餐露宿的悲辛，也蕴含着希望和喜悦。二里村，大概就是跑山人给起的名字吧？

二里村我只去过一次。我的一位中学同学强买孝家住在那里。我这位同学很机灵，有口才，人多趣，象棋也下得很好，但就是不爱学习。中学毕业后,他没有考上大学,而是回了家乡,我有二十多年没有见过他。是前年的一个夏日吧,我到妻子家里去,午饭后无事,我忽然想去看望一下这位昔年的同学,便从妻子家出发,涉过清浅小峪河,穿过散发着蒸气的稻田,来到二里村。我向村人打听他家在哪里住,回答不在村里,在竹沟。令我惊讶的是,我同学年届不惑竟然还是单身。我离开村里,前往村北的竹沟,但却没有见到他,而是见到了他住的窝棚,以及满沟的翠竹。原来这里是一片竹园,我同学是看竹人。我怅然而返。归途,不知怎的,脑中老出现一片清凉的夜。夜空下,竹影摇曳,月色如水。

桃溪堡

桃溪堡在西安城南三十公里处,紧邻杜曲。杜曲和韦曲一样,是个古镇。曲是有水的地方,有水则百草丰茂,鸟鸣兽走。隋唐年间,这里是达官显贵、皇亲国戚的乐园,许多人在此建有别墅。"长安韦杜,去天尺五。"绝非虚语。杜甫、杜牧、太平公主等,当年都曾在此居住。桃溪堡就包含在杜曲里,是一个背倚少陵原、面向樊川、终南山的小自然村,村中有小溪流过,村南村西则被潏河环绕,用唐人崔护的话讲叫都城南庄。村中及周围多桃树,三月,桃花嫣红一片,风雨过后,落英缤纷,顺溪水而下,其美艳情景可以想见,故村庄才有如此娇美的名字。崔护人面桃花的故事就发生在这里,千余年来,惹无数人遐想不已。上中学时，我的一对男女同学来自桃溪堡，他们情投意合，彼此相悦。但最终却被命运之神分开，劳燕分飞，让人唏嘘不已。

多年前，我曾到桃溪堡去过一次，也就是那么回事，看不出它比别的村庄好到哪里去。一次，在一个朋友处乱翻画册，见到了已故画家方济众先生的一幅画《桃溪堡》，见堡子门楼巍巍，堡墙高耸，堡内桃花灼灼，溪水环绕，还以为是画家故意将桃溪堡画得这么美呢。及至前日和画家赵振川先生在西安环城公园散步，闲聊中无意间谈到这幅画，赵先生说，他四五十年前曾去过桃溪堡，其情景和方先生所绘无异。我才大吃一惊，不意桃溪堡昔年竟是如此的美丽。

时光有时会改变一切，不光是村庄的面貌，还有女人的容颜。不知我那位家住桃溪堡貌若桃花的女同学如今在哪里？她生活得还好吗？

清禅寺

出西安城南行至太乙宫，再沿环山公路东行十五里，即见路南有一村落，依平岗而建，村前是大片的稻田。若是春日，则麦苗鲜绿，桃杏花开满山岗。秋则为另一番景象，但见稻浪翻卷，柿子满枝头，望之流金溢霞，美不胜收，这便是清禅寺。单从地名便知，此地昔年曾有一座寺院，人家依寺而居，后遂为村落，村亦因寺名。但今寺已不存，徒留下一村名，还有一棵数百年的玉兰树。二十多年前，我曾去过清禅寺几次，也曾见过玉兰树繁茂时之情景。我的一个堂姑嫁至清禅寺,她家刚好就在村西高岗上,那棵玉兰就在家门前。春日花开之时,杯盏大的玉兰花缀满枝头,望之如玉砌雪堆,那繁盛劲儿,似无数的孩子在吵闹,在欢叫,让人兴奋异常。那时堂姑年轻,人物漂亮,加之堂姑父能干,家境殷实,时常是一脸灿烂的笑。每至其家,她必领我到玉兰树下玩。我至今还依稀记得,玉兰树下有一泉眼,一年四季清水长流。小溪中有荇菜、水芹菜,还有蜉蝣。可惜,自我上学工作后,我这么多年来再未去过清禅寺,也再未去过堂姑家。只依稀从母亲口中得知,堂姑这些年过得并不如意,堂姑父生意失败,兼之好赌,原来殷实的家业,已败落殆尽。堂姑垂暮之年,还和一双儿女在城里奔忙。

去年春天,我回长安乡下看望母亲,不知怎的,忽然想去看看清禅寺那棵玉兰。我驱车来到村边,进村,发现村庄已不是我记忆里的村庄。向村人打听玉兰树,言已死。走到树下一看,果然。那棵玉兰树就兀立在村中的街道边,枝叶尽失,只留下树身和两三枝主干,枯槁得令人瞠目。而我记忆里的玉兰树是亭亭的枝叶茂密地立于村边高岗上的。我嗟呀不已。我没有去堂姑家,我知道那里仅留有一座空屋,就如玉兰树仅留下空躯干一样。

出村,风硬冷。

白道峪

白道峪在清禅寺东七八里处,是一个小山村。不过,村名为嘉五台所掩，村名不显。若非本乡本土之人，很难知晓。

沿白道峪入山，走十多公里，便登上了嘉五台。嘉五台素有小华山之誉，以险峻著称。登上龙脊梁，再走半个多小时，便登上了嘉五台的戴顶。这里昔年亦有很多庙宇，因山高风大，屋瓦皆为铁铸。惜毁弃于"文革"，今徒留庙址。我中学时的班主任赵秉祥先生和一位女同学赵艾艾家住白道峪，他们本是同族之人。二十多年前的一个夏日，趁暑假无事，艾艾领我们登过一次嘉五台，记忆里草丰林茂，溪水鸣涧，烟岚满山，觉风光绝佳。当时拍下很多照片，这些照片至今还珍藏在我的相册里，记录下我的那段青葱岁月，以及同学间的珍贵友谊。可惜的是，自那次和艾艾分别后，这么多年，我再未见过她。听说她嫁到了韦曲附近，现已是两个孩子的母亲，不知确否。

去年桃花灼灼时节，我和几位画家朋友同登嘉五台，一路上边赏景边闲聊，快乐无比。至水泉寺歇息，和一年轻僧人释演理闲谈，甚欢，遂相约当年夏日月明之夜再往。释演理自言为湖北人，一人在此出家，不知因何缘由，水泉寺就他一个僧人。我问他平日里山间无人，一人独居于此害怕吗，他笑着说没有什么可怕的。我说："山间野物多，不伤人吧？"答曰："野物很和善的，你不伤它，它不会主动攻击你。"我一时喜悦之情难遏，遂吟成两首小诗，题写于画家于力君的写生本上。其一：水泉寺边清水泉，清水长流年复年。明月有幸常照临，冰心一片结佛缘。其二：鸣泉响林间，山路草相连。安步徐徐行，心在白云间。归途，行至白道峪小餐，见一人自山间树林中转出，顺山间小径迤逦而来，神情健朗，面色和润，步履轻盈。待行至跟前，蓦然发现是我久违的先生赵秉祥。不意多年过去，先生竟没有多少变化。相见欢甚，接谈，知其已退休多年，今已七十余岁矣。

白道峪村我至今没有进去过，两次去嘉五台，均从村边绕过。但我对它却并不陌生，因为这里住着我的先生，还曾住过我的一位同学。

白家湾

白家湾在翠华山东北三里处，隐伏在马鞍岭下一土洼里，村落不大，仅数百户人家而已。我六七岁时，曾随祖父、父母亲去过一次。那年夏天，我在家门口玩耍，不小心掉进了门前小溪里，结果惊吓过度，日日厌食，一个劲偷着瘦。家里人甚忧，先后带我到城里多家医院就诊，但均告无效。万般无奈之中，祖父突然间想起了隐居在白家湾附近的阎居士，遂带我前往。阎居士是外地人，不知何故，流落此间。有人说他是河北白洋淀人，因杀了乡霸而亡命天涯，也许吧。阎居士是个异人，好老庄，能拳脚，通岐黄术，尤擅长看疑难杂症。那年月，很多外乡人知道白家湾，就是因为他。记忆里，他五十多岁，个儿不高，头发胡子很长，看上去蛮和善的。他向祖父问了我的病情，用手在我头上抚摸着，轻声叫着我的名字，撵弄一番，说声好了。也怪，我回家后，病自此便真的好了，饭也吃得，觉也睡得，且不再偷着瘦了。

我记得白家湾还因为一位少女。二十多年前的一个初秋，舅爷家所在的村庄吴家沟过忙罢会，我去他家走亲戚，在舅爷家，我认识了一位名字是春的少女，她家就住在白家湾。春那时在长安师范读书，和我一样，暑假走亲戚，我们不期邂逅。吃过中午饭后，我们到马鞍岭上去闲逛，那天阳光很好，微风吹着，沿途的乡间小路上有秋菊开放，若晨星晓露，一簇一簇，惹人怜爱。而即将成熟的苞谷、谷子则散发出醉人的香气；田野静寂无人，只听到蟋蟀在热烈地歌唱，除此，就是我们欢快的脚步声和无忧无虑的欢笑声。偶尔停下来，我们似乎都可听到对方怦怦跳动的心音。我们谈得很投机，都有相见恨晚之感。待行至马鞍岭的西头，岭下忽然显出一处村落，青堂瓦舍，屋瓦鳞然，其间夹杂着葱郁的树木，她用手一指说："看，那就是我们村庄！"我注目看了半天，但终于没有进村。自那次分别后，这么多年来，我再没有见过春。听说她在乡间一所中学教书，也不知道她现在过得怎样。

竹园村

竹园村在少陵原下，西邻兴教寺，距西安仅二十多公里。或言村中昔年曾有一竹园寺，或言村中过去多竹，故名竹园村。惜乎这两样东西，现皆不存。村庄背倚少陵原，坐拥樊川，和终南山遥遥相望。春天，丰草长林，青山碧空，溪水长流，风景秀丽。夏日，荷叶田田，稻田片片，白鹭翩飞，秀媚如江南，有唐人孟郊"流水自雨田"诗意。

我们村距竹园村仅有三四里地,两村间隔着一条大峪河和大片水田。少年时代,我曾无数次和祖母到竹园村去玩,原因么,这里住着我的一位姨婆。姨婆家在半原上住,她家有两孔窑洞,两间厦房,院东靠墙边有一棵大枣树。记忆里,每年秋天若去姨婆家,总能吃到脆甜的枣子。可惜的是,自祖母姨婆相继谢世后,两家间已不再走动。二十多年来,我也再没有去过竹园村。

竹园村中还有民国报人张季鸾墓,有老同盟会员朱子桥墓,这些都是我后来知道的,但至今没有拜谒过。村中还有我的两位中学同学,一位现在西安,一位仍在村里。前者偶有来往,而后者则杳如黄鹤,数十年间已没有了音讯。唯一能记住的是,他叫张二羊,面容和善,长着一双笑眯眯的如羊一样善良的眼睛。

上红庙

上红庙在我们村西。从我们村出发,穿过一片稻田,涉过清浅的小峪河,就到了。这是一个"绿树村边合"的自然小村,整个村庄也就百十户人家的样子,但环境却极其优美,村中及周围多高杨大柳,春日或夏日远远望去,村庄为绿树所覆,只见树木,不见村庄,走进谛听,唯闻一片清越的鸟鸣。其村西也是一条小河,名曰蛟峪河。有两河阻隔,昔年,往来村庄间便极为不便,而村庄也便有世外桃源意味。村人质朴,多以务农为业。幼年,因祖父的外甥家在上红庙住,我遂得以常去该村。祖父外甥家在村西,临近一条小溪,溪边是大片的稻田。他家的房后是一大片树林。我每次去他家,都要和他的小儿子学选,到小溪边和树林里玩。我们在小溪里捉螃蟹,在树林里捉知了,掏斑鸠窝,玩得极为开心。我们还到他家的前院摘木槿花玩。木槿花八九月间开放,其花可食,有一点淡淡的甜味。少年时代,我没少吃过这种花。木槿花也是蜜蜂爱光顾的花,花开时节,蜜蜂日夜围着它采蜜。有时,两三只蜜蜂齐聚一朵花上,花枝便被压得一颤一颤的。可惜,数十年光阴过去,这些,现今都已变成了尘梦。

而让我至今不解的是,村中没有一座庙,但村庄名字却叫上红庙。也许过去有,后来拆毁了,谁说得清呢? 世间许多事往往如此,一些看似简单的东西的背后,其实都有秘密存焉。

下红庙

从我们村出发,沿绿荫夹峙的乡间公路,向西北行一公里地,便见一个村庄,静静地坐落在大峪河南岸,这就是下红庙村。下红庙也是一个小自然村,比上红庙还小,也就四五十户人家吧。稻地江村、上红庙、下红庙三村鼎足而立,构成了一个品字,而我们村庄——稻地江村,则是品字上那个大口。事实上,这两个村,更像我们村的卫星,和我们村的关系,较之他村,更为紧密。上世纪七十年代一段时日,两村一度还曾并入我们村。两个村的孩子上学,也都在我们村上。下红庙村以郑姓人家为主,我初中的几位要好的同学都在下红庙,也都姓郑。郑建利就是其中的一位,他个儿高,腿长身健,好体育,也好读书,尤善长跑。他曾拿过几届全乡小学长跑运动会冠军,我至今还能记得他在乡间公路上跑步时的情景。听同学讲,他每天上下学,都是从家里跑着来,从学校跑着回家的,真是好兴头。他还送过我一本《沈从文小说选》,我一直宝之如拱璧,珍藏在我的书柜里。一晃,这些都已成了三十年前的旧事了。

上学兄邢小利的博客,无意间得知,下红庙村是民国年间从东江坡村迁过来的。东江坡村在少陵原下,和兴教寺比邻,和下红庙隔大峪河相望。小利兄系东江坡人,他的这一说法,也许有几分道理吧。不过,我还没有考证过。下红庙村还有我的两位女同学,皆文气秀美,可惜,三十多年过去,我已记不住她们的名字。只有昔日的模样,还依稀记得。

小峪记

　　在长安的山水中,小峪算是我最熟悉的一条山沟了。这其中的原因,除了少年时代,长安修建小峪水库,我曾在此地劳动过几次外,再就是妻子老家清水头村在小峪口附近,每年去妻子家,辄得以常往。如以所去的次数计,我去小峪,当在四五十次左右吧。故小峪于我,已如老友,早莫逆于心了。

　　出西安市,往东南行走三十多公里,途经杜曲、兴教寺、王莽村、清水头、郑家坡,即进入小峪。据清人毛凤枝《南山峪口考》记,小峪初名小义谷,盖峪中昔年有一孝义亭也。后乡人口口相传,谬"义"为"峪",今则称为小峪矣。小峪东还有一条山沟称为大峪,旧时称为大义谷,其得名来历,亦和小峪相类。小峪中多水,水出而为小峪河,下流途经我们村(稻地江村),最后入渭河。少时,我常在小峪河边玩耍,在河中戏水。那时,河水清澈,水中多鱼虾;河滩多白石,多沙滩,夏秋时节,天气和暖,漫步小峪河畔,蝉声盈耳,水流潺潺,树林荫翳,鸟鸣其间,天蓝云白，简直让人流连忘返。不过，这些都是已往的旧事了。近三十年来，由于人类的贪欲，小峪河亦惨遭毒手。如今的小峪河下游，由于乡人多年的挖沙采石，早已是河水浑浊，鱼虾死尽。继之而起的是一河滩荒草。唯一堪慰者，小峪河入山部分，河水依然清冷，林草依然丰茂，沙石依然洁白，自然于此，还保留着它原来的面目。此亦算为杜甫诗"在山泉水清，出山泉水浊"做一注脚吧。

小峪很深，过去曾是通往陕南柞水县的一处要道，上世纪八十年代前，还多有旅人行走。近年来，因西汉高速开通，这条古道，方被废弃。据附近乡人言，秦岭分水岭上，前几年还住有人家，供应南来北往的旅人食宿，今则已迁往他处。岭上仅留破房数间，及一座老庙的遗址，齐腰高的荒草，已封死了道路。我到小峪去，多是为了远足和游赏，一般走到小峪河村，就归去了。至于大金坪、小金坪，距小峪河村还有三四十里地，我从未去过，就遑论秦岭顶上了，那里几乎离峪口有六十多里地呢。入峪，初为小峪水库，但见一泓凝然的绿，在山谷中蜿蜒；风起处，吹起涟漪无数；两边则是青翠的山，高耸了，直插入黛色的天空。一条丈余宽的简易公路，就缘了水库的西岸，在半山腰穿行。路就像一条带子，紧紧地缠在了山腰上。行进在路上，下临一潭绿水，上顶一片蓝天，吹着山间的清风，呼吸着山中的空气，心情一下子就变得轻松起来。若再有二三朋友相伴，边走边谈，那不啻是在享清福了。复前行，约三四里地，则见一村落，人家如星，散落于河道两侧，或逐水而居，或倚岩而住，百十户人家的样子,此即小峪河村。村人质朴,见人一笑,一句"来了!",再无多余的话,自忙其事去了,一任来人在峪中游走、赏玩。我曾多次去过小峪河,每次去,均满怀了无限欣悦。今年夏天的一个傍晚,应村民寿生之约,我和国画家王归光、李新平兄还去小峪河吃了一次鳟鱼呢。寿生曾当过村长,头脑活泛,待人实诚,在峪中开了一家鳟鱼馆,养殖、售卖鳟鱼,生意很好。归光、新平二兄经常到秦岭山中写生,遂和其相熟。据归光兄讲,他每次随先生赵振川进小峪,吃住全在寿生家。那次我们去,吃了烤鳟鱼,也喝了不少的苞谷酒,归去时,已是月悬半山,虫鸣四野了。

我去小峪,还有一个原因,这就是我的两位中学同学田康群、山信居于此。我已三十多年没有见过他们,我每次去,常希望见他们一面,但次次失望。据村人言,田康群现在广西一家电视台工作,山信则在山外一所小学当老师,二人一年中很少回家。但我还是很想念他们,我至今还能回忆起田康群那一手漂亮的钢笔字和锦绣文章,亦能忆起山信右耳垂上那颗奇异的痣。也不知他们生活得还好吗?

"寒山转苍翠,秋水日潺湲。荆溪白石出,天寒红叶稀。"又到秋天了,小峪山中的满山翠叶,经了秋寒,又该转红了吧?何日抽暇,当再去一趟小峪,究竟那里曾经有我的两位同学生活过,更何况,还有一山的萧萧林木,和满河川诗意的白石呢。

王家沟

　　画家王归光兄常到王家沟写生,且极力鼓吹那里的风景之美。听得多了,便心向往之。是今年深秋的一个周末吧,家居无事,忽动游思,便约了朋友前往沣峪,思谋一游王家沟。车行半路上,给归光兄打了一个电话,不想,他恰巧和其先生赵振川陪着北京来的画家在王家沟写生,便径直去了。车入沣峪,沿着斗折蛇行的盘山公路行去,约二十多分钟后,即见路左一沟,一水泠然注入沣河。沟口一农家乐,不大,也就矮趴趴的两间房,门脸上大书:他二婶。我对同行的朋友说到了。因为我曾多次听人说过,王家沟的沟口有一个显著标志,这就是"他二婶"农家乐。便顺了沟,往里走。路是水泥路,不甚阔,约可容一个半车辆通行;路下一水,清洌清浅,流得很自在。沟倒是很开阔,除了两边高峻的山外,还有田地。地里长着玉米、大豆等物。路边野菊花甚多,东一簇西一簇,黄的白的,还有月白色的,煞是好看。沟畔上柿树也很多,这个季节,柿叶几乎褪尽,满树红艳艳的柿子,望去如彤云丹霞，甚为悦目。想起唐人段成式言柿树有七德："一寿长，二多荫，三无鸟窠，四不生虫，五霜叶红，六嘉实，七落叶肥大。"不觉欣然，并特意在一棵柿树下驻足，多瞅了几眼。再前行，便见路边有了人家，稀稀落落的，大多掩映在树木间。因树叶已半凋，房屋看上去，便异常的清楚。问一户人家，此间是王家沟吗？颔首。遂和王归光联系，答曰在村里佘书记家。就弃了车，循了路，奔佘书记家去。还隔着一条沟，就见一大拨人，在一家人的院子里，面对了南面的山，写写画画的，就猜想，这一定是他们了。走近了，果然。见归光兄正拿了一颗核桃剥食，看我们来了，脸上笑作了一朵花，连忙拿了桌子上已夹破的核桃，往我们手里塞。那熟络劲儿，仿佛是到了他家。他的先生赵振川，则坐在廊檐下，边喝着茶，边看风景，一副悠然的样子。而一条狗便在院中来回地转，也不知道它在寻找什么。还见到了佘书记，一个四十多岁的中年人，个儿不高，瘦瘦的，显得很精干。瞎聊了一会儿，已到午饭时分，遂吃饭。毕，便四处溜达。

原来这王家沟在山中亦算是一极要紧的所在，它北通塔寺沟，东达九鼎万花山，南抵南山顶。西面呢？则是我们的来路，古沣谷。九鼎万花山以奇峰竞秀称，山间多野花。相传，明万历皇帝的母亲李娘娘，生前曾在此修行，今则为西安的驴友所喜，成为他们一年四季穿越登临的地方。不过那穿越也够辛苦的，从王家沟出发，一路的羊肠小道，到九鼎万花山后，还要继续前行，到黑沟，方能出去，全长四十多里，九鼎万花山不过是一个中间歇脚的地方。因时过午后，去九鼎万花山一线太远，便只好舍远求近,几个人去了北面的塔寺沟。塔寺沟周围的风景确实很美,时值深秋,两边山上树木的叶子已开始变黄变红,还不到"霜叶红于二月花"的情形,但看上去色彩斑斓、明艳,极为赏心悦目。听不到秋虫的鸣叫声,倒是喜鹊很多,一拨一拨的,扑闪着翅膀,拖着长尾巴,呼啦啦从天空飞过,从这棵树上,飞到那棵树上,欢快地叫着。野芦苇极多,一片一片的,夕阳下,银色的穗儿,随着山风,来回摇曳,曼妙多姿。想起"蒹葭苍苍,白露为霜。所谓伊人,在水一方"的诗句,觉得古人还是蛮会抒情的。今人心灵为外物所障蔽,看到芦苇,断然写不出这样动人的诗句。此间柿树更多,且多在路边,简直伸手可及,自然是饱了一下眼福,也饱了一下馋吻。

正行间,突然沟下草丛中一声响,一只野鸡"扑棱棱"冲天飞起,吓了我们一跳。目送野鸡飞到西山树丛中,王归光说:"好看吧!这里的野鸡很多呢。"我说:"是吗?"他说是的,佘书记家房后沟里,原来就有两三个野鸡窝呢。今年春夏时节,他到王家沟里写生,住到佘书记家,时常能听到野鸡叫,也能见到野鸡飞。可惜,这些野鸡都飞走了,不来佘书记家附近了。我连忙问为啥,他笑着说,佘书记是一个小财迷,野鸡一下蛋,他就赶到野鸡窝边,捡拾了野鸡蛋,卖给山外的游客。时间长了,野鸡发现了,自然就不来了。我说:"这叫靠山吃山。"他显然有些小生气:"靠山吃山,也不能见啥吃啥呀?就这事,我把佘书记已批评了好几次了。连他爱人也说他不对呢。"我一边好笑着归光兄的认真,一边继续沿沟前行。行了一里路的样子,山路变窄,路被乱石所堵。而右边则赫然耸立着几栋别墅,有凶凶的狗声从别墅中传出。我有些疑惑,塔寺沟不是很长吗,怎么才走了这么一点点,就到头了呢?见我满眼疑虑,归光向别墅区一努嘴:"全是这帮人干的。怕上山人多,影响他们清静,因此封了路。听说是城里的一帮势豪之人,有权有钱,亏他们做得出来!"我一边感叹着过去是天下名山僧占尽,今天恐怕是要被此辈占尽了,一边徒然望了塔寺沟的北山顶,遗憾着不能畅游了。

听说此沟的深处还有人隐居,也不知道他们是如何上下山的,或许另有蹊径吧。

沣峪记

  沣峪在长安西南隅,距西安市区约四十公里,其古称沣谷,今则称沣峪矣。峪中有流水,名曰沣河。据《水经注》云:"沣水,出南山沣谷,北流至长安县西北堰头元村周文王庙,西合于渭。"沣峪因距离我的家乡王莽较远,有四十多里路吧,因而,我少年时代,并没有游历过。进沣峪,则是我青壮年以后的事了,但有关其险峻、幽美,以及诸多传说,我却是耳闻已久的。

  我第一次去沣峪,当在2004年夏季前后吧,当时,新开张不久的沣峪庄园,邀请了几个作家,给他们那里写点宣传文字,很荣幸,我也被邀请去了。同去的还有作家徐剑铭、周矢、张敏和刘小荣诸君。我们在庄园里吃住了两天,自然也游览了里面的景观,处女湫、大龙湫、情人谷什么的,我一下子被里面清幽的景色给吸引住了。清泠泠的溪水,青翠的峰峦,繁茂的植物,啁啾的鸟鸣,还有清新的空气,满天的白云……我的心瞬间飞向了远方,就连呼吸也比在城里顺畅多了。事后,我写了一篇小文

《误入情人谷》,后来在一家报纸上发表了。自此,我喜欢上了沣峪,并不断地往返其间了。

沣峪内的景色确实优美无比,如若一定要用一个词来形容的话,我以为"幽绝"二字,庶可当之。峪中山大沟深,道路险峻,昔年也是通往陕南、蜀地的交通孔道。近十年来,我曾沿着这条古道去过石泉、安康,去过柞水、镇安,并多次在秦岭梁南面的广货街吃过饭。广货街和沣峪也就一道山梁相隔,往昔曾是关中和陕南间的一处货物集散地,今属于宁陕县,从其鳞次栉比的街铺上,仍可看出当年商贸繁盛的影子。沣峪内多沟道,每一条沟道中的景色均有可观处,譬如,从秦岭梁往西的光秃山,再譬如大佛沟、鸡窝子、塔寺沟、皇甫峪等,都是一些很有趣味的地方,有的以巨石胜,有的以高山草甸胜,有的以流水胜,有的以山势崔嵬胜,还有的以宗教遗迹胜。无论春夏秋冬,亦无论晨昏,只要到沣峪里去,均会让人欣悦。

我曾于一年大雪天深入沣峪,至今忆及,还觉得激动。那还是七八年前的事了吧。那时,西汉高速还没有修建,入川和到陕南去的车辆,大多选择沣峪这条古道。但这条道路又异常的险峻,车多路险,因之,沣峪古道上常常发生交通事故,最惨的一次,是陕南的一辆大客车,为躲避迎面而来的一辆警车,结果翻进沟里,直接造成二十多人死亡。为了保障这条道路的畅通,也为了降低交通事故,西安市公安局长安分局交警大队专门在此设立了秦岭中队,以便对这条道路进行有效的管理。秦岭中队的首任和二任中队长陈建忠、乔明友,都因工作繁重,一在工作中出车祸,一累倒在工作岗位上,两人都因公殉职。其中,因参与对乔明友的采访报道,我和秦岭中队的继任中队长刘亚民结下了深厚的友谊。刘亚民是一位勤勤恳恳的老民警,工作能力强,待人好,尤其待山里群众和过往司机好,他接手秦岭中队当年的夏天,沣峪里发生了百年不遇的山洪灾害,无情的洪水在夜间冲毁了沣峪古道,也冲毁了许多百姓的房屋。为了保护群众的生命财产安全,刘亚民带领民警,边疏导群众,边连夜冒雨翻山越岭,徒步出山,把沣峪遭灾的信息报告给政府部门,为政府部门抢险救灾赢得了宝贵的时间。事后,他因此荣立公安部个人一等功,而他所带领的队伍也成了英雄集体,受到了嘉奖。为此,我曾写了一篇通讯,对他们的事迹进行了报道。报道结束了,但情谊却结下了,此后,我便成了秦岭中队的常客。那年冬天去秦岭,就是刘亚民下山办事时,我坐他的车进沣峪的。没想到,山外下小雪,山内却下起了鹅毛大雪,不到一个时辰,山川、道路、草木为之一白,尤其是道路上,积雪可达到三四寸厚,来往车辆,都需挂上车链,才能小心翼翼地通行。我来到队部所在地鸡窝子,在队部坐了坐,即随刘亚民上山疏导交通。沿途,不断看见有车横在路上,路面太滑,车轮空转,就是前进不了。每见此,刘亚民即会带领民警,用铁锨铲起预先带来的沙子,垫到车轮下,帮助司机把车开走。这样,一路迤逦行去,到了黄昏,方赶到秦岭梁上。这里由于地势高,风更猛,雪更大,我穿着皮夹克,还冷得浑身发抖。当然了,被困的车辆也更多。见状,刘亚民边指挥疏导交通,边和宁陕、长安两地协商,暂时关闭沣峪古道。就这样，我们回到秦岭中队队部时，已是深夜两点多，而十多个小时过去，我们水米还没有沾牙呢。山中民警的辛劳，也让我算是领教了一番。

沣峪内多寺庙，里面住着一些遁世的僧人。我曾数次去过距沣峪口二三里地的净业寺，因喜欢那里的清幽，最后竟然和庙里的一位僧人成了朋友。我曾在他的僧舍里喝过茶，还曾在寺西北的茶寮里喝过茶。在茶寮里喝茶时，是在一个夏日的午后，茶寮建在悬崖边上，下临深谷，草顶木屋架，四面通透，不着一物。我们坐在寮中，面对了满目的青山，沐着山间清风，边啜茗边谈，心中觉出一种无以名状的愉悦。我暗忖，其实修行也可得快乐，怪道有很多人放弃了俗世的繁华，甘愿躲进深山老林，与草木鸟兽为伍呢！

去年秋天，一日，随国画家赵振川先生入沣峪，进王家沟。沟中景色自不待说，满树柿子通红，满山林木苍翠，而苍翠中又时不时地显露出一处处红叶，使山林变得更加的美艳。山溪在流，山喜鹊在喳喳地叫，人家掩映在绿树间……此情此景，让人感到是行走在画图中。画家们自是画了很多的画，我则是美美地饱了一次眼福。休息时，王家沟的老佘告诉我们，从王家沟往北行，便是塔寺沟，由沟中登上山顶，便可遇到七个修行的人。这七个人都是宝鸡市某企业的退休职工，因志趣相投，故相约结庐于此，自耕自种，自炊自食，已有多年。闻此，不觉心向往之。我想，他们一定是心慕隐士生活一类的人物了。归途，见皓月满天，顿觉连心中也澄明了许多。

土门峪的桃花

　　土门峪是一个村庄名,也是一个峪口名。其在终南山下环山路南,距太乙宫很近,约有四里路的样子。土门峪虽也算一个峪口,但和南山北坡的所有峪口均不同。其他峪口,和秦岭相连,多为山石结构,且深入山中,故谷中多清流,谷畔岩石巍巍,草丰林长。此峪则纯由黄土组成,峪口东西,均为高耸的黄土岭,岭高多在四五丈。峪中亦不见流水,这大约是和秦岭相距较远的缘故吧。

　　土门峪和我的家乡稻地江村离得不远,约有五里路。从我们村庄出发,沿着机耕路南行,涉过清浅的小峪河,过柳林村,再穿过环山公路就到了。两个村庄虽相距甚近,但四十岁以前,我却从没有去过土门峪。尽管年少时,因舅爷家在吴家沟(吴家沟和土门峪是邻村,只隔着一条蛟峪河和一道高岭),我随奶奶到舅爷家做客,有无数次的机会去土门峪,可终于没有成行。我虽没有去过土门峪,对土门峪却并不陌生,原因么,土门峪村的西岭上，高高地耸立着一座二龙塔，小时候，我站在村头，曾无数次地翘望过它，也无数次地听村庄中的大人们叙说过有关它的传说。相传，很久以前，有两条恶龙，经常在土门峪西岭上缠斗不休，搅得临近村庄的百姓不得安生。村民忍受不了，遂焚香祷告，向上天祈求保佑，不想惊动了玉帝，玉帝震怒，便令天神降下一塔，将二龙压于塔下。从此，二龙塔周围，风调雨顺，百姓安乐。而附近百姓，也便将此塔唤作二龙塔。因了这优美的传说，我也得知了土门峪这个地名，且知道那条山谷里，藏着一个村庄。自然，也极想去土门峪转转，探究一下那个充满了神秘色彩的二龙塔。

是三年前的一个春日吧，待在西安城里的我，见环城公园里春光大好，忽发游春之兴，想去南山下逛逛。去哪里呢？蛟峪山。遂约了一个朋友，直接打车，赶到环山公路，弃车，顺了吴家沟前的小路，登上蛟峪山。蛟峪山也是一座土山，人家顺了山脚，一直住到半山腰上。村庄很安静，村舍多掩映在翠柳桃花间，望去美丽极了。路边，有安详的鸡在啄食；有狗在游走，见了人，"汪汪"两声，发现无人理睬，便无趣地走开。我们顺了街道，一直登上山顶。山顶很开阔，实在的，更近乎于塬。上面建有一寺，名天池寺。天池寺为一隋朝所建寺院，唐时为皇家寺院，据史料记载，唐太宗李世民曾多次驻跸该寺。从其得名看，寺中当年应该有一片大水，但今已无有。寺院很破败，有一隋塔，有三间大殿，有二三僧人，除此，别无长物，已看不出有昔年皇家寺院的气象。随便看了看，觉得趣味无多，遂步出寺院，北翘樊川，不意,便见到了近在咫尺的二龙塔,如一位历尽沧桑的老人,静静地蹲踞于脚下不远处的岭上。岭下是如带的蛟峪河,岭前则是一大片一大片的麦田,绿汪汪的,铺满了西岭。天气薄阴,有阳光透出,亦有乌云在天空翻卷。春天的天空,总是阴晴无定。

"我们去二龙塔吧!"我对朋友说。

"那里好玩吗?"

"说不上,也是一处古迹吧。"

朋友颔首。我们便顺了脚下的村庄,溜溜达达地下了山,沿着田间小道,向二龙塔进发。路边麦苗鲜绿,油菜花金黄,还有一些桃花,也很灿烂地开着。田野中,有无数的蜂蝶在采蜜、蹁跹。春天的气息浓烈似酒。眼看再有一箭之地,就到二龙塔了。忽然,天空阴云密布,雷电大作,有铜钱大的雨滴砸下。我慌忙拉了朋友,一路趔趄着,向土门峪村中奔去。因为我知道,这个时候待在岭上,极易受到雷电的袭击,是最危险的。也是在很早以前吧,一个夏夜,雷电交加,二龙塔惨遭雷劈,其顶为巨雷所掀掉,抛至岭下一里外的蛟峪河里。此事,附近乡人多有知者。我因自小生于斯长于斯,对此故事,早已熟知。故遇此天气,心中着惊。不想,方奔到半坡,天气却遽然转晴,原来是过云雨。喘息未定,但见坡上,一片片的桃花,经过雨水的洗涤,灿烂如云霞。我问朋友还去二龙塔吗,朋友说,算了吧,就看看桃花吧。便相随了,在桃花丛中乱窜。雨后的桃花,如美人镜面新开,那份娇艳,让人简直目不敢视。勉强视之,则呼吸紧迫。西安附近,我曾于北郊的六村堡看过桃花,亦曾在长安的桃溪堡看过桃花,前者因桃园面积广袤胜，后者因有唐人崔护人面桃花的故事胜，两处皆为观赏桃花的胜地。但我以为，二地的桃花，均没有土门峪的桃花浓艳、清丽，是因了天雨的原因呢，还是土厚的原因，我说不清。反正，我觉得土门峪的桃花很好，很有味道，真的是"桃之夭夭，灼灼其华"。

看够了桃花，出土门峪，行至环山公路上，在汤坊庙村等车。远远地看见一戴着眼镜的老者，在蛟峪河边的草地上放羊，甚觉眼熟，走近一看，原来是毋东汉先生。东汉先生一生清正自守，甘于清贫，唯以教书育人、读书著述为乐。其所教学生，遍布乡梓，而所著《育圃语言》《作文刍议》等书，更是惠人多矣。今年过六旬，退休乡居，过着一种隐士的生活。交谈，其告知我，二龙塔并非佛塔，而是一座风水塔，让我又长了不少知识。归思，此次远足，虽去土门峪未曾好好看看二龙塔，但却看了一番别样的桃花，也算不虚此行啊！

白石峪

　　白石峪在子午镇西。子午镇因子午峪而得名。子午峪是一有名的山谷,三国时期,蜀汉大将魏延,一再向诸葛孔明建议,欲以一支奇兵,出子午峪,攻取长安,指的就是这道峪。子午峪系秦岭七十二峪之一,清人毛凤枝撰写的《南山峪口考》中有记。而与之毗邻的白石峪,似乎未算进秦岭七十二峪之内。我家虽世代卜居长安,我也算道地的长安人,但因所居地距白石峪还有三十多里路,故从未去过。壬辰年暮春,适逢单位组织登山活动,我始得一往。不想,一登之下,一下子喜欢上了此峪。

　　此峪的好处是未被开发,还保持着原生态风貌,土石路,随处生长的灌木,悦耳的鸟鸣,清新的空气,让人行走其间,心怀大畅。峪中有一股流水,日夜不息,潺湲地流着,清泠,清冽,如琴如歌。它是在赞美山巅的明月呢,还是在赞美山间岁月的悠闲?不得而知,反正它就这么朝朝暮暮地流着,流出一种地老天荒。而山花就在它的两岸烂漫着,白的是山梨花,黄的是野蔷薇,一树一树,一丛一丛,如喷涌的水,如燃烧的火,连整个山谷都给搅动了,连人的心都给震撼了。山花于静默中显示出的力量,让人惊讶。这个季节,山中的树木还在已萌和将萌之间,生出了新叶的树木,其叶如婴儿之拳,鲜嫩、清亮,似乎屈指一弹,就能弹出一包水来。而将萌的树木,枝头已有绿意萦绕,远远望去,如有绿雾飘动。登山是快乐的,何况还是和同事结伴而游,边聊边走,那种欣悦,则更是无以复加了。顺着山间斗转蛇行的小路,约行三四公里地,攀上一道斜坡,面前突然宽阔起来,出现了一个有足球场那么大的坪,但见群山环绕,翠峰如屏如簪;而坪中则有大片山楂林生焉,有十多棵一搂粗的板栗树生焉,还有蒹葭、蒿草之属,随风摇曳。不意此间竟有如此一片天地,正自错愕间,便发现了两座废弃的房屋,泥墙黑瓦,隐匿在树林间,原来此间过去曾住有人家。他们是什么时候迁居这里,又是什么原因让他们迁离此地,离乱吗?躲避仇家的追杀吗?抑或退耕还林吗?不得而知,反正此地现在已无人居住,已交还明月清风。在蒿草丛中乱走,蓦然发现了半扇石磨,废弃在路边的草丛中,不由又让人发出一声人事兴废的浩叹。归途,听同事老赵讲,此间有一座唐代的寺庙,名为延福寺,系大画家阎立本奉旨所建,后遭战乱荒废,现在原址已重建,庙中现有五六位僧人,其中方丈,还擅长书法。因时间紧,未及看。不过,心中对那些寻求清静,遁迹山林的人,还是充满了敬意。

樊川晚浦

　　"高秋最爱樊川景，稻穗初红柿叶红。"这是北宋名相寇准《忆樊川》中的两句诗，我很喜欢。一则，这两句诗很美；二则，诗中所咏之地是我的家乡。我自小生活在樊川乡下，一直到十八岁才离开家乡稻地江村，到异地负笈求学，生活工作。不过，这里的异地也不是别的地方，而是西安，离家乡樊川也就三四十里路的样子，故可以时常回家看看。因此，从某种意义上来讲，我从来就没有真正离开过我的家乡，对家乡樊川的感情就可想而知了。是挚爱？是深爱？是痴爱？随便怎么说，我想都不为过吧。

　　樊川是指东起大峪，西至韦曲，这一片广袤的川地。其东阔而西狭，长约四十里。它南临终南山，西倚神禾原，东北为少陵原，中间潏水流焉。潏水两岸，出泉无数，茂林修竹，稻溪蔬圃。据典籍载，历史上曾是汉名将樊哙的食邑，故名樊川。但实际上，樊川这一地名，在汉之前的周代就有，并非因了樊哙才称为樊川。

　　我喜欢樊川的水多。杜曲、韦曲、稻地江村、清水头……单听一下这些充满水意的名字,就知道樊川一带,水资源是多么的丰沛了。终南山中多流水,而流入樊川者,经粗略统计,就有大峪河、小峪河、白道峪河、杨峪河、土门峪河、蛟峪河、太乙河,这些河如甘美的乳汁,滋润着樊川这块膏腴的土地,土地上的物产就异常的丰富了。少年时代,我曾不止一次在这些河流边游走过,每每穿行在河滩上的小树林中,听着蝉鸣鸟叫,看着花开花落,望着河中清泠泠的流水,嗅着田地里庄稼散发出的馨气,我就会感到无比的幸福。一颗不羁的心,也会随着天空的白云,逸飞到天涯。至于夏日的傍晚,在小峪河里游泳,摸鱼捉蟹;赤脚走在光溜溜的田塍上,摘一枝荷花,在手中把玩;或者,折一柄荷叶倒扣在头上,一任蜻蜓在我们的头顶乱飞,一任荷香浸入心脾,则是再快乐不过的事了。上中学时,我的班主任老师害牙疼,百药罔效。一个偶然的机会,我从村里人那儿得来一个土方,说是把鳝鱼血在瓦片上焙干,研碎,再配上熬好的绒线花水冲服,治牙痛有奇效。我约了一个同学,一日夜间,顶着满天的星斗,打着手电筒,到稻田里捉鳝鱼。那时水田多,村里人还很少吃鳝鱼,故稻田里鳝鱼很多。走在田塍上,用手电照照,就会发现鳝鱼溜出了洞,到外面觅食。伸出中指一夹,迅速往鱼篓中一丢,一条鳝鱼就擒获了。也就两个多小时的样子,我们就抓获了一鱼篓鳝鱼,足有三四斤。回家后,我们把这些鳝鱼连夜宰杀了,然后抽出它们肚子里的那一缕凝固的瘀血,又找来一片青瓦,将瓦洗干净,如法炮制。之后,又到村中寻来干枯的绒线花,用纸包好,第二天早上,送给了班主任,并告知了他用法。老师最终服用了没有,我不得而知。但两天后,老师上课时再不咧着嘴吸气了,却是事实。我想,那土方制成的药,大概还是起了作用吧?这一切,也应算是樊川之水所赐吧。

樊川还是一个有着深厚文化底蕴的地方,历朝历代,有许多文化名流在此居住、生活。唐朝大诗人杜甫、杜牧都曾卜居于此,且都留下了吟咏樊川风物的诗歌,杜甫有名的《秋兴八首》,即做于此。至今,少陵原畔上,还留有杜公祠,那是后人为纪念这位卓越的大诗人而修建的。至于杜牧,干脆就将他的诗文集取名为《樊川集》,可见其对樊川的一往情深。大家耳熟能详的人面桃花的故事,也发生在此地,崔护所游的那个小小的村庄,即在杜曲镇之南一里处,不过今天的名字不叫都城南庄,而叫桃溪堡。桃溪堡少年时代我曾多次去过,村庄背倚少陵原,面向樊川、终南山,村外堡墙巍巍,村内溪流淙淙,确有世外桃源况味。上世纪六十年代,长安画派的代表人物、著名国画家方济众先生,还曾根据自己在桃溪堡的游历所见,画过一幅国画,此画后来我在画册上见过,画面很美,绿树红花,老瓦旧墙,村庄于静谧中透出一股生气,让人看了,心生喜欢。我大学时的学兄邢小利,也是一位标准的文人,其人面团团有佛相,少欲恬静,能诗能文,尤精于文艺评论,其家也居于樊川,即今之杜曲街办东江坡村。我想,他身上所透出的那一股娟秀文气,也应是樊川这块土地孕育出来的了。

周日无事,和朋友冒着严寒,去樊川远足。车到杜曲镇后,向西一拐,即到了潏河边。弃车沿河边漫步,见田中麦苗鲜碧,河滩长林萧疏,忽然想起了金代文学家赵秉文歌咏夏日傍晚樊川水滨的诗:"几家篱落掩柴扉,尽在浮岚涌翠间。稻垄无边通白水,竹梢缺处补青山。"便猜想,这里夏日的景色一定是更加映丽的了,远山近树,白水通田,蛙声一片,晚风中飘荡着荷香,而一轮将坠未坠的夕阳,正用最后的余晖,给樊川抹上一缕金色,那简直是一幅让人迷醉的画了。

潏河记

潏河发源于终南山,其上游称为大峪河。大峪河、小峪河、太乙河三水在杜曲江坡村交汇,始称为潏河。潏河从终南山东南部发源,横贯整个樊川,流向西北,最后入渭河,系历史上著名的长安八水之一。潏者,水涌貌也。从其起名看,潏河昔年之水,当是相当丰沛的。事实上,在上世纪六七十年代,潏河之水还是清澈且丰盈的,因为小时候,我曾在香积寺一带亲见。潏河之水变得浑浊,水量减少,只是近四五十年的事。是天灾?抑或人祸?我想后者的因素当更大一些吧。

我的家乡稻地江村在樊川的腹地,村南为小峪河,村北为大峪河,村西为太乙河,三水把我们村庄包围着,可以说,潏河惠及我们村多矣。且不说膏腴的土地,众多的河汊,丰饶的物产,即便是四时美景,也让乡人受用多矣。据元人骆天骧所著《类编长安志》"胜游·潏水"条云:"樊川河至瓜洲村分为二水,一水至下杜城,出原西北流为漕河,至汉长安城西北入渭。一水瓜洲村起梁山堰至申店上神禾原，凿深五六十尺，谓之沉河，至香积寺西合御宿川交河。皆胜游之地。"由此条记载可知，潏河所经之樊川一带，历来都是风景优美的地方。少年时代，受条件所限，我只能在村庄周围活动，故目光所及，仅为潏河上游的景致，具体点讲，就是大、小峪河地区。太乙河，因隔着一个小村庄上红庙，我去的次数也很少。上小学时就不用说了，我至今怀念上中学时的那一段时光。1980年，我初中毕业，考入樊川中学，学校在我们村东，约三四里路的样子。因其建在小峪河边，故我常得以顺着小峪河上学下学。那真是两年美妙的时光啊。清晨，我们吃过早饭，相约上三两个要好的同学，沿着小峪河畔的林间小路，溜溜达达地向学校走去。若在春夏，路边一定有蒲公英开放，有苦苣儿开放，那金灿灿蓝莹莹的样子，人见人怜。还有石子花，状若梅花，红艳艳的，随意地点缀在路边、石头边。露珠积在花瓣上，霞光一照，晶莹闪亮，若珍珠，若翡翠，美艳无比。画眉鸟、斑鸠在林间叫，声音清越。喜鹊、山雀也不甘寂寞，不时叽叽喳喳地叫着，从天空飞过。河水哗啦啦地流着，水深处幽做一潭，清浅处则有白石露出水面。水中有鱼儿，在自由地游着。而我们也如鸟儿、鱼儿一样，快活地在路上走着。说我们少年不识愁滋味也好，说我们不知人生艰难也好，反正当时尽管日子清苦，但我们依然是很快乐的。到了学校，上完四节课，中午回家，依旧顺原路说笑着返回。一日两次，乐此不疲。我想，两年下来，连路边的小草、野花，怕也会认识我们了吧？如若是秋冬，则可赏小峪河畔满树的黄叶，可看终南山皑皑的白雪，草枯石瘦，景致则另有一番风味。在小峪河畔行走,可谈天,可嬉戏,亦可温书。尤其是考试时期,学校管得不严,溜出校门,走到河边,或在林间小路上踽踽独行,或找一丛树,半卧半坐在那里,默默诵读,实在是美哉悠哉。若读累了,还可以脱掉鞋子,把脚伸进微凉的河水里,一任鱼儿在脚板边游弋,而一颗略带几分惆怅、落寞的心,则带着对未来的憧憬,随了头顶的小鸟,飞向远方。想一想,那已是二十多年前的旧事了。

其实,我第一次见到潏河,当在六七岁时吧,只不过当时年龄小,不知道眼前所见的大河就是潏河,更不知道它的上游,就从我们村边流过。我的一个姑姑嫁到郭杜镇东南边的小居安村,每年夏忙和秋收后,奶奶总要去姑姑家,而每次去,总要带上我。那时交通很不方便,我们总是鸡啼时起床,在家中做一顿饭吃了,然后从村庄出发,步行到杜曲,乘坐长途客车,赶到韦曲,之后,再从韦曲出发,步行去姑姑家,沿途有十多里路,要经过三四个村庄。我第一次去姑姑家,是在一个深秋。长安一带,讲究每年娘家人给出嫁的闺女送糕,送糕就是送蒸好的花馍,再配上十个搭头。所谓搭头,无非是十个柿子、苹果、核桃什么的,取十全十美之意。贫寒人家,也有不带搭头的,总之,因家境而定吧。那次将近中午时分,我们方到了温国堡,且远远地看见了香积寺。再往前走,眼前骤然一亮,哦,一条大河,宽有十多丈,在路边的脚下缓缓地流。而河岸边,则长满了一人多高的瑟瑟的芦苇。我因从小未离开过家乡,从未见过如此大的河,一时惊诧极了。我好奇地问奶奶此河叫啥名字,她也说不清楚。但自此,一条大河便长久地在我童稚的心灵中流淌了。

算起来,我近距离地和潏河接触,当在四年前的春天吧。那年春天,我忽然想去少陵原畔的杜公祠里看梅花。结果兴冲冲地进了杜甫祠堂,才发现自己来晚了,院内那棵明代的梅树,已谢尽了梅花,生出了嫩绿的叶子。我大失所望,只好匆匆浏览一遍,步出祠堂。出来后,我望望天空,见时间尚早,又得知此处离申店不远,便对身边的朋友说:"我们去潏河边转转吧!"朋友颔首。两人便闲聊着去了。不到一刻钟的工夫,便到了潏河边。此处的景色确实不错,东临少陵原,西倚神禾原,两原夹峙,河水便在樊川里静静地流。满川的油菜花和绿油油的麦苗,两河岸的绿树,天蓝云白,南望是隐隐的终南山,河边寂无行人,此情此景,几可让人忘忧。我们在河边游玩了三个多小时,才依依不舍地返回。归读志书,方知古人记潏河边樊川景色"山水之清,松竹之秀,花芳草绿,云烟披靡,晴楼巍巍,倚空而瞰山,洒然有江湖之趣焉。四时之间,春畦斗碧,夏云堆白,疏木霜秋,鱼村雪晚。之游者……不知倦焉"不我欺也。

太平峪

　　太平峪是秦岭北麓的一道峪，距西安城有四十多公里，以盛产紫荆花胜。我第一次去太平峪，当在2000年冬天。我们报社组织了一个秦岭生态环保行采访活动，我是四名采访记者中的一名，得以一临太平峪。那时，太平峪还没有被开发，还是县里的一个林场。国家政策调整，保护环境，保护有限的森林资源，禁止砍伐林木，林场的日子一下子变得艰难起来，他们不得不放下手中的电锯，把目光从伐树转移到养护树木上。但那么多的林场工人要吃饭，怎么办？转产搞旅游。于是，太平峪森林公园的梦想，如初春萌动的幼芽，在太平峪林场人的脑中破土了。我去的时候，他们已开始付诸行动了。时任场长王昌礼，已亲自带人，深入峪中，把峪中的道路、景点，踏勘了数遍，一些景点，已开始有了自己的名字。那天，尽管天上落雪，王昌礼还是饶有兴趣地陪着我们，向山中走了两公里左右。当时只觉得水清石白，山色空濛，山路崎岖，山中奇冷，至于别的，已记不清了。但太平峪这个名字，我自此是牢记脑中了。

又过了多年，太平峪森林公园已建成，且声名鹊起，一年中，除了冬季，其他三季，已是游客盈门。这里面，除了西安的游客外，临近市区的游人也不少。于一年的春夏，我也曾登临了两次，感觉潭幽、水清、树茂，尤其是瀑布群和紫荆花，可谓峪中景色的双绝。春天，紫荆花盛开时节，一树树紫荆树上，缀满了花朵，紫的，红的，那个繁盛劲呀，把整个山谷都给搅动了。百鸟在花间穿梭，人在花下游，馨气幽幽，充满山谷，连人的衣袂都是香的。在氤氲的香气中，顺着山道，观山赏景，听泉水淙淙，瀑布声訇訇，听鸟儿啼鸣，山风吹着，其乐可知。至于夏天，进入峪中，树木荫翳，鸣声上下，一身暑气，顿然消散。

太平峪内山大沟深，林木茂盛，在以往的岁月里，也曾为绿林强人所据。民国年间，陕南著名的土匪王三春，在国民党军队的围剿下，就曾逃往此地，并最终被抓获。王三春系四川一贫人家孩子，因家人和当地土豪争地畔受到欺负，于一天深夜愤然烧了土豪家的房屋，后逃到陕南落草为寇。经过十多年发展，成为盘踞陕南的名匪，其势力最大时，手下有五千人马，以镇巴为根据地，设税收局、铸币厂，封官封爵，俨然一独立王国。国民党军队曾多次进剿，但均不能将其剿灭，成了国民政府的一块心病，并最终促使其痛下决心，将这一匪患铲除。说起王三春被抓获的经过，当地野老，如数家珍。据言，1937年冬，国民党军队进剿王三春匪部，并将其击溃。穷途末路的王三春，最后逃进太平峪。由于太平峪是一死峪，有进路，无出路，故国军派人堵住山口,张网以待。当时大雪封山,天寒地冻,冻饿交加的王三春,只得派姨太太乔装成山村妇女,涉险出山寻食。把守山口的士兵将王三春的姨太太拦住后,经过一番盘问,并未发现疑点,正准备放行时,突见其一笑,露出几颗金牙,士兵心中疑惑,普通山村妇女,哪有镶金牙的?便拦住再审再问,终于获知了其真实身份。国军后在其指引下,顺利将躲在山中的王三春擒获。为祸陕南三十多年的王三春匪患,最终被剪灭。王三春亦被蒋介石下令在西安枪毙。

翻史书得知,太平峪昔年曾为隋朝皇帝的避暑地,内建有太平宫。但近千年过去,太平宫已荡然无存,徒留下太平峪这一地名。隋朝已矣,王三春已矣,今天的太平峪,已成了百姓的乐园,成了西安市民的后花园。闲暇时,或随家人,或随朋友,驱车一游,令人身心俱爽。只可惜这样的时日不可常得,思之,让人扼腕。

翠华山

翠华山在长安城南三十多公里处,以乱石堆砌,奇峰竞秀胜。山下有太乙宫,相传是汉武帝祀太乙神的所在,后宫殿堙没无存,徒留下"太乙宫"这个地名。唐王维游览终南山,曾留下两首诗,其一:"太乙近天都,连天到海隅。白云回望合,青霭入看无。分岭中峰变,阴晴众壑殊。欲投人宿处,隔水问樵夫。"诗中所写之景境就是翠华山。二十多年前,我在樊川中学上学时曾登临过一次,至今忆之,很多情景已觉杳然。只记得当时不收门票,有一条瀑布颇壮观。再就是天池的水很碧绿,风洞风大,冰洞有冰,除此,再无别的印象。当时年轻,气力好,说笑间,一气便爬到了山顶。

那次登临之后,忽忽多年,我再没有上过翠华山。尽管我的故乡稻地江村就在翠华山下,离山仅有十多里地,每每回故乡看望双亲,我的目光都能和翠华山相遇,但我们彼此间就像一个莫逆于心的老友,只是用目光互相抚摸,没有相互走近。去年秋天,有友人相约,秋高气爽,红叶满山,何不去登一次山。踌躇了半天,猛然想起同学强沫曾送过我一张翠华山的旅游年票,便和朋友结伴去了趟翠华山。到了山下方知,翠华山已成为国家级地质公园,一张门票要七十元钱呢。进了山才发现,山路已铺了石阶,还另外修了一条公路,除了可步行登山外,还可以坐车直达天池。一路拾级而上,觉得景致已没有了先前的野趣。到了冰洞风洞,也没有了冰风,甚觉无趣。好在还有山可攀,遂不在天池边流连,尽力攀登西面的山峰。登至半山腰,回眸一望,天地好开阔呀。秋阳下,近村远郭,历历在目。我试着搜寻了一下我所生活过的村庄,简直近在咫尺,树木如荠,房屋如画,河流道路如带,田野如锦毯铺成。我从来没有这么高地望过我所出生的村庄,没想到它有这么美。我一边猜想着此时此刻母亲在干什么,一边默默地为她老人家祝福。父亲前年秋天谢世,我极力想找寻一下他的墓冢,但究竟因为过远,没能找到,墓地旁边的那片杨树林却看到了,还看到了墓地旁边的蛟峪河。我们家乡人去世后讲究"头枕少陵原,脚蹬嘉五台",嘉五台是终南山东南方的一座山,山有五峰,以高耸险峻著称,俗称小华山;少陵原是埋葬汉宣帝和他的皇后许平君的所在。家乡人以为人离世后这样埋葬吉祥。想父亲如此静静地躺在故乡的土地上,听河水唱,听鸟儿鸣,一定不会寂寞吧。

今春的一个周日,在家无事,思陪母亲外出一游。说了几个地方,母亲似乎都没有兴趣。我试着提了一下翠华山,母亲欣然愿往。因翠华山距家乡不远,我总以为母亲去过翠华山,结果一问,居然没有去过。我的心不免酸酸的,想她老人家这么多年为了这个家,为了能把儿女抚养成人,日夜操劳,不知吃了多少苦,受了多少累,遭遇了多少艰难,如今进入晚境,一个人寂寞地生活,竟连眼皮底下的翠华山都没有去过,作为人子,心中着实难安。

到了山下,尽管人很多,母亲却显得异常的高兴。我说乘电瓶车上山,母亲坚持要步行。拗不过她,只好陪着她攀登。没想到,母亲身体还不错,三四公里的山路,她竟然用了两个小时,就上到了天池。母亲告诉我,天池又叫飞湫池,是山体崩塌,堵塞了河道形成的。我听了,觉得"飞湫池"这个名字实在好,因此池几在翠华山的山腰,又是意外形成,恰如天外飞来一池,很形象。心中便想,老百姓还是会起名字,既生动形象,又好记。登风洞、冰洞,买了点香椿,便溜达着下了山。在路上,母亲说:"翠华山风景不错,你有空了常回来看看啊!"我听了,心头突然痛了一下,泪差点滚下来。我假装看周围的风景,用手拭了一下眼睛。随后,把目光定定地投向家乡的方向。而那里,春草正彻天彻地地绿着。

红草园记

    名为红草园,实乃一山谷耳。从沣峪口出发,南行二十多里,左面一谷即是。谷口石墙巍巍,两边皆苍翠的山,面前为清泠泠的水,中间一简朴的木门,门旁右书:红草园。字拙朴,经风雨侵蚀,已见斑驳,想已有年月矣。入门,见一瀑飞流而下,跌玉溅珠,声訇訇然。有奇松五六,苍然挺立,貌古形逸,似迓人。缘石磴,迤逦至瀑顶。眼前豁然,谷地平旷,屋舍俨然,溪流潺潺,层林霜染。有房屋、翠竹、梅树、蕙兰、丹柿之属,星列谷中。复前行,有犬卧于竹间,有白色玄色天鹅戏于溪中。过拱桥,穿藤廊,斗转蛇行,则已至主人舍矣。但见苔痕上阶绿,翠色透纸窗。登堂,主人苍颜白发,方临案作画,室有篆香,案有佳茗,壁悬古琴,有霜叶触窗,声瑟瑟然。便想,主人一定是隐者一类人物?问之果然。原来先生姓江名文湛,乃鲁人而秦居者,居此已十多年矣。先生精于绘事,花鸟、山水、人物无所不通,尤以花鸟名世。其画格调高绝,笔墨简淡,有文人情趣,亦有林下意趣,人得之,以为宝。每绘,辄以兴,兴起,则画。兴衰,则辍之,即使人重金唉之,亦弗顾。绘事之暇,喜读书,喜抚琴,喜啜茗,喜欢饮,喜问道。每于风清之晨,月明之夕,独自携琴,或于林下,或于高岩,轻抚一曲。抚毕,继之以啸,啸声悠长,如龙吟谷底,如虎啸山冈,让人疑心,此间有魏晋人物居焉。

终南自古多隐士,沣峪亦然。江氏居处不远,南有大佛沟,北有净业寺,皆唐代物也,亦缁衣者所居也。先生与其居者,多有交往,或相携月下谈禅,或相偕踏雪寻梅,友麋鹿而侣鱼虾,心有所会,则怡然而笑。偶或亦涉足市廛,然心如皓月,总不置一芥。往者高贤,或隐于屠沽,或隐于庙堂,或隐于林泉,先生其隐于绘事乎?

余十年前曾随人至此,然不识江氏。其时,红草园初建,此间尚荒芜,而先生目炯炯,发若漆。今再往,则百事具备,仿佛一世外桃源矣。而先生亦如老梅,头斑白矣。感世事之变幻,觉时光之匆遽,遂为之记。时为辛卯年冬月。

南豆角村的春天

　　每年春天,当柳条风刮起的时候,我都要到秦岭脚下去踏青。这一方面是因为,我的家乡稻地江村就在长安,且离终南山不远,也就十里路的样子,在回家看望母亲的时候,可以顺道去山中转转。另一方面,这个季节,秦岭脚下景色最为宜人,不唯麦苗青青,桃红柳绿,而且可以望着青山碧水,白云蓝天,尝尝鲜,解解馋。故而,在三十多年的时间里,我曾无数次地在秦岭脚下的小山村里游走,但我却始终不知道子午峪口还有一个南豆角村。自然,也未曾游历过。

　　是癸巳年的一个春日吧,我到省美术展览馆看金陵画派的一个画展,不意,在展厅里遇到了画家张健、马卫民君。观展毕,看着外面大好的春光,我们不约而同地说道:"何不去南山边一游呢?"但到底去哪里呢? 忽然想起,我中学的一位女同学曾说过,她在南山下开了一家农家乐,一问地方:南豆角村。我愣了一下,还有叫这地名的? 便决定,就去南豆角村吧。

南豆角村就在子午峪口，很好找。开车从西安出发，到西安野生动物园，向西一里路的样子就到了。但到了村口，却有戴红袖章的人把着路口，不让进。问了一下方知，近期山中防火，不准进山。也怪我粗心，咋把这茬给忘了。前几天新闻报道上说，西安汤峪里一户山民家里烧荒，引发山火，当地政府动用了两千多人上山，才将山火扑灭。为扑灭这场大火，还牺牲了一位乡镇干部呢。我忙说不进山，就到金石园农家乐去，且报了我同学的名字，才被准许进村。其实金石园就在村南的路边，和村庄还有一段距离。进园后找到同学，见她正忙着接待客人，遂招呼了一声，几个人溜溜达达地出了园。说出园，也不是很准确，因为金石园本身就没有围墙，不过借着乡野景致，盖了一些房子而已，周围还是麦田、果园，当然也有一些野芦苇、树木什么的。喜的是，紧邻园的东面，就是一个水库。我们便顺了小路，气喘吁吁地爬上了坝顶。到了坝顶一看，哦，景色真是好得不得了。北望，但见千里田畴，麦苗青青，树木如荠，繁花灿烂，间以村落人家，高楼大厦，让人胸襟不由为之一畅。南望，终南山就在眼前，千峰竞秀，万壑流黛。而脚下呢，则是一泓碧水如玉，满眼绿树逼人。兼之春风如梳，梳动坝顶上的万千柳条，也梳活了我们的心，我们不觉都有点陶醉。信步前行，来到坝东，见坝下田野中，一片片桃林，开得正灿烂，遂迤逦下坝，进入桃林。这里桃花开得那个盛啊，好像无数的孩子在欢叫，只能用热闹和热烈来形容。我们一边惊叹着花事的绚烂，一边大肆地拍照着，企图把这美好的春光，储存在我们的记忆里。正在我们忘乎所以时，突然听到汪汪的狗叫声,循声望去,原来是一户人家,掩映在绿树丛中。便寻思着,能长年生活在这里,呼吸着草木的清芬,吃着粗茶淡饭,作息有时,仿佛羲皇上人,也是一种幸福呢。不觉想起了帝尧时的那位灌园老人,不觉就吟出了《击壤歌》:"日出而作,日入而息。凿井而饮,耕田而食。帝力于我何有哉!"昔人讲寻常是福,能享即仙。我们今天也是做了半日神仙呢。

饭间和同学聊天得知,南豆角村昔年是一处军事要塞,正当于子午峪的北口,似应叫南堵角村。此语好像有些道理,因南豆角村是关中平原通往子午古道进山前最后一个村庄,我们耳熟能详的三国时期的蜀国大将魏延,就曾建议诸葛孔明,由子午古道北出,进攻长安。只是这一建议,并没有被诸葛亮所采纳。不过,相比于"南堵角村",我更喜欢"南豆角村"这个村名,因为,它透露出的诗意与和谐让人倾心。是呀,作为普通百姓,谁又喜欢战争与杀戮呢?

南豆角村现遗存两棵千年古柏,还有社公石爷和南城门楼,此亦可见证出此村的古老。